JN221347

伊藤 勳

ペイター藝術とその変容

ワイルドそして西脇順三郎

論創社

西脇順三郎　昭和 43 年
遊佐隆昭撮影

ペイター（Walter Pater in 1872）
シメオン・ソロモン（Simeon Solomon）画

ワイルド（Oscar Wilde in 1892）
Photo：Ellis & Walery, London

ペイター藝術とその変容——ワイルドそして西脇順三郎

凡例

一　本文中の欧文からの引用の訳文は、訳者名の記載がない限り、すべて筆者によるものである。

二　括弧〔　〕内の文は筆者の註である。

三　和文図書や翻訳書からの引用頁数は漢数字、欧文図書からの引用文は算用数字で表記した。

四　ギリシア人名の欧文表記は原語ではなく、アルファベット表記にしてある。

五　西脇順三郎の郎は、書名の中で「郎」が使われている場合を除き、旧字体の「郞」に統一した。

はしがき

ヨーロッパがその目鼻顔立ちを整えて全体的な姿を現したのは、十八世紀である。成熟の後に訪れるのは衰頽或いは分裂である。十九世紀は分化の時代となり、科学においても専門化していった。ヨーロッパ的なるものが一旦完成を見た後、ヨーロッパに広く影響を及ばしたフランス革命により、王侯貴族の時代から、十九世紀は中産階級の時代を迎えた。独自の価値基準を持ち得ぬ中産階級には、俗受けしやすい自由、博愛、平等という観念に得難い新しみを感じこそすれ、それらの観念が根生のものでない限り、その実質を伴うものではなかった。それ故に、曖昧な観念ばかりが先走ることになる。

一方、十五世紀初めに海外に進出を始めたヨーロッパは、様々な地域と民族にキリスト教への改宗を強いて人々を精神的に支配しながら植民地化を進め、そして収奪を続けてきた。日本のように植民地化する隙がなければ、キリスト教を布教し人心を惑わし取り込もうとした。會澤正志齋（天明二年［一七八二］～文久三年［一八六三］、水戸藩の学者。藤田幽谷に学ぶ）は早くにその『新論』において、「西洋人が海上にその勢力をほしいままにするようになってから、ほぼ三百年近い。その領土はますます広がり、その野心はますます旺盛である」のは、「その知恵と勇気が普通人よりもはるかに優れているため」でもなく、「その仁愛が大いに民衆に及んでいるため」でもなく、或いは「礼楽刑政の諸制度が完璧にそなわっているため」でもなく、況や「人力を越えた神わざのなすところ」でもなく、一にかかって西洋人が

「その技倆を発揮するのに頼みとするものは、ただキリスト教あるのみである」（會澤正志齋「新論」、『日本の名著』第二十九巻、「藤田東湖」、橋川文三訳、三三五頁）と、卓抜な慧眼を見せている。

実に、排他的な「ねたむ神」（「出エジプト記」第二十章）の精神的支えを得て、原住民の虐殺も厭わず植民地は開かれていった。アングロ・サクソンはアメリカ原住民を虐殺し、二十万乃至百万人いたオーストラリア原住民アボリジニーを毒殺や射殺で二万人にまで激減させ、タスマニア人にいたっては「原住民狩」などにより鏖殺（おうさつ）し絶滅させた（西尾幹二『ＧＨＱ焚書図書開封』二一三〜七頁及び二〇六〜一二参照）。キリスト教徒として結束したヨーロッパ人は、海外活動で遭遇する宗教は邪教として撲滅すべきものであり、キリスト教徒である白人のみが人間で、それ以外は人間以下の動物にすぎなかった。そこには自己の排他的普遍化のみがあり、自己を相対化し、宇宙を関係性において観察する相対主義精神が欠落していたのである。

ダーウィン（Charles Darwin 一八〇九〜八二）の『種の起原』は、キリスト教にそぐわぬ進化論ゆえにキリスト教社会に大きな反撥的反響を巻き起こした。しかし「最高度に優勢な種類が、いたるところで勝利をかちとっていく」（岩波版『種の起原』（下）、八杉竜一訳、二十五頁）という物質的な競争原理に立つダーウィンのこの言葉は、虐殺を伴う植民地開拓に示されたアングロ・サクソンの精神や気質によく符合しよくそれを反映するものに他ならない。自然観察を極めた仏教における相対依存関係で宇宙を捉える有機体論的思想とは相容れないゲルマン的思想がそこにはある。その点ではギリシア的合理主義の導入でゲルマン民族の魂の恢復をもくろむペイターは生成という観点ではダーウィンに言及しても、それ以上は踏み込んでいないし、西脇順三郎（明治二十七年［一八九四］〜昭和五十七年［一九八二］）もこの進化論には疑義を呈している。
このような排他的膨張主義の下では、新しく出会った対象の本質を受容できない。取り入れるとしても、単なる外面的模倣に終始することは、十七世紀初め以来、漆器次いで有田焼が西欧に輸入されるようになり、ドイツのマイセンでは一七〇八年にやっと研究の末に、有田をまねた白い磁器を完成させたことを見ても過目瞭然である。マイセンであれ、イギリスの諸窯であれ、オランダのデルフトであれ、それらは外面的模倣、或いはそこから変態した意匠にすぎない。それとは趣を異にして、フランスの印象派画家達や、ダンテ・G・ロセッティ(Dante Gabriel Rossetti 一八二八〜八二)或いはワイルド(Oscar Wilde 一八五四〜一九〇〇)らの英国唯美主義者達は、江戸藝術の本質を見極めて、それぞれの藝術様式に応じた形で己のものとしている。しかしこれは飽くまでも先覚的な藝術家の場合であって、一般的には、キリスト教精神に追い風を受けたゲルマン的排他的膨張主義が十九世紀における支配的雰囲気である。この気質が本質的にもつ押しつけがましさ、他者への干渉を逆説を以て痛烈に笑嗤（しょうし）したのが、ワイルドである。

キリスト教の一神教的絶対性とも相俟って、このゲルマン系の人々の排他的普遍化乃至膨張の気質と、この気質に起因する相対的観察や中産階級における定見の闕如により、西欧は自分自身を知ることなく、自己を見失い己の魂を失って行ったのである。ウォルター・ペイター(Walter Pater 一八三九〜九四)が相対主義精神を説き、ワイルドが、ソークラテースが座右の銘としたデルポイの門に刻まれた標語「汝自身を知れ」をひと捻りして、「汝自身となれ」と主張したのも、そのような時代背景と社会情況に対する危機意識があってのことである。二人ともすぐれたギリシア学者であったことに注意しておかねばなるまい。
十九世紀に擡頭した中産階級は、このように価値観が曖昧で空疎な観念に囚われ、排他的膨張の中で自己を見失ったが、十八世紀に頂点に達したヨーロッパ文化は完成したものとして、その形だけは引き継がれてゆくことになる。十八世紀のそのヨーロッパ的なるものが、中産階級によりその本質が必然的に空洞化されることになり、その空洞には異物が入り込むことになる。それが偽善であり欺瞞である。そういう意味で、十九世紀は「野蛮に向っての堕落の時代」（吉田健一『ヨオロッパの世紀末』二五〇頁）だったのである。形はあっても魂を喪失した時代に立ち至った。一方ではその時代相が又その時代の藝術形態を生み出していった。

例えば、ダンテ・G・ロセッティは、進化論的生物学者トマス・ハックスレー（Thomas Huxley 一八二五〜九五）が一八六九年に、「知り得ぬ」（agnositic）という言葉を使って以来、流布するようになった不可知論（agnositicism）が登場する以前に、早くもそのような立場に立ち、キリスト教の形だけを借りて愛と美を歌った。ロセッティはカトリック教徒の父ガブリエーレ・ロセッティ（Gabriele Rossetti 一七八三〜一八五四）と、宗教心の篤い英国国教会の信徒フランシス（Frances Rossetti, née Polidori 一八〇〇〜八六、父親ガエターノ・ポリドーリはピサ近郊のビエンティーナ出身のギリシア系イタリア人）とを両親として生まれ、殊に母からは熱心な宗教教育を施された（ロセッティ『いのちの家』伊藤勳訳、「ロセッティ　美の宗教とその背景」参照）。それにも拘わらず、感覚で知覚し得ないものの領域には臆見を以て入り込まないという懐疑主義により、藝術を「美の宗教」に仕立てることで宗教に代えたのである。

ペイターの場合は、同時代に関わる自分の考えは、社会の批判を免れるために他の時代に、或いは他の事物に事寄せて間接的に表現した。一方、ワイルドは社会の偽善の仮面をからかい、もぢりとしての仮面をその藝術形態に仕立て上げた。

十九世紀というヨーロッパ的なるものの分裂の時代、「遠心的傾向」の立ち勝った時代を迎え、己が己でなくなってしまう危機的情況において、己と民族の魂の恢復の手立てを探り出したところに展開されたのがペイター藝術である。

民族の魂の恢復を求めて目が向けられたのが、先づはゴチック・リバイバルの運動に見られるように、ギリシアとアラビアの学術がラテン語に翻訳された十二世紀から十三世紀あたりであるのは、その時代が文明の夜明けとして西欧人にとって心のふるさとであるからに他ならない。ゴチック・リヴァイヴァルの運動は唯美主義運動へと移行していったが、その英国唯美主義を担った代表的藝術家達が、スウィンバーン（Algernon Charles Swinburne 一八三七〜一九〇九）、ペイター、ワイルドを見てわかるように、優れたギリシア学者であったことは見逃し難い事実である。

民族の魂を見失った渾沌たる時代相と社会情況の中で、ペイターが藝術において企てたのは、ゲルマン的気質がもたらす蕪雑醜悪でまとまりをなさない様態をギリシア的理智と有機体論を以て形を匡正し、ゲルマン民族の魂を恢復することであった。即ちゲルマン的象徴思考をギリシア的合理主義思考を以て合理化することであった。

ペイターが二十六歳の時に『ウェストミンスター評論』（*Westminster Review*）に発表した処女評論が、「コウルリッヂの著作」（"Coleridge's Writings"）であったのは偶然ではなく、非常に示唆的である。コウルリッヂは、西脇順三郎も「コウルリッヂはすばらしいギリシア学者」（伊藤勳『ペイタリアン西脇順三郎』

三〇三頁）と褒めあげているように、すぐれたギリシア学者であった。この詩人はペイターからすれば、そのゲルマン的象徴思考を、ギリシア的合理主義思考を取り込むことによって、〈もっともらしさ〉を具えた合理的象徴思考に生み返した藝術家だったのである。ペイターはこの意味においてコウルリッヂの蹤迹を追った。

万象は相互に繋がり合っていて、個々の事物は同時に相互の関係において初めて存在するという有機体論をペイターは奉じていた。宇宙は分断されざる全体性であるという宇宙論、即ち『涅槃経』にある有名な言葉、「一切衆生悉有仏性」に通じる考え方を持っていた。自分が今目の前にしている対象は自分にとって何であるのか、というペイターの基本的批評姿勢は、自己にこだわる点ではゲルマン的ではあるが、宇宙を関係性において見ようとする動きを胚胎するものでもある。この批評姿勢によりペイターはいつも対象との関係を測っていた。そしてワイルドも仮面を用いて相手の反応を窺い、それとの関係を測った。他者との関係を測るところに、「自分自身になれ」というニューヘレニズムを標榜するワイルドの主張も成り立つ。

ペイターもワイルドもギリシア学者として、物事を真にあるがままに見るというギリシア的な物の見方に批評の基本を置いている。こうした姿勢はゲルマン的象徴思考或いはキリスト教を信仰する一般の人々には、相容れないものであったであろう。

後者について附言すれば、キリスト教においては現象に神の啓示を見出しそれを合理的思考を超越して信仰するものである。そこにはゲルマン的象徴思考に通い合うところが見出せる。神の子イエスの言葉は絶対であり、信者はそれを合理的思考を以て考察するのではなく、ただそれを真理と信じることに意義と救いがあり、イエスと信者個人とはイエスの言葉の絶対的信仰の情念で深く結びついており、必然的に思考の自由は制限される。日本の神道やギリシア宗教におけるような開かれた共同社会における祭礼とは対蹠的な趣を見せるものである。

仏教はギリシア哲学と同じように、縁起、即ち宇宙の因果関係の解明という科学的思考であり、自然観察を通して人間の内面心理を探究する哲学として、釈迦の言葉は絶対的な神の言葉ではなかった。中村元の次の言葉は、その辺の事情をよく説明している、「イエスの場合には、神の子としての『わたしの言葉』のうちにとどまらなければならぬので個人性が顕著であるが、ゴータマ・ブッダが説き教へる理法（＝ダルマ）とは何人でも知りうるものであり、また何人でも説きうるものであり、かれ個人に由來するものではないと考へてゐた」（『インド思想とギリシア思想との交流』三〇五頁）。道元（正治二年［一二〇〇］～建長五年［一二五三］）も「諸仏の道現成、これ仏教なり」（『正法眼藏』、「仏教」）と言い、覚者たる様々な仏の言葉を現前成就したものを仏教だと教示している。

如実知見、即ちありのままに見ることは、仏教の根本姿勢である。この姿勢は日本人にはごく普通の物の見方である。「心とは山河大地なり、日月星辰なり」（同上、「即心是仏」）、或いは「万法即心なり」（同上、「心不可得（後）」）と言う。自然そのもの、或いはすべての存在が心であると言うのは、万象に即して心があり、心に即して万象があるということである。目に見える自然は心の反映に他ならないが故に、自然を見て己の心を知るとも言い得る。日本人が仏教哲学の根本をなす如実知見という姿勢を、日本に仏教が伝わる前から持っていたであろうことは、日本語自体が自己と他者との関係性を測る機能をもつ言語であることからも推察できる。それ故に、日本人は常に他者との関係に目を置いてきた。その意味で、ギリシア的有機体論を基礎にして、万象を関係性においてありのままに捉えようとするペイターやワイルドは、日本的な物の見方に近いところにいる。就中、ワイルドはそうである。ペイターは、唯美主義批評においては「自己の印象を真にあるがままに知ること」（"Preface," *Renaissance*）だと言ってはいるが、如実知見を否定しているわけではない。しかし物の見方に曖昧さを残した。ペイターは批評藝術における自己離脱を言いながら不徹底である所以がそこにある。それは、ペイターの目論見がゲルマン的象徴思考を合理的な形に生み返すことであり、その象徴思考形態には呪物崇拝が伴うので、やむを得ないことではある。物に囚われている限り、己を捨てた悟りはないからである。そこにペイター批評の限界がある。

目の前の自分を魅了する物が自分にとって何であるかというペイター批評の根本義自体が、他者との関係を測ることやそれとの調和を図ることは考慮の他であるゲルマン人気質に胚胎しているが故に、完全な自己離脱を不可能にしている。

実際、引用文を自己の都合の良いように書き換えたのも、或いは又、ペイターはギリシア学者でありながら、そのギリシア観がゲルマン的中世精神により中世的色彩を帯びギリシア本来の姿が歪められているのも、ペイターのゲルマン的気質に由来する。自分に引き寄せてしか物が見られないのがゲルマン的象徴思考の特徴である。仏陀の存在論が相対依存の関係性で捉える縁起説に立っていることや、或いは『古事記』の中で、伊邪那美命の「成り成りて成り合はざる處一處（ところひとところ）」に、伊邪那岐命の「成り成りて成り餘れる處一處」を「刺（さ）し塞（ふた）ぎて、國土（くに）を生み成さむと以爲（おも）ふ」という表現の背景にある万象の存在の相互補完的関係性の認識とは対蹠的に、自己を中心とする存在論と敵対的二項対立の観点に立つのが、ゲルマン気質である。

　さはれペイターの意図はゲルマン民族の魂をギリシア精神の助けを借りて有機的構築性に保障された形に生み返すことにあったので、中途半端な自己滅却は必然の結果である。この中途半端によりそれまでになかった全く新しい藝術様式を生み出したことはペイターの功績である。

　ゲルマン的気質とは別に、ペイター思想及びその人生観の根柢にあるのは、エピクーロス哲学である。『享楽主義者マリウス』は、エピクーロス学徒マリウスの成長に伴う思想遍歴を辿るものであるが、どの宗教にも共通する本質的なものをキリスト教の中にも見出そうとしているだけのことで、最終的にはキリスト教信者のふりをした、つまりその仮面を被ったエピクーロス学徒だったのである。こうした心的様態はダンテ・G・ロセッティやワイルドにも見られる偽善の藝術的変容としての形状のすり替えである。この仮面に隠れた素顔が語るものは、自然主義、感覚論、主観的時間意識、原子論に基づく虚無性の認識、自己脱却、懐疑主義、有機体論的生命観である。

　パルメニデースの絶対的一者論と、その流れの中で生まれてくる原子論、殊にエピクーロスの原子論に立つ思想とが、ペイターの思想的基盤と見てよいであろう。原子論はそれまでのギリシア人一般にはなじみのない唯物論ではあるが、エピクーロスの原子論は、偏倚という原子の動作を認めることにより、近代科学の自然観が機械論的枠組に即しているのとは異なり、目的論的枠組の中にある。

　ペイターが「コウルリッヂの著作」において、絶対主義精神ではなく相対主義精神の必要性を説いたのも、このような思想的立場に立っているからである。宇宙をひとつの生命体と見る立場においては、親密性或いは相互滲透性の原理が主体となるが故に、相対主義の立場を明確にしなければ、ペイターの批評と藝術を正当化し得なかった。

ただ、この評論において絶対主義精神と言っているのは、例えば、パルメニデースの絶対的一元論の「静の学説」或いはヘーラクレイトスの諸行無常の「動の学説」などのような公式的教義を指すものではある。しかし恐らくはペイターの意識の根柢には、科学の領域にまで、支配的影響力を及ぼすキリスト教の絶対主義に対する反撥があったと思われる。それをあからさまに言うのは憚られたのであろう。

さて、西脇順三郎はこのような思想が滲透したペイターの『享楽主義者マリウス』を繰返し読み込んだ詩人であった。西脇藝術を語る場合、この点は見逃し難い重要性を持っていると見なければなるまい。

ギリシア哲学はインド哲学と多分に関わり合っている。エピクーロス哲学は殊にその傾向が強い。その自然主義、感覚論、判断中止の懐疑論、心の平静即ちアタラクシア、感覚的受容性の重要性などは、双方に共通するものであるが、殊に懐疑論や泰然自若たる態度を保つことを理想とするアタラクシアは明らかに仏教哲学に共通するものであり、インド哲学からの影響を見せている。感覚的経験を超えて臆見を語ることを戒める懐疑主義は、感覚第一にして自然観察をする如実知見の科学的立場においては基本的姿勢となるものであるが、キリスト教とは相容れない。仏教もエピクーロス哲学もこの臆見を厳しく戒めた。ダンテ・G・ロセッティとウィリアム・M・ロセッティ（William Michael Rossetti 一八二九〜一九一九）兄弟もこの姿勢を貫き、ペイター自身も虚言或いは偽善に通じる臆見を排除する立場に身を置いた。

浄土宗を宗旨とする家に育った順三郎にとって、『マリウス』に展開されたエピクーロス的な思想は受け容れ易いものであったことは想像に難くない。詩人は仏教とキリスト教について、「人間というものは、一つ信じていて、もう一つにも反対でなければ、両方信ずるということは当然」であると言い、物欲を捨てるという「一つの見地からみれば、おなじ」であると見なし、キリスト教を否定することはないが、「私は仏教のほうが遥かに進んでいると思う」(「ヨーロッパ現代文学の背景と日本」、『言語文学芸術』二十六頁)と、仏教に本来的な親近感を寄せている。

順三郎はペイターの語るエピクーロス的な思想を巡り歩き、更には己の成長過程にあった家庭環境としての仏教の世界へと、年を重ねるにつれて回帰を深めていった。永遠というアタラクシアを求め、大空三昧を言挙げするに至ったのは、仏教思想を藝術理論に応用しようとしたからに他ならない。しかも自己にしっくりとなじむ思想だったのである。

先に西脇家は浄土宗を宗旨としたと書いたが、順三郎自身は宗派にこだわらず、仏教の根本義に目が向いていた。因みに、大修館の編輯者であった詩人川口昌男が、昭和三十六年七月に出た順三郎の『あざみの衣』の編輯に携わっていた頃、用件があって港区白金にあった順三郎の家を訪ねたことがある。その折、順三郎は、「今日はこれから高野山に行きます」と語っていたという。日本人は宗旨に拘わらず、様々な宗派の寺に詣でることは一般的なことではあるが、川口が筆者に語ったこの逸話に見られる何気ない言葉は、順三郎も殊更に仏教の宗派にこだわらなかったことを示している。

西暦一〇〇年頃に始まった浄土教はインドで広く展開した後、中国に伝わり、九世紀に円仁(延暦十三年[七九四]〜貞観六年[八六四])が比叡山に移植し、やがてそれを基にして法然(長承二年[一一三三]〜建暦二年[一二一二])が開創した浄土宗、インド僧菩提達摩(生年不明〜五三〇年頃)を初祖とする禅宗、即ち曹洞宗、臨済宗、黄檗宗、或いは又、五〜六世紀にインドに出現した密教は八世紀初に体系的に整備されて中国に移植されたが、それを九世紀初に空海（寳亀五年［七七四］～承和二年［八三五］）が招来し大成した高野山の真言宗、順三郎は、こうした宗派の違いはあまり厳密には考えていなかったようである。

　ペイターが社会からの批難防御のためにキリスト教徒のふりをしたことは別にして、宗教の本質を求めた点では順三郎とペイターは通い合うところがあり、宗派を超えた仏教の根本義を尋ねたのが順三郎であった。詩人は『斜塔の迷信』の中で、「私のやりたい方法は、特定の思想も感情も感覚もない白紙となって（もの）にあたる」（『詩美の問題』）ことであると言っているが、このような考え方は、達摩の説いた〈壁観〉にその濫觴を辿ることができる。壁観とは、「心の壁のように静かになって、外界と内心、自己と他者、凡夫と聖人など、一切の対立を超え、空を悟ること」（『仏教辞典』）。これはペイターの言う「パルメニデース的タブラ・ラーサ」やアタラクシア思想に通じてゆくものである。

　畢竟、ペイターそして順三郎が求めたものは飛去（ひこ）しつつ飛去せざる時である。その意想の核心をなすものは、ペイターにあっては不生不滅の絶対的一者というパルメニデース的永遠であり、片や順三郎においては自己を忘れ万象を以て教えられることを旨とし、五蘊皆空（ごうんかいくう）を照見して無相三昧の境地に至ることであった。その究極目的に限れば、両者にどれほどの逕庭があろうか。

著者識

平成三十一年己亥二月四日

ペイター藝術とその変容——ワイルドそして西脇順三郎　目次

第一章　西脇的アタラクシア

——永遠、その思想的背景

一　生命の根源の探求

加藤郁乎（昭和四年［一九二九］〜平成二十四年［二〇一二］）は平成四年六月六日に開かれた「西脇順三郎を偲ぶ会」の記念講演で、「『旅人かへらず』という最高の詩集」と称揚してこの詩集に最高の評価を与えた（『幻影』第十号参照）。そして又、平成十一年十月三日、「西脇順三郎を語る会」主催の講演会「西脇順三郎先生と私」（『幻影』第十七号参照）においても、郁乎は「私は西脇先生の詩集の中でどれかを挙げよと言われたら、『旅人かへらず』」を真っ先に挙げると言っている。これはまことに適切な指摘だと思われる。と言うのも、西洋の詩を母胎にして生まれた新体詩が発展して今日の現代詩に至っているわけであるが、この詩集はヨーロッパ系の詩に日本の伝統的な俳諧の精神を取り込んで劃期的な文体を生み出しただけではなく、これまでにない思想哲学を背景にしているからである。昭和二十二年八月に刊行されたこの『旅人かへらず』と、その翌年四月に出た『古代文學序説』とは、西脇藝術の何たるかを考える上で、その根源的な意味と価値を示すものを持った一対と見なすことができようかと思われる。

このふたつの著作は西脇藝術の中心的理念である永遠や幻影の意味を考える時の出発点となる。『古代文學序説』は中世文学者としての西脇順三郎が、ゲルマン人の中世文学に入り込んでいるキリスト教的要素、ギリシア・ラテン文化の要素、或いはまたケルト的要素を取り除いて、ゲルマン人本来の本質を取り出そうとする目論見が含まれている。ゲルマン人本来の属性は、時代を経るにつれて様々な外来の偶然的要素が絡みつきながらも、その偶然的要素のあわいに時折ちらりとその姿を閃かす。偶然的な附着物の隙間から亡霊のようにひと時、顔を覗かせているゲルマン人本来の属性がこの本において引き出されてきている。まさにうっかり読み過ごされかねないその捉え難い民族の本質は幻影と呼ぶにふさわしいものかもしれない。

一方、『旅人かへらず』においても同様に人間性の本質の探求、即ち人間の本来的な絶対的一者を探求しようとする姿勢が藝術化されている。『古代文學序説』は主としてゲルマン人文化という特殊な事例が対象となっているが、『旅人かへらず』では、日本人の本来的な土俗的な姿のみならず、それを超えて人類或いはそれを超えた生命体としての宇宙という普遍的な事柄が対象となっている。この詩集の「はしがき」の中で、「自分の中にもう一人の人間がひそむ。これは生命の神祕、宇宙永劫の神祕に屬するもの」と言っている。宇宙という有機的生命の極微の一部位を構成している己の目を通して、絶対的一者たる宇宙の根源的生命の一端を垣間見ようとしたのである。その生命体としての宇宙の本質の一端はまさにふとした一瞬に姿を覗かせたかと思う間もなく、忽ちに消え去る「幻影の人」であり、「永劫の旅人」と詩人の呼んだものである。それでは順三郎はどのような経緯でこのような世界観を持つようになったのであろうか。

二　エピクーロス哲学との出会い

かつて、昭和四十八年度の明治学院大学大学院の「ヨーロッパ文学」の講義中、順三郎は若い頃ペイターの長篇小説『享楽主義者マリウス』（*Marius the Epicurean* 一八八五年）を幾度も読み返し「全部暗記してしまった」と言った。「暗記してしまった」という言葉には筆者はいささか驚いたが、繰返し読み込むことでその思想を己の血肉にしてしまったことを言ったのであろうと理解した。事実、順三郎の藝術思想の根幹を辿ると、そのことが自づと理解される。ペイターについては順三郎は様々なエセーの中で折に触れ語っているが、例えば「脳髄の日記」の中でも、「ペイターを読むことによつてヨーロッパの哲学、文学、美術を学ぶことが出来た」（『西脇順三郎全詩集』一二四二頁）と言っている。

順三郎は青年時代に『マリウス』だけではなく、マクミラン版のペイター著作集全十巻をすべて読破している。とりわけ『ルネサンス』（*The Renaissance: Studies in Art and Poetry* 一八七七年刊第二版において この題名に変更）と『享楽主義者マリウス』（*Marius the Epicurean* 日本語の題名としては一般的にこの題名で通用しているが、原題に即して言えば『エピクーロス学徒マリウス』である）は最も重要な作品である。一八七三年に初版が出た『ルネサンス』（*Studies in the History of the Renaissance*）はオックスフォード関係者と宗教界から手厳しい批難を受けた。そこに現れている思想がキリスト教的見地からすると許し難いほどに異端的だったからである。それでペイターは特に批難が集中した「結語」を、その四年後、一八七七年に『ルネサンス』第二版を出す時には取り下げたが、自分の思想信条を取り下げたわけではなかった。実際、その思想の辯明として新たに一八八五年に『マリウス』を公にして、自分の思想の何たるかを縷々詳細に語って見せたのであった。

そしてその『マリウス』を暗記してしまうほどにその思想を吸収したのが詩人西脇順三郎だった。キリスト教徒からすると許し難い異端的なその思想とは一体何だったかと言えば、それはエピクーロス哲学である。エピクーロス（Epikouros）は前三四一年にエーゲ海のサモス島で生まれ、アテネに「庭園学校」と呼ばれる学舎を開いて心の平静即ちアタラクシア（ataraxia）を旨とする哲学の研究と教育をして前二七〇年に亡くなった。原子論を説くこのエピクーロス哲学を十七世紀前半にフランスのピェール・ガッサンディ（Pierre Gassendi 一五九二～一六五五）が掘り起こして復活させた。更にアイザック・ニュートン（Isaac Newton 一六四二～一七二七）がガッサンディを通してその原子論を引き継ぎ近代物理学の基礎を築いてゆくわけで、エピクーロスの名は、一般にはプラトーン（Platōn 前四二八／四二七～前三四八／三四七）ほどには知られていなくても、現代の私達にとってその哲学は極めて身近で重要なものである。

エピクーロスは科学のために科学を研究したのではなく、人が生活してゆく上で、自然現象に恐れおののくことなく、その原因を知って安心して暮らせるように科学研究をした哲学者である。心が安らかなこと即ちアタラクシア、或いはこの観念が繋がりを持つ仏教の言葉で言えば安祥三昧を追求した哲学者である。十七世紀のガッサンディが科学の方面においてエピクーロスを掘り起こしたのに対して、ペイターは藝術の方面でエピクーロス哲学を藝術思想として復活させたと言える。尤もエピクーロス的人生観としては、順三郎も『古代文學序説』の中で指摘しているように、早くに十六世紀にモンテーニュ（Michel Eyquem de Montaigne 一五三三〜九二）の『随想録』（*Essais*）において確立されてはいる（『古代文學序説』一三七頁参照）。エピクーロス思想の滲透した『マリウス』を幾度も読み返して『マリウス』を「暗記してしまった」順三郎は、青年時代にペイターを通してエピクーロス哲学に基本的な藝術思想の拠り所を得ている、と見ることができるのではないかと考えられる。

三　眼の宗教の基盤

ラファエロ前派を立ち上げ英国唯美主義の魁となったダンテ・ゲイブリエル・ロセッティは藝術を謂わば宗教化した藝術家であった。同じ時代を生きたイギリスの詩人にして古典学者のフレデリック・マイヤーズ（Frederic Myers 一八四三〜一九〇一）はロセッティ藝術を「美の宗教」と呼んだ（*Rossetti and the Religion of Beauty* 参照）。それは実に肯綮に中った言葉と言える。それと同じく順三郎は藝術を眼の宗教に仕立て上げた趣を見せている。詩人は評論「詩と眼の世界」の中で、「純粋に視覚から来る美」を求め、「純粋に眼の宗教を求める」と言っている（『梨の女』二一〜三頁）。そして、「思想と感情との思考を去つて、純粋にヴィジョンの世界にはいりたい」（同上七頁）というのが、順三郎の窮極的な理想だったようである。この執拗な感覚へのこだわりはどこから来るのであろうか。ペイターは『マリウス』の中でこう言っている、「感覚で捉えられる現象だけに頼ろうという決意はいかに自然なことであろうか。感覚は感覚それ自体に関して絶対に私達を欺くことはないし、感覚だけに関しては私達は決して自分を欺くことはあり得ないからである」(*Marius*, I, p. 139) と言っている。これはペイターの重大な決意表明であるが、キリスト教的立場からは容認し難いことである。それではペイターはこの思想の拠り所をどこに求めているかと言えば、エピクーロス哲学の基本となっている次のような言葉にある。「自然に服従すべきである」(『エピクロス』出隆・岩崎允胤訳、「断片(その一)」二一)、そして「すべてを、感覚にしたがってみるべきである」(「ヘロドトス宛の手紙」、同上十一頁)。これがエピクーロスの信念だったのである。と言うのも「感覚によって観察されるもの、ないし、精神での直覚によって把握されるもののみが真である」(同上二十七頁)からである。実在即ち現実に存在するものは私達が知覚によって捉えられるものだけであるとする仏教思想と同じ考え方に基づいている。感覚で捉えられないものはそれ以上追わず、臆測でものを言うことを避けるという判断中止の立場を旨とするのが、エピクーロス哲学や仏教である。

エピクーロスは仏教哲学と同じように感覚第一主義の経験論に立っていたので、「弁証論を、ひとを誤らせるものとして、斥けている」(「エピクロスの生涯と教説」、同上一四四頁)。ペイターは人間の精神に対する思辨的な修練である哲学の役目について、それは「絶えず熱心に観察する生活へと人の精神を覚醒することである」(“Conclusion,” *Renaissance*, p. 236) と言って、哲学の役割を二義的なものとしてしか認めていない。と言うのも、エピクーロスが「思考も感覚を反駁することはできない」(「エピクロスの生涯と教説」、前掲書一四五頁) と言って感覚の優位性を説いているからである。順三郎が「眼の宗教」を求めたのも、生来の日本人的な思考のあり方が、エピクーロス的な直覚的把握や感覚論と響き合うところがあったからだと思われる。

四　現在に息づく過去

エピクーロスと同じく感覚に真理の足場を置く順三郎は、感覚を通して受け容れたものをどのような形態で表現したのであろうか。その表現形態はこの詩人の時間意識と密接な関わりを持ってくることについても注意しなくてはならない。詩人は福田陸太郎（大正五年［一九一六］～平成十八年［二〇〇六］）との対談において、『旅人かへらず』の執筆動機についてこう語っている。「アメリカに占領されて、もうどうなるかわからぬ。こういう日本の面白いものがあるのに、この自然やこういう日本人の何か特別な感情、何感情というか、土俗感情というものがなくなるおそれがあるから、書いておこう。（中略）日本の風土や日本の人間の生活とかそういうもの、自然の生活というかな、そういう全体を愛して書いたのです」（『西脇順三郎対談集』三二二頁）。ということは、日本人の土俗感情や自然生活の思い出や記録としてこの詩集を書いたのであろうか。否、そうではない。順三郎が「そういう全体を愛して書いたのです」と言っていることから窺われるように、それが自分にとっていつも心を鎮め快い気分を喚び起こす心の拠り所となるが故に、それを永遠化するために書いたのである。

エピクーロスは先に述べたように、心の安らかさを求めた哲人であった。「心境の平静と肉体の無苦とが、静的な快である」（『エピクロス』「断片（その二）」1）と言い、静かなる快さを究極目的とした。膀胱結石で亡くなったこの哲学者は臨終に際して、イドメネウスという人に宛てて、次のような手紙を書いている。「尿道や腹の病はやはり重くて、激しさの度を減じないが、それにもかかわらず、君とこれまでかわした対話の思い出で、霊魂の喜びに満ちている」（同上、「断片（その二）」30）。エピクーロスにとって過去は、人の意識の中では生きている現在なのである。これは主観的時間というべきもので、仏教における時間観念も同様で、現象の起こりに即して初めて時間というものが成り立つ。ペイターがこの時間観念に基づいて言っている例をひとつ挙げてみる。ヴェネツィアのジョルジョーネ派（Giorgione 一四七八頃〜一五一〇）の絵画について、「強烈な現在意識のうちに、過去も未来も吸収してしまっている」ような「深く含みのある生き生きとした瞬間」（*Renaissance*, p. 150）を表現していると言っている。過去も未来も現在のうちに取り込んでしまう「今、ここに」という永遠の現在の観念は、エピクーロス思想に含まれるものである。

西脇藝術も、過去も未来も現在に一元化した世界だったと言える。それ故に、『旅人かへらず』に描かれた鄙びた世界は詩人が愛した過去の日本の記録或いは回想ではなく、現在に息づいている過去として永遠化された世界なのである。因みにイギリスの桂冠詩人ワーヅワス（William Wordsworth 一七七〇〜一八五〇）は、一八〇〇年に友人の詩人コウルリッヂ（Samuel Taylor Coleridge 一七七二〜一八三四）とともに出版した『リリカル・バラッヅ』（*Lyrical Ballads*）の「序文」で、「詩とは強い感情が自ずと沸々と湧き返ってきたものである。即ちそれは静かに回想された感情にその源泉がある」（二六六頁）と言っている。要するに詩とは回想であると言っているわけであるが、順三郎の詩は一見回想に見えながら全く趣を異にしている。

とまれ、世の無常性という死の恐れを相殺し心を安らかにする手立てが、過去を生きている現在として意識するエピクーロスのこの主観的時間意識であり、詩人が寄る辺としたのもこの時間意識だったのである。

五　白紙の人間とタブラ・ラーサ

順三郎にとって今述べたような主観的時間のうちに開かれた空間が永遠のひとつの意味であるが、また別の面からもその意味を考えていかねばならない。順三郎は「詩美の問題」という評論の中で、「私のやりたい方法は、特定の思想も感情も感覚もない白紙の人間となって（もの）にあたる」（『斜塔の迷信』四十頁）ことだと言っている。「眼の宗教」を奉じる詩人としては、心を白紙の状態に置くというのは、その宗教を支える根幹である。この白紙とは、評論「詩と眼の世界」の中で示されているように、「何も考えないことである。ただ視覚から、純粋に受ける非常に抽象的な感覚だけを受けていること」（『梨の女』三頁）であり、自己を滅却した感覚の受容体に自分自身をしてしまうことを意味している。このような考えは、外の世界に対して自己の取るべき姿勢として、ペイターがエピクーロス哲学から引き出してきたタブラ・ラーサ（tabula rasa 心の白紙状態）の観念や、禅哲学に基づいている。ただし、禅との関わりについては第五章でも言及するのでここでは踏み込まない。タブラ・ラーサについては『マリウス』以外にも、ペイターは『想像の画像』（*Imaginary Portraits*）の中の短篇「セバスティアン・ファン・ストーク」（"Sebastian van Storck"）で詳しく扱っている。感覚第一主義者のエピクーロスは、「いかなる思考ももともと感覚に依存する」（「エピクロスの生涯と教説」、『エピクロス』一四五頁）と言い、また先にも引用したように「感覚によって観察されるもの、ないし、精神での直覚によって把握されるもののみが真である」と言っているが、このような考え方とこのタブラ・ラーサの観念とは極めて密接な関係がある。

　ペイターがエピクーロス哲学を通して理解したタブラ・ラーサがどのようなものかを見てみることにする。そうすれば順三郎の理想とした「白紙の人間」の意味がわかるであろう。エピクーロスの原子論は前五世紀の哲学者パルメニデース(Parmenidēs 生没年不詳、前四五〇年に六十五歳ほどであったと言われる。南イタリア、エレアの人)の宇宙観から発展してきている。パルメニデースによると、万有はまん丸の球体の形をしていて完全な均衡を保っており、生じたということもなければ消滅するということもない、即ち不生不滅で完全無闕、不変不動の存在である。更には過去、現在、未来という時間的連続性もなく、今ここという絶対的な時空にあり、分割不可能な静かなる絶対的一者であると考えられていた。この絶対的一者の有様がペイターにおいて「パルメニデース的タブラ・ラーサ」(*Plato and Platonism*, p. 46)と称して、自我を捨てて何にも煩わされない静謐な心の状態の比喩として、「セバスティアン・ファン・ストーク」において使われている。又、『マリウス』の第八章「さまよう小さき魂」(“Animula Valuga”)でも感覚的経験を鮮明に受け取る受容体の比喩として用いられている。

　さてこのパルメニデースの万有論は次のように変化してゆく。レウキッポス(Leukippos 前五世紀に活

パルメニデースを鼻祖とするエレア学派の本拠地エレアの廃墟。現在名Velia。アスクレーピオスの神域跡からティレニア海を望む。(筆者撮影)

躍、恐らく小アジアのミレートスの人）とデーモクリトス（Dēmokritos 前四六〇頃〜前三七〇頃、トラーキアのアブデーラの人）は空なるものの存在を仮定し、パルメニデースの絶対的一者が砕かれて無数の原子となり、その原子がその空虚の中を運動し、原子同士が衝突し合って集合離散を繰返し様々な形を現出しては消えてゆくのだと考えた。そして原子それ自体は絶対的一者の性質をそのまま持ち、不生不滅で分割不可能なものと見なした（『エピクロス』「解説」、一九八〜九頁参照）。このような原子論が基本的にエピクーロスに受け継がれることになる。

パルメニデースにおける万有は不生不滅であるという考えはデーモクリトスにもエピクーロスにも踏襲される原子論の基本的な考え方である。不生不滅と言えば、仏教でも『般若心経』において、この世を「色即是空。空即是色」とし、「不生不滅」であると説いている。仏教はこの世の事物は単なる呼び名にすぎないという唯名論に立っている。この世は一切生じもせず消滅することもない空であり、様々な現象は因果関係で起きており、一時的な関係性にすぎないと考えている。

原子論では原子を実体とする実在論に立っており、そこが唯名論の仏教と違うところである。又、縁起説とも無縁で、空なるところで運動している原子同士が衝突し合って集合離散を繰返し、物の形が作られては消えてゆくのだと考えている。ギリシアの原子論では現象は、レウキッポスやデーモクリトスの説では原子の偶然の衝突による結合の結果、エピクーロスでは偏倚という、意識的熟慮に基づくものではない機械的自由としての自発運動による衝突から生じた結合の結果であると見ている。この偶然や偏倚とは違い、片や仏教では現象は因果関係による必然的結果と見ている。この点で両者に根本的な違いはあるにせよ、両者は不生不滅という宇宙観、空や空虚という観念における近似性という点で通い合うところがある。更に仏教では事物は単なる名称にすぎないということで無と見なし、一方、原子論でも、原子自体は実体であってもその原子によって偶然一時的に構成されては解体してゆく事物は、実体ではない一時的な仮象、即ち幻影でしかないという点でも相互に通い合うところがある。

原子論の原点となっているパルメニデースにおいても、現象は絶対的一者の真っ平な表面に立ったさざ波のようなものから始まって機械的な法則の下で増大はするが、それは間もなく元の平な状態に戻るのだと考える。従ってパルメニデースにおいてもやはり現象はひと時の幻影でしかない（"The Doctrine of Rest," *Plato and Platonism*, p. 42, and "Sebastian van Storck," *Imaginary Portraits*, p. 106 参照）。ペイターはこのパルメニデースの絶対的一者の観念を、『マリウス』の中で主人公マリウスの生まれた故里を White-Nights 即ち白夜（はくや）と名付けて、そこに応用している。白夜の里ではマリウスの母が、ヌマ教の熱心な信者としてその勤行を通して、今は亡き夫を鮮明な記憶の中に生かし続ける、つまり現在に生きている過去として夫を生かし続けるその献身によって、生きている者と共に夫に第二の人生を与えていることを語っている。

ついでながら、順三郎の詩集『*Ambarvalia*』のアンバルワリアとは五月二十九日にローマ神話の豊饒の女神ケレースを祀って行なわれるこのヌマ教の豊饒の祭のことである。雄牛や雌豚や羊などの生け贄を引き連れて家族で畑の周りを三廻（みめぐ）りするのが、この祭のしきたりである。アンバルワリアとは畑を巡るという意味から来ている。

話を元に戻し、その白夜の里にペイターはどういう意味を与えているかというと、「全くの空白的な忘却ではなく、半ば眠りに鎖されながらも絶えず夢見ている夜」（第二章「白夜」*Marius*, I, p. 14）のような所だと言う。思い出によって過去が生きている現実の世界、現実と幻影とが交錯する内的空間にペイターは価値を見出しているのである。全面的に空白的な忘却ではなく、半ば眠りに鎖されながらも絶えず夢見ているようなところが、まさにマリウスのアタラクシアだったのである。心の状態に関わるタブラ・ラーサをペイターはこの作品においては白夜の里という外面的な風景の形で表現している。順三郎は「芸術作用の方程式は『超自然＋自然＝ゼロ』である」（「ポイエテス」、『西脇順三郎詩論集』三一九頁）と言っているが、これはまさにペイターの言う現実と夢とが交錯する白夜の里であり、「パルメニデース的タブラ・ラーサ」に直接的に通じてゆく藝術観であろう。順三郎の言う「白紙の人間」の意味を考える場合、ペイターが作品に取り込んで展開したエピクーロスのアタラクシアという安祥三昧に目を向ける必要がある。

六　ギリシア哲学とインド哲学

これまでしばしば仏教にも言及しながら話を進めてきたが、ペイターが藝術理論の柱立てとしたエピクーロス哲学は、実は仏教哲学に一番近づいた思想だと言われるからである。インド哲学のギリシア哲学への影響は早くに仏教哲学者から指摘されている。譬えば中村元によれば、インド哲学の「ヘーラクレイトス、エンペドクレース、アナクサゴラス、デーモクリトス、エピクーロスに對する影響はあり得たことであると考へられてゐる」（『インド思想とギリシア思想との交流』二六八頁）と言っている。デーモクリトスもエピクーロスもここには含まれている。

更にパルメニデースについても、前八世紀以降に生み出されたインド哲学の文献ウパニシャッドとの関聯が取り沙汰されてきているが、異論もあるものの、中村元自身は、パルメニデースがその開祖である「エレア學派の根本思想は、恐らくウパニシャッドから受けたのであらう」という学説を伝えている(同上二七四頁・注)。またペイターも、パルメニデースの絶対的一者は「結局は零にほかならず、無を表す代数的象徴にすぎない」と言っている。そして「『一者』の学説は早くに自己滅却という古いインドの夢想となって現れていた」("The Doctrine of Rest," *Plato and Platonism*, p. 40) と、ギリシアに先立つ思想であることを『プラトーンとプラトーン哲学』の中で認めている。

インド哲学からギリシア哲学への影響について、もう少し詳しく実例を挙げておく。エピクーロスは教えを受けた先生の一人であるナウシパネース(Nausiphanēs 前三二五年頃生きていた。テオスの人)を通してピュローン(Pyrrhōn 前三六〇頃〜前二七〇頃、ペロポンネソス半島、エリスの人)の懐疑論を知った。因みにナウシパネースはデーモクリトスの弟子であるとともに、ピュローンの教え子であった。

ピュローンは判断中止を説く懐疑論の開祖である。この懐疑論というのは、先にも触れたように、感覚を通して知覚できなくなったらその時点で判断を中止して、臆測で物を言わない態度で、科学的態度として立場を守っている。判断中止の懐疑論はエピクーロス哲学の重要な学説のひとつで、仏教もこのペイターもこの考えを強調している。それでは、この懐疑論の開祖ピュローンはどのようにしてこの考え方を得たかと言えば、中村元によると、アレクサンドロス大王(Alexandros 前三五六〜前三二三)が、前三二六年にインドへ東征した時に随行して行き、その地で裸の哲学者達やマギ(Magi)達と交わることで知ったと伝えられている(『インド思想とギリシア思想との交流』二六九頁参照)。

仏教を含めインド哲学ではどの学派も知識手段としては知覚しか認めていない。仏教では推論は虚妄分別だとして認められないのである（宮元啓一『インド哲学七つの難問』八十三頁参照）。この経験論がピュローンによってギリシアにもたらされ、判断中止の懐疑論としてエピクーロス哲学の中に入ってゆく。ピュローンはインドの哲学者に接して、外面的な物に心を乱されることなく無感動の泰然自若とした態度、即ち心の平静を理想とするアタラクシアの考えをギリシアにもたらし、死をも平然と迎えることを説いた（『インド思想とギリシア思想との交流』一八七頁参照）。エピクーロスは、「死はわれわれにとって何ものでもない」（『エピクロス』、「主要教説」二）と言っているが、ここにピュローンの伝えたアタラクシアの観念がよく表れている。アタラクシアに含まれる「無感動」という態度はペイターにおいては無関心（indifference）という言葉に置き換えられ、その唯美主義思想を構成する重要な要のひとつになっている。

ピュローンのアタラクシアの思想はデーモクリトスに由来するとも言われているが、中村元によると、ピュローンがアタラクシアをかくも重要視したことは、ギリシア的ではなくむしろインド的であると見なされていると言う（『インド思想とギリシア思想との交流』二七〇頁参照）。デーモクリトス自身広く東方に哲学探究の旅をした人と伝えられており、またインド哲学の影響が指摘されていることからしても、そのアタラクシア思想の源はやはりインド哲学にあると見るのが自然である。アタラクシアは仏教で言う寂滅、悟りの境地或いは涅槃と呼ばれるものと密接に繋がり合った思想だと理解される。

ペイターの言うタブラ・ラーサとはアタラクシアに相当する観念であり、順三郎においては永遠、無、無限、白紙などの言葉に置き換えられてこのタブラ・ラーサの観念が詩の中枢理念となっている。畢竟アタラクシア思想は涅槃にその濫觴があるとすれば、順三郎の永遠の観念は、ペイターを通してエピクーロス哲学を自家薬籠中のものとしながら、次いでそれと近似性をもつ仏教哲学の無の思想を帯びていったものと見ることができる。順三郎は一般的日本人として仏教を信仰する家庭で育っているので、エピクーロス思想に基づくペイターの藝術思想は極めて自然に受け容れられたものと思われる。

順三郎は『超現實主義詩論』の中でも、「純粋芸術のメカニズム」としてアドルフ・ツァイジング（Adolf Zeising 一八一〇〜七六）の図解を引用しながら、純粋藝術を「（＋）＋（−）→0ゼロ」と説明しているが（「ESTHÉTIQUE FORAINE」、『超現實主義詩論』六十二頁参照）、既に詩人は早くにペイターによって咀嚼されたエピクーロス哲学のアタラクシア思想を通して仏教的な無の境地へと辷り込んでゆく素地を形成していたのであり、ツァイジングの考えは後付けの理論的補強にすぎないように見える。順三郎が昭和八年に出した『ヨーロッパ文學』の「OBSCURO」の章において、「〈無〉を象徴し得る有限の象徴を作ること」（『ヨーロッパ文學』二三三頁）を詩の目的とすると言った背景の根柢には、仏教に最も接近したエピクーロス哲学があることに注意しておかなくてはならない。西脇詩は或る意味でアタラクシアの表現と言い換えてもよいかもしれない。

七　一即多

「何ものをも象徴し得ざる象徴を作る方法」（同上）を追求した順三郎は、戦後も一貫してその詩論を守り、昭和三十四年の詩誌『無限』の創刊号に評論「ポイエテス」を執筆している。この中で詩人は詩の極致を、「一であり、多である存在」と表現し、更には仏教用語を用いて「大空三昧」とも言っている

(『西脇順三郎詩論集』三二五頁参照)。大空とは空にも有(物が存在すること)にも執着せず、一切妨げられることのない如来(修行を完成した者)の境地を言う。三昧とは心を安静にしてひとつのことに集中し何にも煩わされないことを意味する言葉である。アタラクシアと同じような意味を持っている。従って、いかなる物にも心を煩わされることなく、心を鎮め無の境地に至ることが詩の本質だと、順三郎は言っているわけである。

順三郎の言う「一であり、多である存在」という観念は、ペイターの『プラトーンとプラトーン哲学』を若い頃に読み、早くに知っていたと思われる。或いは仏教の知識から来ているのかもしれない。とまれ、「一即多」の思想はこの本の中の「数の学説」("The Doctrine of Number")の章で扱われているピュータゴラース(Pȳthagorās 前五八二／五七一頃〜前五〇〇／四九六頃、サモスの人)の重要な考え方のひとつである。因みにピュータゴラースという哲学者は万有を数と数的比例の原理で考え、宇宙全体を音階であると見なし、様々な星が円運動する時に、調和した音響を響かせているという天体の音楽を主張した哲学者であるが、更にまた輪廻転生を説いたことでも知られている。輪廻転生というと仏教の生命観であるが、プラトーンもこの考えを持っていた。中村元によると、ギリシアの輪廻転生説は直接的にはギリシアのオルペウス教から取り入れたものと考えられているが、オルペウス教の輪廻転生説は東方からの影響であろうと言われている。この考えはギリシア人にとっては異質なものであったため、ギリシアでは一般に流布するには至らなかったと言う(『インド思想とギリシア思想との交流』一〇三〜四頁参照)。

輪廻転生説が示唆するように、ピュータゴラースはインド哲学の影響があったのではないかと議論されている哲学者で、中村元によると、その影響については賛否両論があると言われている。しかし賛否両論があるとは言え、「一即多」の思想を吟味すると、ピュータゴラースのインド哲学への近さが感じられる。「一即多・多即一」という言葉は華厳経十住品に示されている言葉である。この華厳経は三世紀頃に中央アジアにおいてインドに伝えられてきた諸経が集成されたものであると言われる（『仏教辞典』参照）。従ってこの思想は早くにインド哲学にあったものと考えられる。鈴木大拙も「一即多、多即一」の思想は、「どの仏教各派でも教える仏法の根本義である」（『禅と日本文化』、北川桃雄訳、三十二頁）と言っている。しかし順三郎は若い時に仏教を特別に勉強したというのでなければ、ペイターの『プラトーンとプラトーン哲学』を通してこの思想を知ったものではないかと思われる。

一即多に通じる思想は先の『プラトーンとプラトーン哲学』の中の「動の学説」の章にも示されている。動の学説とは永遠の流動即ち無常を説いたヘーラクレイトス（Hērakleitos 前五四〇頃〜前四八〇頃、イオニア、エフェソスの人）の思想である。この世のことは、例えば、「民族、法律、藝術等々そうしたもの自体には、始まりがあり終わりがあるのであり、有機的生命という大きな川に立ったさざ波にすぎない」（"The Doctrine of Motion," *Plato and Platonism*, p. 21）と、ペイターはヘーラクレイトスの無常観について説明している。キリスト教の物質主義と違い、ギリシア思想ではこの宇宙をひとつの生命体と見る有機体論に立っているので、有機的生命体である一者の表面に生滅（しょうめつ）を繰返す現象を川の流れに立ったさざ波に譬えているわけである。このヘーラクレイトスについても、先に見たとおり中村元によれば、インド哲学から影響を受けたギリシア哲学者の一人として考えられている。

先にも触れたペイターの短篇「セバスティアン・ファン・ストーク」にも一即多に通じる考えが示されている。この作品ではパルメニデースの絶対的一者の説を踏まえて、主人公のセバスティアンの人生観が次のように語られている、「一者のみが存在する。他のあらゆる物はひと時の見せかけにすぎず、存在する必然的或いは正当な権利など持っていない」(*Imaginary Portraits*, p. 107) と。

鈴木大拙は「一即多、多即一」とは、「般若経の語でいえば、『空即是色、色即是空』である」(『禅と日本文化』三十二頁) と言っているが、順三郎にとって「一であり、多である存在」或いは又「大空三昧」という詩論は、ギリシア思想から入って色即是空の仏教の根本義に至った詩論と言うべきものであろう。インド哲学とギリシア哲学との密接な関係、殊に詩人が若い時にペイターを通して学んだエピクーロス哲学や、『プラトーンとプラトーン哲学』で扱われたパルメニデース、ヘーラクレイトス、ピュータゴラースらの三人の哲学思想が深くも浅くもインド哲学に関わっているので、アタラクシアの思想と仏教の無の思想とは指呼の間しかない。無の思想に乗り移りそれを詩論化して実作に移すことはごく自然な成り行きであったと思われる。

八　思い出は快

順三郎の詩は思想的にはエピクーロス的アタラクシアと仏教的無の境地乃至寂滅の思想とが結び合わされた形態と言えるのではないかと思われる。この詩人の詩は経験の回想に埋め尽くされてはいるが、その訳は、最初に言ったように、回想から湧き起こる感情が主体になっているからではなく、回想が現在に息づいている過去として現在の自己を生かし、自己の存在を保障する寄る辺となっているからである。科学的に言えば、人は太古の昔から繋がる先祖の無数の遺伝子を受け継いでいること、人は死者の命を生きていることを、順三郎は詩の形態にしているのである。詩人が若い頃ペイターと共によく読んだオスカー・ワイルドも「藝術家としての批評家」の中で、「私達が生きているのは私達の命ではなく、死者達の命である」("The Critic as Artist," *The Complete Works of Oscar Wilde*, vol. IV, p. 177 以下本書では *Works* と略記）と言っている。順三郎はこのような考えを藝術において実践したのである。

エピクーロスは、「亡くなった友人の思い出は、快である」（『エピクロス』、「断片（その二）」50）と言っている。それと同じ人生観に立って、先にも引用したように、エピクーロスは臨終に際して、イドメネウス宛の手紙に、「君とこれまでかわした対話の思い出で、霊魂の喜びに満ちている」と言った。この人生観はペイターにおいてもきちんと踏襲されて表現されている。『享楽主義者マリウス』の主人公マリウスも、子供の頃白夜の里の夏の夜に、家の中の廊下という廊下すべてに漂い流れ込んできた「刈り取ったばかりの干し草の匂い」（第二章「白夜」*Marius*, I, p. 20）は、再びマリウスの死の間際に甦ってくる。マリウスはキリスト教徒と間違われてローマ兵によって囚われの身となるが、マリウスは疲労が昂じて瀕死の状態にあると見なされて護送の途中に捨てられる。しかし地元のキリスト教徒の村人達に手厚く介抱されながら山間（やまあい）の牧草地で死んでゆく。その臨終の時の様子をペイターは次のように描いている。「譫妄状態にあったあの幾夜の間にさえ、マリウスは自分は今、故里の家で安らかに身を横たえているのだとひと時ぼんやりと思いながら、刈り取ったばかりの干し草の匂いを快く感じた」（第二十八章「生まれながらにキリスト教徒の心」*Marius*, II, p. 216）と語られている。更には、親しかった人々を思い返して、「懇意にしてきたということをただ意識しているだけで、マリウスは船が浸水して沈没しようとしているさなかにあっても、自分の心が『確実に休らい、頼れる』ものを見出すような心地がした」（同上 p.

223）と述べられているように、ここにはエピクーロスと同様の、マリウスのアタラクシアの境地が語られている。心をタブラ・ラーサ或いは白紙の状態にしてあるがままに受け容れられた過去の快い思い出は、この無常の世において自己を確保し自己の存在を保障する寄る辺となり得たのである。

九　内面深化から寂滅へ

このように過去と向き合うことは順三郎にとっても同様であり、それは現在に向き合うことだったのである。ソークラテース（Sōcratēs 前四六九頃〜前三九九）はデルポイの入り口に掲げられていた「汝自身を知れ」という格言をその哲学方針としていたが、それは激しく流動する現象世界を観察しながらも、それに呑み込まれて自己を見失うことがないようにするために、先づは自己の内面深化を図ることを意味するものであった。アタラクシアも、回想を通してなされる自己との内面的対話によってもたらされる内面深化の側面を持っている。ところで仏教はどうかと言うと、仏教は古代インド哲学のどの学派よりも、心理現象分析にかけては綿密だったと言われている（『インド思想とギリシア思想との交流』二五四頁参照）。順三郎がペイターの『マリウス』を通して知ったエピクーロスのアタラクシア観は、先にも言ったように、元々インド思想由来のもので、内面深化に関わる仏教に通じているものと言える。

ところで、十九世紀イギリスの批評家であり詩人のマシュー・アーノルド（Matthew Arnold 一八二二〜八八）は、ギリシア的なものの見方をイギリス国民に勧めて、教養主義の批評的立場の要諦を「物事をあるがままに見ること」（*Culture and Anarchy*, p. 91）と言っているが、ペイターは『ルネサンス』の序文でそれを言い換えて、「自分の印象を真にあるがままに知ること」があらゆる真の批評の目的であると言ったのは、このようなエピクーロス哲学を踏み台にした発言である。ペイターの印象主義批評が高度なエピクーロス哲学を拠り所としていることを、知ってか知らずか、T・S・エリオット（Thomas Stearns Eliot 一八八八〜一九六五）らが安易にペイターを批判したことについて、順三郎が「現代詩の意義」という評論の中で、「今日エリオット氏やリチァズ氏のいうようにペイターを攻撃するのはあまりに印象ということを簡単に考えすぎている」（『斜塔の迷信』八十七頁）と、厳しく難じている。これはエピクーロス哲学を拠り所とする思い出或いは印象というものが、世間で考えられているような浅い意味を持つものではないことを、この詩人が知っていたことから出た批判であろう。エリオットやリチャーズ（Ivor Armstrong Richards 一八九三〜一九七九）に対する批判は詩人自身の詩や詩論を辯護する意味もあったのではないかと思われる。

「今、ここ」という過去も未来も現在の内に包摂して永遠化された時空であるアタラクシアの境地、或いはそのような白紙の上に映し出された人生の様々な経験が順三郎の詩作品の中で幻影としてゆらめいている。丁度、『詩と批評に関する覚書』において、詩は「曖昧模糊とした渾沌と自滅的な矛盾の感じしか残さない」（*Notes on Poems and Reviews*, p. 6）と言った唯美主義詩人スウィンバーン、順三郎がマラルメ（Stéphane Mallarmé 一八四二〜九八）に一番似ていると言ったこの詩人（「詩人の顔色」、『梨の女』一七五頁）の詩のように、順三郎の詩はそれが読む者に一種の陶酔感に似たような安らぎを与えながら、一方、読み進むにつれてそれらの幻影がかすかな酔いだけを残して、その幻影自体は消えてゆくような仕掛けになっている。幻影は同時に無であり、無は即ち永遠なのである。西脇藝術においてはアタラクシアはその類似形態である仏教的無、寂滅へと変化してゆく。これが西脇詩の美質であり神髄である。西脇詩はアタラクシアと仏教的無との融合であると言うのは、このことによる。その典型的な表現形態の一例として『失われた時』の掉尾を引用してみる。

ねむりは永遠にさまようサフサフ
永遠にふれてまたさまよう
くいながよぶ
葦
しきかなくわ
すすきのほにほれる
のはらのとけてすねをひっかいたっけ
クルへのモテルになったっけ
すきなやつくしをつんだわ
しほひかりにも・・・
あす　あす　ちゃふちゃふ
あす
あ
セササランセサランセサラン

十　象徴主義

勿論、西脇藝術がエピクーロス的なアタラクシアの観念や大空三昧の観念だけを拠り所としている訳ではないが、このような観念を主体としながら、中世的な趣をほんのりとくゆらせている。順三郎は詩の目的を、「『無』を象徴し得る有限の象徴を作ることである」と言っているように、どうしても象徴という言葉から離れられない。象徴は英語でシンボル（symbol）であるが、その語源であるギリシア語のシュンボロン（συμβολον）は友誼を結んだ二人の者がその約束の確認の方便としてふたつに割った板や硬貨や骨、或いは骰子などを双方が持ち合ってその印とする割符を意味するものであり、所謂象徴の意味はない。ギリシア人は物をあるがままにしか見なかったので、物は物それ自体としてしか存在しないということを前提にしており、中世人のように呪物崇拝に基づく象徴主義的観念は持ち合わせていなかったからである。

基本的に中世人の物の考え方は、ローマ帝国を滅ぼした野蛮人のゲルマン人本来の考え方にキリスト教的な物の見方が混合した物が主体をなしている。ゲルマン人はギリシア人と違って、物を物それ自体として見る合理主義的な物の見方はしない。十二世紀にギリシアとアラビアの学術が、ギリシア語やアラビア語からラテン語に翻訳されて西欧に入るまでは科学に無知であったが故に、中世人は自然物の背後には何か高度で抽象的なものが潜んでおり、目に見える物はその具体的な現れだと見なした。これが所謂象徴主義の母胎である。

フランスの歴史学者ジャック・ル・ゴフ（Jacques Le Goff 一九二四〜二〇一四）も、「中世人の思考方法のなかで抽象的部分と具体的部分とを区別することが簡単でない」ので、「各物体は、より高いレベルでそれに合致している何かの形象であり、それがシンボルとなっている」（『中世西欧文明』桐村泰次訳、五二八頁、五二一頁）と、言っている。中世人を魅了したのは、ギリシア人が探究した自然の法則ではなく、超自然の物だった。それ故に、黄色や緑色の石は黄疸や肝臓病を治す力があるとか、矢車草は茎が四角張っているから四日熱マラリアを治す力があるなどとされ、そういう病の治療のシンボルになったりした（同上五二四〜五参照）。聖母マリアの処女懐胎とか、カナの婚礼で水を葡萄酒に変えたり（ヨハネによる福音書第二章）、死人を甦らせたり（ルカの福音書第七章）、盲人を目明きにした（マタイによる福音書第九章）などというイエス・キリストの奇跡は超自然の神秘を好む中世人の感性にはすこぶる相性が良かったわけである。

中世文学が専門の順三郎はこの中世人の象徴主義的なものの考え方を西脇藝術の適量の塩としてたくみに取り込んでいる。古来日本人は自然物の趣のある風情にしみじみとした味わい、つまり情趣を感じる傾向を持っている。譬えば独特の形に曲がった枝ぶりを見せる松の木に快い情趣を感じ取ったりする。或いは盆栽の形にして人為的にそういう形を作り上げる。しかし日本人は木は木そのものとして見、それ以上でもそれ以下でもなくその形それ自体、そういう形のあり方を喜んでいるにすぎない。勿論、譬えば樹齢何百年というような古木には自然の神々しさとか畏敬の念などの感慨を催すが、ゲルマン人の象徴的思考とは全く別物である。そうした形の木の背後に何か別物の抽象的な意味を読み取ろうとするわけではない。ただあるのは、個々の自然物は自然という無限の生命体によって有機的に生かされているという意識だけである。

日本人はその意識の下に、自然物が見せるおもしろみのある風情だけに目を留めている。花見や紅葉狩もそうである。風情それ自体或いはその趣を喜ぶこの日本人の遺伝子を持つ順三郎は、風情それ自体のおもしろみに加えて、その風情の奥にかすかな情念を潜ませた。ここに西脇藝術の謂わば隠し味としての象徴主義がある。譬えば『旅人かへらず』の第十番にある、「枯草にからむつる草に／億萬年の思ひが結ぶ」という一節では、つる草が曲がりくねって枯草に絡まっているその風情自体のおもしろみだけに終わらずに、永遠に比べれば無きに等しいような生命が種（たね）から種へと繋がって、今こうしてこの世にひと時の仮の宿りを得ている生命に対する憐れみと、万象は無であることの悟りとが交錯する情感を潜ませている。仏教では輪廻の主体は実体としては存在しないと考えられている。「ただ燃える火のように主体の連続のみが存する」（『ミリンダ王の問い』1、中村元・早島鏡正訳、一三八頁注）というこの輪廻転生への思いが枯草にからむつる草に形象化されているが、しかし飽くまで表向きにはその風情の趣が主体になっている。

森鷗外（文久二年［一八六二］～大正十一年［一九二二］）に、「日本にもはじめて象徴詩が生まれましたね」（『萩原朔太郎全集』第一巻、六〇五頁、三好達治「後記」）と言わしめるほどに、萩原朔太郎（明治十九年［一八八六］～昭和十七年［一九四二］）の『月に吠える』は歓呼の声を以て迎えられはしたが、ゲルマン的な象徴主義というものは、ギリシア人と同じように物を物それ自体として捉えようとする日本人には、本質的に肌の合わないところがある。順三郎は日本人の感性を十全に生かしながら、ゲルマン的象徴主義を隠し味として、或いは味を調える適量の塩として用いた。それによりその象徴主義は日本人の感性に抵抗なく受け容れられ、西脇藝術は読者にほどよい快感を与える藝術に仕上げられている。このように巧みな象徴主義の使い方ができたのも、若き日に先づはペイターを通して仏教思想に近似するエピクーロス哲学に浸り、更には仏教思想へと深く踏み込みつつそこに回帰していったからであろう。そして順三郎はアタラクシアの境地、更にそれから繋がってゆく寂滅の境地への憧れから、先に引用した『失われた時』の掉尾のように、西脇順三郎の詩は最終的にはその幽妙な象徴主義さえ捨て去って無へと向かってゆく。ペイターは「あらゆる藝術は絶えず音楽の状態に憧れる」(*Renaissance*, p. 135)と言ったが、その顰みに倣えば、まさに「西脇藝術は絶えず無に憧れる」と言ってよいであろう。

第二章　ペイターとギリシア
――西脇順三郎の藝術思想を暗示するもの

一　「藝術のための藝術」の礎

西脇順三郎は「私の愛読書」の中で、「私の一生に影響を与えた書物は恐らくたくさんあったと思うが、その中で最大に与えたものはウォルター・ペイターであった。書物から最大に影響を受けた時代は十八位から二十五位までの間であった。ペイターはこの時代であった」（『あざみの衣』二十三頁）と振り返っている。そしてギリシアやローマの藝術を順三郎が最大のギリシア主義者と呼ぶそのペイターを通して学び、自らを「非常なヘレニスト」と任じていた（『西脇順三郎対談集』一一八、三二三頁参照）。晩年最大の仕事が『漢語とギリシア語の比較研究ノート』であったことは、その自任の證しのひとつとも言える。そのような経緯もあり、西脇藝術におけるギリシアは相当に根が深いものがある。殊にペイターを通して知ったギリシアは西脇藝術の様式と無縁とは言えないであろう。

「芸術それ自身を表現するのが目的となつて来た。芸術ということは昔は、或ることを表現する方法として詩的に表現するということにすぎない。芸術は一つの表現方法にすぎなかつたが、今日では芸術それ自身を表現するのが純粋な芸術の存在である」(「詩論」、『梨の女』二〇二頁)。順三郎のこの藝術のための藝術の思想の根は、日本の伝統的な藝術観を除けば、ギリシアにあると見てよかろう。と言うのも、ペイターはこの種の藝術思想の源泉はギリシア、殊にプラトーンにあると見ていることが、ひとつの根拠となり得るからである。「プラトーンは、藝術はそれ自体ではそれ自身の完成にしか目的を持っていないという近代的観念――『藝術のため藝術』を先取りしている」(*Plato and Platonism*, p. 268)と、ペイターは指摘している。この点については、ワイルドもペイターの立場を引き継ぎながら、藝術の自律性へとこの考えを発展させ、「藝術はそれ自身の内面にその完成を見出すのであって、その外面ではない」("The Decay of Lying," *Works*, vol. IV, p. 89)のであり、「藝術はそれ自身しか表現しない」(同上p. 96)と言っている。

ペイターの見方からすると、「感覚的なものが好きな人が、目に見えない世界を好む人となり、しかもなお感覚的なものを好み、元の行動様式に倣って、理智的直観の、即ち観照の世界に、目に見える現実の世界を聯想させるあらゆる物を持込んでいる」(*Plato and Platonism*, p.146)ような人がプラトーンであり、その場合、「感覚と理智のあらゆる才能が集まって、至高の純理的な直観的能力、観照、想像的理性となる」(同上p. 140)のだと言う。

この理智と感覚との融合は、手段と目的との一致というペイター流の二元論的理想形態の型に当てはめて論じられている。教義的哲学の道具としての論文が先づは公理や定義から始まるのとは違って、プラトーン的辨證法は、その手法における非厳密性、躊躇、疑念、保留を正当化するものであり、対話、或いは自己との長い内面的対話は、生活と同一の広がりをもち得るものだということを言っていることからして（同上 pp. 187-8 参照）、その辨證法においては真理への到達の過程或いは対話そのものが主体をなすようになる。そこでは手段と目的とが一致し、それ自身の完成を求める動きが生まれてくる。ペイターはその意味でプラトーン的対話は、藝術のための藝術というそれ自身の完成を求める原理となっていると見ているのである。

しかし真理の探究という理智的な議論と、生活という感覚的領域、この理智と感覚との一致した人生のあり方は、プラトーンに限ったことではなかった。自然は見るためではなく、自然とひとつになって生きるためにあったギリシア人にとっては、「海は泳ぐ人のためにあり、砂は走る人の足のためにあった。ギリシア人は木蔭ゆえに木を愛し、真昼時の静けさゆえに森を愛した」（*De Profundis*, p. 144）。ワイルドのこの言葉は、ギリシア人の生の意識と感覚を端的に言い得て妙である。ワイルドは近代人は自然を見るばかりで、自然と共に生きるというギリシア的な健全な姿勢を忘れていることに注意を促した上で、自分にはそういう素朴で原始的な物に対する不思議な憧れがあることを述懐している（同上参照）。ギリシア人にとって、その後の時代に登場するキリスト教徒達とは違って、自然物はそれ自体としてあり、神の啓示を見出し得る象徴でも暗示でもなかった。藝術の領域でも、例えば、ペイターが『ミロのヴィーナス』〔前四世紀後半のアプロディーテー像を範にして前一三〇～前一二〇頃制作〕を一例に挙げて、「それはいかなる意味においてもそれ自身の勝ち誇った美しさ以上のものの象徴でも、暗示でもない」（*Renaissance*, p. 205）と言っている。感覚と理智との間に乖離のない古代ギリシアでは神々も裸体で表現され、そこには人間の理想型が明確な形で神々しい美として表され、彫像はそれ自体として独立してあり、それ以上でもそれ以下でもない。神々は象徴として表現されてはならなかったのである。これがギリシア彫刻の一般的なあり方であった。

先の「海は泳ぐ人のためにあり、砂は走る人の足のためにあった」ことを、ワイルドの言葉通り、素朴な原始性と呼ぶならば、「直接に原始的に感覚した imagery を発見しなければ永久的なドツシリしたものが出来ない」（「詩の内容論」、『梨の女』一四九頁）という順三郎の言葉も、同様な素朴な原始性への傾向を示すものと言える。この原始性は未熟を意味するものではなく、ギリシア人にとって形相（エイドス）と物質（ヒュレー）とが完全に合致したものとしての実体の基本条件と見た方がよい。このような物のあり方や見方が、藝術それ自体を目的とする藝術理念を生み出す素地となる。

二　相反するものの結合と無

順三郎の根本的藝術理念である相反するものの結合や、そこから生ずる無の感覚は、仏教の無の思想以外にも、ギリシアの実体認識と深く関わっている。ペイターは「ヴィンケルマン」論（"Winckelmann"）の中で、「ギリシア彫刻の美は無性の美であった。神々の彫像には性の痕跡はごくわずかしか残っていなかった。ここに道徳的無性、自然全体の非効果性といったものがあるのであり、それでいながらそれ自身の真の美しさと意義を具えている」（*Renaissance*, pp. 220-1）と書いている。ペイターはギリシア彫刻に無の表現を見ているのである。

「ヴィンケルマン」論は最初一八六七年に『ウェストミンスター評論』に発表されたものだが、先の引用と同じ内容がそれに先立つ一八六四年、ペイターが二十五歳の時に「オールド・モータリティ」（'Old Mortality'）という小さな会で発表した習作的作品「透明性」（"Diaphaneitè"）の中で、ほぼ同じ表現で語られている。ギリシア彫刻における無の感覚の表出に関する考えは、ペイターが亡くなる一八九四年、『現代評論』（*Contemporary Review*）に発表された「運動競技勝利者の時代」（"The Age of Athletic Prizemen"）に至るまで一貫しており、基本的に変わっていない。

西脇順三郎の読者は、「想像力は物質の法則に縛られることなく、それ自身の都合で、自然が切り離したものを結び合わせ、自然が結びつけたものを切り離したりして、事物の非合法的な縁組と離婚を行なうことができる」（*The Advancement of Learning*, p. 82）というベーコン（Francis Bacon 一五六一～一六二六）の言葉や、機智とは「より厳密且つ哲学的には一種の不調和の調和と見なし得るものであり、似かよりのない形象同士を結合したり、或いは一見似たところのない事物に神秘的な類似を発見すること」、即ち、「最も異質な観念同士が暴力で繋ぎ合わされている」（*Lives of the English Poets*, vol. I, p. 20）ことであるという、サミュエル・ジョンソン（Samuel Johnson 一七〇九～八四）のこの語の定義の引用に出合うことがある。順三郎がこのような言葉に異様なほどに注意を惹かれたのは、それなりの素地ができあがっていたからであろう。この詩人がペイターを介したプラトーン哲学やギリシア思想に深くなづんでいたという事実もその一端である。

実際、相反するものの結合という考えについて、ペイターはプラトーンの理想が、遠心的傾向の強いアッティカと求心的傾向の強いドーリスとをひとつに結び合わせることだったことを語りながら、「思うに、あらゆる場合において、完全というものは、相反するものの或る結合によってしか達せられない」(*Plato and Platonism*, p. 24)と言っている。「永遠の動は永遠の静」であり、「動は、それが覆い尽くしている眩惑的な世界全体とともに――無である」(同上 p. 30)という、パルメニデースの静の学説に立った物の見方などは、順三郎の藝術理念にそのままはまり込んでくるかのようである。

ペイターによれば、プラトーン哲学は基本的にヘーラクレイトスの永遠の流動の思想である「動の学説」と、パルメニデースの無の思想である「静の学説」との相反する思想が、音楽的調和を求めるピュータゴラースの「数の学説」によって結ばれて出来ている。この相反するものの音楽的統一が、ペイターの見るプラトーン哲学であり、すべてこの見方がペイターの藝術思想の基礎をなしている。

相反するもののすぐれた結合の一例として、ペイターは「運動競技勝利者の時代」でミューローン(Myrōn 前四六〇頃~前四三〇頃活躍、アッティカ地方のエレウテライの人)のあの有名な『円盤投げ』(*Diskobolos*)を取り上げている。「若さの描写において、象徴的暗示の余地、見る側があの想像力の助けを借りるというような余地など全然ない」(*Greek Studies*, p. 282)実体表現としてのその彫像の素朴な原始性を指摘した上で、「青銅の原作では、それは恰も一陣の冷風がその金属を、或いは生きている青年を固まらせ、ふたつの相反する動き、即ち右腕を後方へ引き寄せる動きと、左足はまさに始まりのさなかにある前方への運動との中間にあるあの静止の瞬間に、青年を不滅の形に固定したかのようである」と語りながら、「結合された動と静、動の中の静の神秘」(同上 p. 287)、或いは永遠の運動は永遠の静止であることをペイターは審らかにする。

この神秘的な動と静との結合は、考え抜かれた末に生み出されたものではあるが、そのような特質が『円盤投げ』においては、その作品について考えるためというより、寧ろ見られるためのものという藝術作品本来の目的の下位に置かれており、人体美の新たな見方を暗示しているわけでもないので、そこには勝ち誇った非の打ち所のない自然さが生まれる。この自然さ故に、この像は同時に古今のあらゆる青年の瑕疵なき肉体を体現するものとなる。そうした自然さに恵まれたこの作品は、動物的世界と精神的世界とのあわいで、無意識であるが故に完全なる、動と静とが一致した幸運の刹那を迎え、自他ともに喜ばしいものとなっているというのが、ペイターの『円盤投げ』観である（同上 p. 288 参照）。言い換えれば、動と静との完全一致の状態にこそ、完璧なる自然さがあると見ているのである。

ここで言う自然さは、ペイターがギリシア彫刻一般に見出す「自然全体の非効果性といったもの」と呼んでいるのと、基本的は同じものであろう。つまり人間の言葉による恣意的な分節化を超えたところにある渾然一体化した世界の、彫刻を介した瞬間的な顕現が、見る者に無乃至無限をそこはかとなく感じさせているのである。非効果性とは又、性を超越していることである。生滅に関わる性を超えたパルメニデース的な不生不滅の「純粋存在」、即ち「純粋無」をギリシア彫刻は静謐という形でそれとはなしに見せているということである。その無たる静謐そのものが、それ自身の真の美しさと意義を具えた非効果的なる自然全体として、動物的世界と精神的世界との、或いは感覚と精神とのあわいに藝術表現を得ていると、ペイターは見ているようである。

これは一種の虚無主義でもあり、ワイルドにも引き継がれてもっと尖鋭化されることになる。それはともかくとして、ギリシア彫刻についてペイターが語るこの相反するものの結合の齎す神秘的な無の境界（きょうがい）は、「何も考えないことである。ただ視覚から、純粋に受ける非常に抽象的な感覚だけを受けていることである。その間、何等人生的意味を感じ」ることなく、「ただ、色彩の世界、形像の世界、明暗の世界に」（「詩と眼の世界」、『梨の女』三〜四頁）おいて構築しようとした順三郎の詩の世界と、果たしてその根本においてどれほどの逕庭があるであろうか。

それ自体の美と意義を有しながら、象徴的暗示のない自然の非効果的全体性をもつ藝術形態は、順三郎の理想とするものに近いであろうと考えられる。尤も順三郎の場合、象徴なき象徴性が詩形態として、理念の完全な感覚的顕れにとどまらず、ペイターと同じく独特の気分を醸し出しているので、ギリシア的形態とは異質ではあるが、ペイターが解説する無に関わるギリシア的形態とは通い合うものがあることは確かである。

感覚が魂の形成にいかに決定的な役割を果たしているかは、ペイターが「家の中の子」（"The Child in the House"）という小品でその過程を丹念に辿ってみせている通りであるが、一方「プラトーンの美学」（"Plato's Æsthetics"）においても、「プラトーンの見解によれば、人の魂は人の見聞きする物の所産である」（*Plato and Platonism*, p. 271）と、プラトーンに言及しながらこの事実に重ねて注意している。「私達に教育的効果を与えるのは、藝術作品の〈内容〉、即ち色や形や音となって、又それらによって伝えられるもの――例えば劇の言葉や場面によって展開される主題というよりも、寧ろ〈形態〉及びその質、簡潔性、単純性、律動性、或いは反対に豊富、多様性、不調和である」（同上）ということ、従ってプラトーンは形態を第一に考えたのだという点を、ペイターは強調する。

人間は生物一般がそうであるように、生活環境の単なる外観に強く条件付けられる感受性の強い生き物である。即ち目や耳を介した模倣が人間性に及ぼす影響は避け難い。人は模倣を通して、その模倣の対象の真実に立ち至る（同上 pp. 272-3 参照）。プラトーンはこうした認識に立っており、「模倣はプラトーン美学の第一原理である」（同上p. 272）とペイターは言う。プラトーン美学では形態を第一に重視する理由はこの点にある。

感覚と理智とが絶妙な形で結合した純理的な直観に重きを置くプラトーン美学では、そこに啓かれた形態は自づと理智そのものを象るものとなる。言うまでもなく感覚と理智との結合というこの藝術的様態は、広くギリシア彫刻一般に認められるものでもあり、ギリシア彫刻は「理智的側面に対しては石に滲透した大いなる思想として位置づけられる」（*Greek Studies*, p. 190）もので、要するに石となった思想なのだとペイターは言う。

石に象られた思想は、実体としてそこに形を得ているのであり、その外観は写実でなければならなかった。彫像において現象の奥にある物の本質を求めたエヂプトやメソポタミアなどのオリエント人とは違い（村田数之亮『ギリシア美術』三十八頁参照）、プラトーン美学の第一原理は模倣であったように、ギリシア人はその模倣を通してその対象の真実に立ち至ったのであらばこそ、対象の形に即した写実的な彫塑性を求めた。そして形を執拗に求めるペイターは、プラトーン思想やギリシア彫刻について語りながら、そこにはそれ自体として独立した価値を持つ形への追求があったこと、しかもその形が理念の形象化として、偶然的なものはすべて排し簡潔に抽象化された写実であることをも示した。

相反するものの結合によって、それ自体の美と意義を有しながら象徴的暗示のない自然の非効果的全体性という無の感覚を生み出す働きをするものが、抽象化を促す理智であることは、「最高のギリシア彫刻の作品は、こう言ってよければ、実際極度に〈理智化〉されている」（*Greek Studies*, p. 190）というペイターの言葉にいみじくも示されている。ヘーラクレイトスの流動思想が感覚に関わるものであるとすると、もう一方にパルメニデースの唯一絶対の純粋存在に関わるものとして、ペイターは無の感覚をその二元論的観点から対置している。

パルメニデースの絶対的一者論における純粋存在とは、「あらゆる面が無心にそれ自身のうちに鎖され、固く透明な水晶の玉のように無の中空に浮いている」(*Plato and Platonism*, p. 35) ものである。ペイターが言うように感覚的事物の現実性は、ありとあらゆる形で常に遍在するこの完全なる存在から遠ざかるに従って増大する。逆に言えば、それに近づけば近づくほど感覚的事物の現実性は失われ、そういう事物或いはその本質を特徴づける変化、即ち動きというものは無でしかなくなる。「永遠の動は永遠の静」であり、「純粋存在」は「無色で形なく、触れることのできない存在」である「純粋なる無」であった (同上 pp. 30 & 32)。

ペイターはこのパルメニデース的世界への憧れを短篇「セバスティアン・ファン・ストーク」で扱っているが、まさしくそれは理智を介することで現出する無限乃至無の世界への憧憬を示すものである。細緻な写実を理智の抽象性を以て撥無する、即ち整然たる緻密な表現をしながら最終的に物象の明瞭な輪廓は見えてこないという、ゲルマン的象徴思考とギリシア的合理主義思考とを融合した独特の文体を作り上げたペイターは、その藝術の奥義とも言うべき無の感覚をプラトーンを通して学んだのである。詩における相反するものの結合や形態の最優先、理智の重要性の注意、そして「詩情としては、無を感じさせる現実を好む」(「詩の幽玄」、『梨の女』八十一頁) と言う順三郎の傾向は、ペイターと順三郎とでは無の様態に差があるにしても、順三郎自ら認める「ペーター学校」で学んだプラトーンやギリシア藝術思想に育まれた面が多分にあることは、否定し難いところである。ペイターは基本的には唯美主義の理論的根拠をプラトーンに求めたが、ペイタリアンとしての順三郎も自づとそれに乗る形となって、自ら言う通り「非常なヘレニスト」なのである。

三　構築性

i　理性的音楽

ペイターがプラトーンを論じて特徴的なところは、宇宙に関する動と静との相反する原理の結合に、ピュータゴラースの数の原理の介在の重要性を認め、それがもたらす音楽性を強調している点である。まさしく「不調和の調和」である。これが「あらゆる藝術は絶えず音楽の状態に憧れる」というペイターの唯美主義の理論的根拠を根本から支える土台となっている。このことを順三郎もよく認識した上で、「すべての芸術美は音楽に向かつている。（原文改行）しかしすべての抽象的な美は彫刻に向かつている」（「詩人の顔色」、『梨の女』一六九頁）と言っている。この引用文の前半はペイターの考えをそのまま引き、そして「しかし」で接続されている部分も、先に引いたように、ギリシア彫刻は「理智的側面に対しては石に滲透した大いなる思想」であるというペイターの言葉の先蹤を踏んでいる。

ペイターにとって、形態は理念の形象化としてあった。それだけに形が及ぼす感覚的効果は、第一義的な重要性を持っていた。理念としての抽象的な美は自づとして空間的、つまり構築的乃至彫塑的な形としてあるというのが、ペイターがプラトーンから学び取り導き出した唯美主義に関わる重要な事柄なのである。順三郎にしても「石に刻まれた音」（『*Ambarvalia*』、「眼」）のような形態をもつ詩を理想としたことが、この表現自体から窺い知れるのである。

　ペイターの音楽性の強調は、部分と全体との有機的一体性というギリシア的調和への抑え難い憧憬に根ざしている。ギリシア藝術を最も特徴づけるものに構築性と有機的一体性がある。理智と感覚、或いは形態と内容とが「電撃的な親近性」で一致した時に、色となり匂いとなり全体の統一的雰囲気として醸し出されてくるのが、ペイターの所謂「文体の魂」(soul in style)である。ペイター独自のこの言葉と観念は、ゲルマン的象徴思考にギリシア的な有機体論を取り込むことによって案出された藝術理念であろう。合理的な理智的思考よりも物象に触発されて起こる感興や情念の優先は、ゲルマン的象徴思考の特徴だからである。この感興や情念と、そうしたものの絡む物象の形との間に有機的な繋がりと調和を実現したところに立ち上がってくるのが文体の魂である。このような文体の魂という藝術理念を立てることで、有機的一体性のもたらす自然全体の静謐なる非効果性は効果の一過性という形ではペイター藝術にも可能となる。精緻な描写にして輪廓が明らかにされず全体の形が薄らいでゆくような文体がそれである。

　文体の魂は内容が理念としての的確な形のうちに形象化されたときに現れる、音楽的な調和への無限の動きを含むもので、動にして静謐性を保った形となる。この要素が無の感覚を誘引する要因でもある。それに対して、有限なる意匠としての構築性は理念の形象化であり、客観的な固定的な要素である。制作の最初の段階において、その全体的構造すべてを明確に見通したこの直観的明察を、ペイターは「文体の意(こころ)」(mind in style)と言う。

　そして更に、ペイターは構築的知性も一種の想像力であると、「文体」論の中で言っているが

（“Style,” *Appreciations*, p. 25 参照）、順三郎も、「想像力は理智の最も優れた形態で、論理的な認識のみが理智ではない」（「文學青年の世界」、『輪のある世界』七十頁）と語り、ペイターと順三郎両者の考え方はギリシア的主知主義において揆を一にしている。

　ペイターは、「ギリシア藝術は、人の形を写すに当たって、人間の理智に内在する最高の精神の深い表現のみならず、魂の静謐で穏やかな有様はおろかすぐれた人間の感情、力強い動作の表現にまでも到達している」（*Greek Studies*, p. 255）と指摘し、理智と感情との際立った調和に着目している。ペイターはこれを「理性的音楽」（*reasonable* music）と呼んでいる。「藝術の中で作用しているすぐれた理智」、或いは「観念を意識的に形あるものにすることによって到達した美」（同上）のことだと言う。「あらゆる藝術は絶えず音楽の状態に憧れる」という『ルネサンス』の「ジョルジョーネ派」論（“The School of Giorgione”）における名文句は、実は理智と感覚とが一体化したギリシア的なこの理性的音楽のことを意味するものであろう。感覚的事物を抽象化しながら、なおも感覚的で質感があり、目に訴えかけてくるような藝術を、ペイターはギリシア藝術に見ようとしている。因みに、このようなギリシア藝術論の背後には、ヴィクトリア朝の偽善的風潮により、言葉の即物的喚起力が失われていることに対して、言葉本来の心象喚起力を恢復しようとするペイターの努力と願望が隠れていることに留意しておく必要があろう。ペイターは過去を語りながら、いつも現在を語っているからだ。

　この理性的音楽とは、理智の凝結した形としての空間化された音楽であり、それがペイターの脳裡にはその典型として常にひとつの彫像、或いはひとつの構築物として思い描かれているようである。しかし文学は時の流れの中で展開する世界である。理性的音楽という凝（こご）った音楽性の意識は、表現形態を文学本来の滑らかな流動性とは対蹠的に、ペイターを平面的な構築性、錯綜する併置的な絵画性へと向かわせる。これは時間的・空間的な秩序意識に闕けるゲルマン的象徴思考を遺伝的に受け継ぐペイターが、ギリシア的な構築性と調和を取り込むにしても、時間の流れの中で変幻する形を描くことも、三次元的に形を構えることも性に合わず、二次元的な複雑な紋様化の方向にしか進めなかったからである。

さはれ、ペイターがギリシア彫刻に見出す理性的音楽という藝術理念は、先に引用した「すべての抽象的な美は彫刻に向っている」と言う順三郎に反映していることは確かであろう。更には画家としての順三郎にとっては、「色彩をつけた彫刻の如き世界をつくること」（「詩人の顔色」、『梨の女』一六九頁）が理想となる。文学という時間的な藝術から、ゲルマン的渾沌に有機的秩序をもたらすことで平面空間的藝術を生み出したペイターのその藝術の形を整える手立ては、これまで見てきた通り、ギリシアにあることは間違いないが、「僕のような詩は空間的である」（「詩と眼の世界」、同上六頁）と、時間的には論理的に切断された空間的な詩であることを自ら認める西脇藝術も、ペイターを介してその根の一端を深くギリシアに下ろしていることは、否定し難いであろう。

ii　彫刻的にして絵画的構築性

ギリシア彫刻の美に魅入られたペイターは、その美的形態を文学にどのように取り込んでいったのか。彫刻的にして絵画的構築性という、一見自己撞着的な藝術理念を自己の本領とするに至る。それは肖像という形で結晶することになる。『享楽主義者マリウス』然り、『想像の画像』然り。これは創作にとどまらず、批評文でも同様であった。とりわけ『ルネサンス』の「レオナルド・ダ・ヴィンチ」論

(“Leonardo da Vinci”)における『モナ・リザ』の次の描写は、批評文の一節ながらその典型であろう。

かくもあやしく水辺に立ち現れた人は、一千年の時を閲するうちに、人間が欲しがるようになった物をよく表している。その人の頭には「この世のあらゆる末が集まり」、その瞼は少し疲れている。それは内側から肉体の上に形作られた美、奇異なる思想や風変わりな幻想や激しい情念がひとつづつ小さな細胞を成して堆積したものである。それらをちょっとの間、あの白いギリシアの女神或いは古代の佳人の傍らに置いてみるといい。そうするとあらゆる病を持った魂が入り込んでいるこの美しさに、女神や佳人はどれほど思い悩まされることであろうか。この世のあらゆる思想と経験はその画像に、即ちそれらの内にあり外形を洗煉して表現の豊かなものにする力を備えた場所に、ギリシアの獣性、ローマの色慾、精神的野望と想像上の愛のあった中世の神秘主義、異教世界への回帰、ボルジア家の罪業を、刻み象っている。女は坐っている岩よりも齢を重ねている。吸血鬼のように女は幾たびも生死を繰返し墓の秘密を知った。そしていくつもの深い海に潜り、身にはいつもそれらの海に落ちた日の光が纏わりついている。そして珍奇な織物を求めて東洋の商人と交易し、そしてレーダーとなってトロイアのヘレネーの母親となり、聖アンナとなってマリアの母親となった。そしてこのことすべては、女にとってただの竪琴と笛の音のようでしかなく、変わりゆく容貌を形作り瞼や手を染めるその様もそこはかとなく、こうした形でしかそれはながらえることができないのである。

(*Renaissance*, pp. 124-5)

時間的にも空間的にも様々な要素が重層的に重なり合ってラ・ジョコンダという女人のひとつの幻影が浮かび上がってくる。この面妖な趣を呈した幻影は、又同時に、ゲルマン的象徴思考に根生する象徴であることにも留意しておかねばなるまい。

ペイターは先に触れた「文体」論の中で文体の意(こころ)を論じながら、文学という構築物への取組の要諦として、最初にして最後まで全体の見通しのついた建築的意匠乃至ありありと目に見えるほどの単一の心象を持っていなければならないこと、そしてその心象によって錯綜する文章全体が活気づけられると同時に、その意想としての内的幻影 (vision within) に対して終始一貫して忠実に有機的一体性を以て繫がりを保っていることの重要性を篤と語り尽くしている。そしてこの緊密性を保障するものは、「ひとつの事、ひとつの思想にはただひとつの言葉」というフローベール (Gustave Flaubert 一八二一～八〇) に倣った考えに立って、心に思い描くただひとつの幻影に絶対的にふさわしい語、句、文節、エセー或いは歌は、ただひとつしかないという信念であった。

一なる内的幻影は、ギリシア思想を通してゲルマン的一即多の藝術形態を実現するために、ペイターが極めて意識的に重視したものであった。単一の心象を核としながら、それと一致契合した多様な広がりを持つ平面的構築性を理想とするペイターの藝術理念は、ゲルマン的象徴にギリシア思想、殊にプラトーンのイデア論を重ね合わせたところから生み出されてきている。核をなす単一の内的形象とは、本来的にはゲルマン的象徴物でありながら、形としては恰も実体になぞらえられ、その本質を分有する有機的組織の核となるものである。

ところで、ペイターはギリシア精神について、「ギリシアの歴史全体を通して、ギリシア精神の活動のあらゆる領域には、これらのふたつの相反する傾向――遠心的傾向と求心的傾向――の働きの痕を辿ることができる」(*Greek Studies*, p. 252) と言っている。ペイターの見方によれば、遠心的傾向はイオニア的、即ちアジア的なるものであり、藝術でも哲学でも、光彩、色、美しい材料、定まりない形に喜びを見出すものであり、一方、求心的傾向はドーリス的、即ちヨーロッパ的な力であり、これは内面的で抽象的、理智的な理想の実現へと向かうもので、事物を厳格に単純化し、自意識的な秩序や静謐、調和をもたらす要因であった。プラトーンもドーリス的な力を維持することで、個人主義や、分離へと流れてゆく社会や文化、人間の肉体的本性などの、遠心的傾向を矯正しようとしたのだということを拠り所として、ペイターは自分の藝術のあり方を考え出した。それが想像の画像という文学的肖像形式であった。唯一の形象を求心力の核としてそれに一致契合する多様な局面を構築した。これが彫刻的にして絵画的藝術様式であった。文体の意、即ちドーリス的或いはヨーロッパ的なるものが意匠の統一を守るのに対して、絵画的側面、アジア的な遠心的傾向においては、色の広がりや漂い広がる匂いがある。しかしその広がりも意匠のもたらす統一性乃至文体の意の働きで一様化されている。「電撃的な親近性」のうちに様式化された多様な感覚的事物は無限の感覚を喚び起こす。ペイターはかくして多にして一なるギリシア的理想形態を独自の肖像形式において実現しようとした。

これまでペイターの考え方に即してその理想とする藝術形態の実相を明らめてきたが、ペイターのそのヨーロッパ観には受け容れ難い見解が含まれているので、ここに補足的に附言しておく。この批評家はギリシア精神における求心的傾向はドーリス的な力であり、それは即ちヨーロッパ的傾向という前提で自説を展開してきたが、ヨーロッパ的傾向が果たしてドーリス的傾向と言えるものか甚だ疑わしい。五世紀のゲルマン人の大移動、四七六年の西ローマ帝国の滅亡によって、西ヨーロッパは蛮族のゲルマン人が広く分布するところとなり、学術の光明のない世界となった。ゲルマン的象徴思考は本来的に抽象的思考に不適な思考形態であった。ジャック・ル・ゴフも、「中世人の思考方法のなかで抽象的部分と具体的部分とを区別することが簡単でない」ので、「最も高度な思索も最も卑近な身振りによって捉えられた」(『中世西欧文明』五二八頁)と言っている。

古典古代と区別されるヨーロッパは、一般的にはキリスト教に改宗していったゲルマン人が表舞台に立ってくるようになった世界を指す。ギリシア学術、及びそれを中心としてバビロニアやエジプトなどのオリエント、ペルシア、インドの学術、更には中国のものも一部取り入れて発展したアラビア学術のラテン語への翻訳によって、ヨーロッパは十二世紀以来学問の進歩を見た(伊東俊太郎『十二世紀ルネサンス』一五三頁、及び前嶋信次『イスラムとヨーロッパ』一三九頁参照)。とは言え、西欧の藝術の系譜を見てもわかる通り、キリスト教的情念と結びついたゲルマン的象徴思考は歴然として生き続けている。新しい学術が導入されても、それを受け容れる器である思考形態が変わるわけではない。言葉が直に物それ自体を喚起する力が弱く、観念的、空想的方向に漂いがちなゲルマン的象徴思考の悪弊が露わになった時代に逢着した十九世紀英国にあって、ゲルマンの血を引くペイターは己と民族の魂の恢復を求める手段として、非合理的なゲルマン的象徴思考にギリシア的合理主義思考を、コウルリッヂ或いはアーノルドに倣って改めて引き入れ、その形を秩序正しく整えることを焦眉の急としたのである。

ゲルマン人の大移動の後は更に約九百年を経てから、ギリシア学術とアラビア学術の導入により天文学の知識を得て航海術を高めた西ヨーロッパ諸国は、イタリアを除き、十五世紀初めに大航海時代を迎えて、アジア、アフリカ、アメリカ大陸に広大な植民地獲得に狂奔し膨張し続けた。それと共に西欧の文化や制度も広まり、その結果、イギリスを含め、十八世紀に文化的に頂点に達した西欧諸国は十九世紀を迎えて、普遍化の見返りにその独自性を失い、ヨーロッパがヨーロッパでなくなる魂の喪失の時代に立ち至ったのである。それ故にこそペイターはゲルマンの魂の恢復を求め、更にそれをギリシア的合理主義で形を整えようとしたのである。

それにも拘わらず、中世以来この方、発展ではなく単なる膨張をし続けたこのゲルマン的ヨーロッパの傾向を、求心力のある抽象的、理智的思考に長じた思考形態を持つドーリス的傾向と同一視するのは、いささか牽強附会の見解と見るほかない。この一件も又、「ペイターは繰返し〔作者の〕内容を私用に供し、彫琢を凝らした己の文をそこに組み込んで正しくない引用をした」(C. Ricks, *The Force of Poetry*, p. 402) 一例と言ってよいものである。従って、ドーリス的傾向即ヨーロッパ的傾向という見解は等閑に附し、求心的傾向と遠心的傾向との調和したギリシア的藝術形態が、ペイターの理想であったことだけを理解しておけば良い。

iii　時間の空間化

それではペイターがギリシア思想に想を得て導き出した彫刻的にして絵画的なる肖像形式は、西脇藝術においていかなる形で反映されているのか。

「異った二つのものが一つのものに調和されている関係が詩である」(「現代詩の意義」、『斜塔の迷信』七十二頁）という二元論的な考えは、ペイターも拠り所にしたギリシア藝術の基本である。加うるに、あらゆる部分がそれぞれに全体と関わっているという有機体論に含まれる一にして多様という物の有様についても、この考えの基本としてあることは言うまでもない。この点の重要性は、順三郎が「コウルリッヂはすばらしいギリシア学者」（「オスカー・ワイルドの機知」、伊藤勳『ペイタリアン西脇順三郎』三〇三頁）と言っているそのコウルリッヂも、新しい経験から湧き起こる「この喜びはふたつの相反する要素の一致、即ち――同一にして多様――ということにある。（中略）活動のさなかにある心から喜びを引き出すためには統一の原則が必ずなくてはならない。そうすれば多様性のただ中にあっても求心力が衰えてしまうことは決してないし、感覚が遠心力の優勢によって疲れてしまうこともない。多様にして一様であることは美の原則であると、私は他のところでも述べた」（"On Poesy or Art," *Biographia Literaria*, vol. II, 262）と語っている。

この相反する力の鬩ぎ合いの中で、ペイターが一点のヴィジョンを中心としてその多様な相を集めながらも全体を一体化していることは、先程の『モナ・リザ』をめぐって昇騰する想像力にまかせた描写を引用して説明した通りである。ペイターは異なる時間を同じ空間に共在させて、時間を空間化しようとする。ただペイターの場合、時の空間化には二種類あると見なければならないだろう。先の『モナ・リザ』描写における時の空間化は、ペイターらしいゲルマン的象徴思考のもたらしたもので、時の意識の希薄性に由来している。人間の内面心理の探究を極め尽くした結果ではない。この描写の仕方はスウィンバーンが一八六八年七月に『隔週評論』（*The Fortnightly Review*）に発表した「フィレンツェの老大家の意匠に関する覚書」（"Notes on Designs of the Old Masters at Florence"）を換骨奪胎したもので、ダンテ・

G・ロセッティが逸早く気付いて、その旨スウィンバーン本人に伝えた曰く付きの一節である（詳しくは伊藤勳『英国唯美主義と日本』二十五〜三十一頁参照）。レオナルド（Leonardo da Vinci 一四五二〜一五一九）の傑作の本質を的確に把握したと言うよりも、その作品を材料にして脳裡に滾々と湧き起こる幻影をひとつの形に纏めたものにすぎない。それ故にここにおける時の空間化は、構成要素が緊密な有機的脈絡を構成することのないゲルマン的象徴思考の産物に他ならないのである。要するにこの描写は象徴にすぎない。

一方、『マリウス』に現れる時の空間化はエピクーロス哲学における時の観念に基づいて表現されている。その典型のひとつが、前章でも引合いに出した干し草の匂いの思い出である。異郷の山間の牧草地で最期を迎えるマリウスに流れてきた刈りたての干し草の匂いは、夏の夜、家の中の隅々にまで漂い込んできた刈り取ったばかりの干し草の匂いの子供の頃の記憶を甦らせ、恰も今自分は故里の家で休らっているのだという快い感興に浸らせた。子供時代のその記憶は最期を迎えた今と同じ意識空間にあり、それは過去ではなく生きている現在として捉えられている。又、死の床で自分が親しくしてきた人々を思い起こすだけで、死に直面しながらも自分の心が確実に休らい、頼れる寄る辺のあることの安心感を得、従容として死に就くマリウスが描かれる（『英国唯美主義と日本』二三七〜九頁、二四一〜四頁参照）。エピクーロス哲学においては、時は空間から切り離され、「諸現象に伴う全く付随的な事象でしかない」（『エピクロス』一七〇頁注）。過去は人の意識の中で生きている現在に他ならないのである。仏教でも、エピクーロス哲学と同じく、「時間は法のあらはれに即して成立する」（中村元『インド思想とギリシア思想との交流』一三七頁）ものとし、道元も「時は飛去（ひこ）するとのみ解会（げえ）すべからず」（『正法眼蔵』、「有時」）と注意し、

「われに時あるべし、われすでにあり、時さるべからず」（同上）と言う。

本論において言う時の空間化とは、このような時の観念に従うものであり、過去はあくまでも生きた現在として扱うことを意味している。「僕のような詩は空間的であるから、時間的に見ると、極めて論理的に、あらゆるものは切断されている」という、先に一部を引用した順三郎の言葉は、ひとつの詩的空間に、時間的に異なる事象が共在していることを言っている。絵画化されたこの詩的空間では個々の異なる事象が、中心となるヴィジョンに対してそれぞれが類似の光を反射し合って矛盾せず、時間的な切断を超克してひとつの幻影を浮かび上がらせる。西脇藝術においても、神話は現実と混淆し、過去は現在の内に包摂されて生きた現在となり、現と夢とのあわいにひとつの幻影が現出する。例えば「皿」。

黄色い菫が咲く頃の昔、
海豚は天にも海にも頭をもたげ、
尖つた船に花が飾られ
ディオニソスは夢見つゝ航海する
模様のある皿の中で顔を洗つて
寶石商人と一緒に地中海を渡つた
その少年の名は忘れられた。
麗（ウララカ）な忘却の朝。

たまたま戦前の『Ambarvalia』から引用したが、この手法は戦前戦後一貫している西脇藝術の神髄を成すものである。

ペイターは文体を文体の意と文体の魂のふたつの要素に分析し、前者には意匠の一貫性、後者には雰囲気の一様性に関わる働きがあることに改めて注意を促しながら、藝術を思想や感情の単なる伝達の器とせず、藝術それ自体としての独立性、自律性の獲得を訴えた。それに呼応するかのように、順三郎は時間の空間化というペイターが拠り所とするエピクーロス哲学における時間意識、或いは仏教的時間観念に拠りつつ、「思想と感情との思考を去つて、純粋にヴィジョンの世界にはいりたい」（「詩と眼の世界」、『梨の女』七頁）と言う。その願望に順三郎の窮極の藝術形態の有り様が反映している。相反する力の拮抗調和を旨とするギリシア思想を基にして独自の藝術観を紡ぎ出したペイターを順三郎が蹤迹したのは、否定し難い。

ただペイターの言う単一の内的幻影の象りは、いかにもヨーロッパ人らしく、自己滅却を言いながらも、人間である。それは窮極的には自己自身であり、それ故に作品も肖像形式、否、自画像形式となったが、順三郎の場合は禅的な没我の境地への解脱を探りつつ見出すものは、消え消えに残る去にし人類の魂の幻影であり、詩人独特の角度から捉えられた自然物から立ちのぼってくるかに見える霊的幻影である。順三郎の中では禅的な没我の観念と、ゲルマン風の象徴思考がもたらす幻影の情念とが繋がり合っている。

江戸藝術に心酔したゴッホ（Vincent van Gogh 一八五三～九〇）は、知性の優れた日本人は「歳月をどう過ごしているのだろう。（中略）彼はただ一茎の草の芽を研究しているのだ。（原文改行）ところが、この草の芽が彼に、あらゆる植物を、つぎには季節を、田園の広々とした風景を、さらには動物を、人間の顔を描けるようにさせるのだ」（「第五四二信」、『ゴッホの手紙』（中）、硲伊之助訳）と、弟テオ（Theodorus van Gogh 一八五七〜九一）に宛てて書いている。日本の藝術家の本質をよく捉えている。道元も、「一塵をしるものは尽界をしり、一法を通ずるものは万法を通ず」（『正法眼蔵』、「諸悪莫作」）と言う。平成十四年に世田谷文学館で開かれた「没後二十年西脇順三郎展」では、順三郎の作った押し花帳が初めて公開されたが、日本の優れた藝術家は文字通り一茎の草の研究から森羅万象を捉えてゆくことを、それは證するものであった。

ギリシアの構築性は言うまでもなく神殿建築に典型的な形で現れているが、ペイターの構築性は先に述べたように絵画的平面性にあり、修飾語句や節の多用によりそこに生み出される音楽は律動性と旋律性を闕き、単なる匂い立つ香りのようなものとなる。ワイルドはそのことをまるでモザイク画だと批判し、言葉の真の律動的生命や、律動的な生命が生み出す効果の繊細な自由と豊かさが闕如していると言った（"The Critic as Artist," *Works*, vol. IV, p. 137 参照）。確かにペイター藝術はこの批判の通りなのだが、ペイターとしてはパルメニデースの静の学説に準じた沈静なる音楽性を求めたのだから、それはペイターの意図した形での構築性の必然的結果であり、又ワイルドの「人生にかくも不思議な影響を及ぼした」（*De Profundis*, p. 85）『ルネサンス』がもたらす効果の源でもあったであろう。

それに対して順三郎は凝った平面的構築性を、ワイルドと同じく意匠性の強化により軽い流れに変えた。それのみか、順三郎はその機智もさることながら、簡潔を旨とする日本の短詩形文学の伝統を内在させており、日本の川の流れの如き独特の流れの速さと完結性をもつ句を、畳みかけるようにして重ねていった。そこに重くれのない軽妙さが生まれている。西洋風に自我に拠るところをわづかに見せながらも、自我を超えてゆく様が見て取れる。

iv　内面的対話

時間の空間化における矛盾の解消の方途をペイターはプラトーンに見出している。プラトーンの対話篇の形は本質的には「自己との無限の対話」であるとして、ペイターはそれを個人の内面的活動に置き換えた。プラトーン的対話の過程においては、全展望が直観的に把握される時が訪れる。その瞬間に偏頗な考えもすべて然るべき所を得て収まるのだとペイターは言う（*Plato and Platonism*, p. 181 参照）。

西脇詩の形式は基本的にペイター的な意識の流れに類似した、即ち自己内面化されたプラトーン的対話に倣うもので、それは自己との果てしない内面的な対話と言える種類のものであろう。そうした内面空間では、時を異にするあらゆる事象も自己が求心力になることによって、すべては自己の糸により個々の印象の断片が然るべき形に縫い合わされて脈絡をなし、ひとつの模様を作り上げる。ただ順三郎は自画像の趣を幾分見せながらも、自己を他者として、又自然の一部として客観化し捨てることで、最大限に没我を図ろうとした。

内面化された対話を主体とする詩的世界では、回想は重要な働きをすることになる。ペイターはスパルタ人の想像力の豊かさをこう語っている。「今日の青年達における古典や歴史の教養のように、記憶力を鍛錬すること、頭の中を過去のことでいっぱいにしていることは、実際、活潑な想像力を発展させることになった」（同上 p. 223）と。ペイターはここでワーヅワスに見られるような回想と想像力との根柢的な繋がりを指摘しながら、想像力のあり方に関する自らの立場を語っている。ペイターにおいて回想は現在を、死は生を自づと強烈に意識させる働きをもつものとして認識されている。そしてスパルタ人についても、「現在において過去に対する理想的な意識を維持することで、現在を際立たせている」（同上p. 232）と、ペイターは言う。西脇藝術も己の過去の経験を繰り出して併置しながら、永遠の今を意識に浮かび上がらせ、謂わば「有時の而今」（『正法眼蔵』、「有時」）を表出しようとする。ペイターはプラトーンからは自己との無限の内的対話を、ワーヅワスからは記憶と緊密に結びついた想像力を引き出し、己の藝術様式の案出の手がかりとした。そして順三郎も同じような形を引き継いでいる。プラトーン由来の自己の内面的対話が詩人独自の文体に繋がりがあることは注目に値する。尤も詩人自身は内面的対話とは言わず、時代のはやりに倣って意識の流れという言い方をしたが。

このプラトーン的対話というものが、ペイターの時代、順三郎の時代に、或いは又総じて物質主義の時代に貴重な役割を果たしていることも見逃すわけにはいかない。「プラトーン的対話はソークラテースが手づから作り上げた方法、即ち真実を他者に伝えるのみならず、自らそれを手に入れるための方法を、一言で言えば、文学的な形に変えたもの」（*Plato and Platonism*, p. 177）であった。そしてこのソークラテースの取った方法とは、思考の過程乃至運動として、「数学的又は論證的推論とは正反対のものであり、それ故に実際、伝統的な形或いは学術的な形、『正確さ』の体をなすことはできないものである。それは公理の分析と応用によってではなく、間違いを、即ち提起されている題材に関して、真理が偏頗になったり或いは誇張されたりして間違った形になっているのを徐々に抑え込んでゆくことによって、真理へと進んでゆくものであった」（同上p. 179）。確かに誤りを丹念にひとつひとつ押さえ込んでゆくという方法は、殊にペイターが生きた偽善的英国社会にあっては、真理に近づく確かな方法であったであろう。

時代における言葉の空疎化に対し、言葉の本来の意味と心象喚起力を恢復しようとしたペイター、そして社会の偽善を言葉の逆説の鏡に映し出して社会にそれを差し向け、偽善との妥協を排したワイルドは、それぞれ藝術形態としては、前者は内面的対話、後者は対話形式を取った。そして「その場しのぎと偽善に陥り、自ら魂の空白状態へと落ち込んでゆく」（三島由紀夫「檄」）戦後の日本社会の偽善と欺瞞に対して、「藝術を最高の現実」となし現実との対峙を演劇的な形に翻転昇華したという意味でのワイルド的立場を取ったのが、ワイルド藝術に対して肉慾を以て繫がった三島由紀夫であれば、一方、ペイター的立場を取ったのが西脇順三郎である。

「たった一茎の草」を研究しながら俗事を離れることで、それが自づと生の本質を客観的に見極めることとなり、また間接的な政治乃至社会批判ともなった西脇藝術の文体の根を辿れば、その一端はプラトーン的対話に繫がっているのである。しかも順三郎は詩作品に劣らずエセーをよくした。ペイターは、アリストテレース（Aristotelēs 前三八四〜前三二二）が論文の発明者であるのに対して、プラトーン的対話は本質的にエセーであり、ヘーラクレイトスの散文詩のような初期の哲学詩に時折その姿を変えることがあると言う（*Plato and Platonism*, p. 176 参照）。そのような類似形態は西脇藝術にも見出すことができる。順三郎のエセーは散文詩と言って差し支えがないほどに詩情豊かなものが多いことは、誰しも認めるところであろう。プラトーンの対話の精神を受け継ぐ者にとって、詩と散文との区別は不要になる。ペイターがキリスト教と訣別するとともに二十一歳の時に詩を捨てて散文に向かったのも、順三郎が「僕には詩という伝統的な形式がきらいになっている。すべて散文だと思うからである」（「二十世紀の文学」、『あざみの衣』一九〇頁）と言うのも、それは両者が共にプラトーン的思考に倣うところがあるからである。

詩でもエセーでもそこには、この一種の内面的対話によって恰も心の点検をし、ペイターの言うように誤りを丹念に徐々に抑え込んで己の形を正しく整えてゆく、謂わば自己修正と自浄作用のようなものが働き得る力がある。このような機能を内在させている藝術様式をもつ西脇藝術は、順三郎の生きた時代と照らし合わせてみると、その重要性と価値がはっきりしてくる。

西脇藝術におけるこうしたプラトーン的対話との関聯性は、順三郎が自ら直接築き上げてきたというよりも、寧ろペイターを通して見たプラトーン、ペイターによって咀嚼され内面化されたプラトーンに導きを得て、己の文体確立の一助としたと見ることが肝要なのではないかと思われる。

四　霊的形態

これまでペイターを介した順三郎におけるギリシア的なるものの反映を見てきたが、最後にペイターがブレイク（William Blake 一七五七〜一八二七）から借用して使っている霊的形態（spiritual form）という言葉の意味するところについて見ておきたい。

ペイターの見方によれば、ギリシア神話の概念は自然界の事実や法則に根ざし、そこから発展していった。それ故に例えばデーメーテールは草の生命の霊的形態であり、ディオニューソスは樹液の生命の霊的形態、アポローンは太陽光線の霊的形態としてあった（*Greek Studies*, p. 254 参照）。そのような自然観に胚胎する神話の発展の様態からすると、ヒッポリュトスもひとつの霊的形態であろう。『ギリシア研究』に収められている「隠されたヒッポリュトス」（"Hippolytus Veiled"）は、テーセウスとアマゾーンとの子ヒッポリュトスの古い悲しい伝説を取扱った作品で、純潔の典型として想像の画像風に描かれている。「ヒッポリュトスはまさに岩からしみ出る泉、或いは朝の野の花、或いは又人間の肉体の姿に形を変えた明けの明星の輝きであるかの如く、うっかり引っかけられてしまうようなことは決してない人のような、驚くべき明敏な感じを漂わせていた」（*Greek Studies*, p. 181）と言う。ヒッポリュトスはまさに、「岩からしみ出る泉」、「朝の野の花」、「明けの明星の光」の霊が形になって現れたものとして描かれる。

神話を通して見られるギリシア人の想像力についてペイターは、「ギリシア人の宗教的想像力は、正確には、統合力乃至は本体を見定める力であり、元々ばらばらだったものを結び合わせ、謂わば人間の肉体を以て水の霊となし、人間の霊を以て群れ咲く花となした」（"A Study of Dionysus" 同上 p. 29）と、簡潔にして精妙な卓見を述べている。

ところで、霊的形態に関するこのふたつの引用文を見て、表現上自づと読む者の注意を引くところがある。前者の引用文中の「岩からしみ出る泉（water from the rock）」、そして後者の引用文全体の内容もさることながら、「人間の肉体を以て水の霊（a soul of water）となし」という表現である。この二箇所は『旅人かへらず』のあの冒頭の作品の一節、「考へよ人生の旅人／汝もまた岩間からしみ出た／水霊にすぎない」を思い起こさせる。この表現は、ヒッポリュトスを「岩からしみ出る泉」とし、人をして「水の霊」と見なしたペイターの表現にそのまま呼応している。順三郎はペイターの『ギリシア研究』のこの二箇所から表現を取り入れているのではないかと思われ、一種の本歌取りの趣がある。ただ、ペイターの「岩からしみ出る泉」という表現は、ヒッポリュトスをめぐって岩清水の清冽な純粋性に聯想を繫げるものであるのみならず、そのような自然物との霊的な繫がりをも意味するものであるのに対して、順三郎の「岩間からしみ出た水靈」という表現は、種（たね）から種へといのちを連綿として繫ぎながらも、その実質は空なるものにすぎない生物の存在のはかない侘しさと表裏一体をなすエロスを暗示するものでもあり、官能的な含みを窺わせるものとなっている。

順三郎が上記のような表現をペイターから借用した可能性は高いと思われるが、ペイターが霊的形態という言葉を用いた所以は何であるのか、順三郎の詩想の根を辿る上でも、瞥見しておかねばなるまい。ペイターはギリシア神話の成り立ちについて、古代の人々が手づから育てている物に具わる生命を、驚きの目を瞠りながら眺めているうちに、その生命は人々にとって一種の霊となりそれを栽培することが一種の崇拝になったのだと、ディオニューソスを例に取りながら語っている（同上 p. 29 参照）。そして又、神話を題材に取った藝術表現の場合について、樫の神木の葉の風にそよぐ音でゼウスの神託を与えたドードーナ〔ギリシア北西エーペイロスの山中にあるギリシア最古のゼウスの神託所〕のゼウスの例を挙げて説明している。揺れて鳴り渡る木の葉の霊は、彫刻家の手を通ってゼウスの彫像の目や髪に入り込んでゆくのだと言う（同上 pp. 31-2 参照）。こうした形を取ることでギリシア藝術は霊的表現だと見るのである。物は自然との霊的な繫がりを得て初めていのちを吹き込まれた形となり、霊と感覚とが一体化した形が現出するという藝術観を、ペイターは古代ギリシアに認めているのだが、それはまた自分自身の考え方として披瀝しているのであろう。

先に引いたヒッポリュトスを「岩からしみ出る泉」、或いは「人間の肉体を以て水の霊」と見る譬喩は、有機体論に立つ人間と自然との霊的交流を前提とした上で、物は形において初めて霊化されるというペイター自身の自然観或いは又藝術観に由来するものでもあろう。

順三郎が用いる幻影という言葉の観念は、ペイターの言う意味でのギリシア的霊的形態の観念と通じ合うところがあり、それは確かに読む者の注意を引くところに違いない。一例に『旅人かへらず』「一六三」の一節を引いてみる。詩人は金星を生殖の象徴として用いながらかく語る。

人間の生殖の女神
生命の祭禮を司る光り
夫婦のうつつもやぶさかならず
女が人形になるせつな
人形が女になるせつな
肉體からぬけ出た瞬間の魂
夜明に薔薇のからむ窓の
開かれる瞬間
あの手の指のまがり
歩み出す足の未だ地を離れず
何事か想ふ女の魂
水靈のあがり

言うまでもなく古代ギリシアにおいて、その輝きの美しさから金星はアプロディーテーになぞらえられた。この「生殖の女神」、明けの明星は生命の誕生の営みの象徴として使われている。この場合、明けの明星であって、宵の明星であってはならないのだ。昧爽は生命の到来を予兆する時として表現されている。まぐわいのさなか、そのひと時こそ「女が人形になるせつな／人形が女になるせつな」であり、その瞬間に女陰の窓を通して、太古の昔から連綿として繋がれてきたいのちの種即ち魂が受け継がれ、新たな遺伝子同士の結合が水霊の幻影となって立ちのぼり現出する刹那なのである。

明けの明星を象徴として用い、交媾の刹那、いのちの誕生の瞬間、及び人間の種、即ち魂の授受とその連鎖の一環を繋ぐ刹那が、絶妙且つ精妙な表現を以てものの見事に艶(あで)やかに描かれている。

ペイターはギリシア藝術に霊的形態を見出したが、しかしギリシア藝術は人間の心に配慮しながらもそれを隠して理智の立ちまさった藝術である。ペイターがブレイクの霊的形態という言葉を借りているのは、ペイターがブレイクとそっくり繋がるゲルマン気質の民族性を受け継ぐ文学者だからである。霊的形態というのはまさにゲルマン的象徴思考に関わる観念に他ならない。しかしペイターが借用した霊的形態の意味するところは、ブレイクの場合とは趣を異にして使われている。なぜなら、ペイターの言う霊的形態とは、ゲルマン的象徴思考とギリシア的合理主義思考とを融合したところに胚胎するペイター独自の理想形態であるからだ。従ってペイターがギリシア藝術に霊的形態を見出さんとした時、既にそこにはゲルマン的情念が入り込んでくる。因みに、ペイターのギリシア藝術観が中世的な色合を帯びるのはこのためである。

順三郎の詩的形態はペイターのこの霊的形態に一部類するところがある。ゲルマン的象徴主義は薄く弱められた形で用いられ、日本人の感覚を逆撫でしない程度に薄められ、謂わばその文体の塩として生かされている。例えば「我がシ、リアのパイプは秋の音がする。／幾千年の思ひをたどり。」（『*Ambarvalia*』、「カプリの牧人」）におけるパイプ、「枯木にからむつる草に／億萬年の思ひが結ぶ」（『旅人かへらず』、「一〇」）におけるつる草、或いは又、「われわれ近代人は／甲州街道の犬のように青ざめていた」（『禮記』、「野原の夢」）における犬は、ギリシア藝術のように、それぞれそれ自体を表現することが目的ではなく、道具立てとして象徴に用いられ、それらのものはすべて詩人の思いを触発する偶然の物象でしかない。そして道具立てにすぎないその象徴物を中心にして、個人の主観的領域にあるその感性により、パイプから秋の音として聞こえてくる不思議な音、つる草に見出す生命の連鎖の幻影、街道にしょんぼりと佇む犬の姿に重ね合わされたところにほのめき立つ悩める近代人の幻影、それらがゆらめき立ち、詩の本質をなしている。

さはれ、順三郎の物を見る角度が伝統に即しており、そこに生ずる情感が極めて日本的な趣を呈している。日本的な死生観、禅的な無常観が作品全体に滲透しており、読者の心を鎮め安らぎを与える馥郁たる情念の膨らみがある。しかしこの情念は日本人の奥底に潜む生きとし生ける物への限りない慈しみ、日本的生命観の土壌に根生するものである。

ペイターは民族の魂の恢復を目的として、ゲルマン人の魂をギリシア的合理主義思考を以て有機的に秩序づけることを己の藝術の趣旨とした。霊的形態という言葉の謂もそこにあった。一方、順三郎の文体は、自然に即した形とそれが醸し出す霊という観点からすると、ペイターのこの二元論的な霊的形態に寄り添うところが幾分あるとは言え、その内実は順三郎独自の形を形成している。それは日本的な情念であり、仏教的な無の思想に基づく宇宙観である。しかしここにゲルマン的な象徴主義をごく微量に溶かし込むことで、順三郎は独創的な文体を現出した。

第三章　ペイターと現代日本とを繋ぐもの

――西脇順三郎の場合

一　豊饒と渾沌の時代

ペイターの生きた十九世紀を手短に要約すれば、それは豊饒と渾沌と偽善の時代であった。科学の長足の進歩を見るとともに、一七九九年のロゼッタ・ストーンの発見によるエヂプト表象文字の解読、シュリーマン（Heinrich Schliemann 一八二二～九〇）によるトロイエー、ミュケーナイの発掘を初めとして、歴史的知識の飛躍的増大があった。ルーブル所蔵の『ミロのヴィーナス』は一八二〇年、『サモトラケーのニーケー』は一八三六年の発見であるし、一八三〇年から四〇年代にかけて各地で盛んに発掘が行なわれた結果、『クニドスのデーメーテール』やアッシリアの浮彫などが大英博物館にもたらされた。ヨーロッパ以外の文学、例えばフィッツジェラルド（Edward FitzGerald 一八〇九～八三）の英訳で名高いペルシアの詩人オマール・カイヤーム（Omar Khayyám 一〇四八～一一三一）の『ルバイヤート』（*The*

Rubáiyát）が出たのは一八五九年のことである。荘子の思想がヨーロッパに伝わったのも十九世紀後半のことである。例えば、ハーバート・ジャイルズ（Herbert Allen Giles 一八四五〜一九三五）が英訳した『荘子』（Chuang Tzŭ）が一八八九年に出ている。

こうした歴史的知識やヨーロッパ以東の文化的知識の増大があるとともに、また学問藝術の領域は専門化、分化が進行し、相互の緊密な聯絡を欠き、雑然とした様相を呈していた。加えて、この時代はヨーロッパが植民地化を通して世界の様々な地域に膨張した時代でもあった。豊富になったのはこうしたことばかりではなく、周知の通り、電気の原理の確立、蒸気機関による船舶や鉄道の実用化、製鉄技術の変革など、新しい材料や技術も生まれた。しかし物質的な新しさが必ずしも新たな藝術的創造性に直結するわけではない。

十九世紀の建築は基本的にギリシア、ローマ、ゴチック、ルネサンス、バロックなど、過去の完成された様式の模倣と折衷に終始した。確かにヴィクトリア様式と呼ばれる建築様式があるが、厳密な意味での独創的な表現様式ではなく、当時支配的であったゴチック・リバイバルや、さらにそこに過去の諸様式が折衷主義的に採り入れられている当時の一般的傾向をそう呼んでいるにすぎない。例えば一八四七年に完成した大英博物館の場合は、その本館とイオニア様式の列柱を配したファサードは、R・スマーク（Robert Smirke 一七八〇〜一八六七）により新古典主義様式で建てられている。一方、大英博物館図書館の中庭に一八五七年に完成した、R・スマークの弟S・スマーク（Sydney Smirke 一七九七〜一八七七）の設計による円形の図書館閲覧室には、新しい技術を駆使して、鉄とガラスのドームが架けられている。十九世紀のイギリスを代表するこの建築物を一例として見ても、過去の様式の模倣と新しい技術や材料とが混在してその折衷的な形を成していることがわかる。

十九世紀は確かに豊饒の世紀ではあった。物質の世界だけを対象とする科学が絶対的な信頼を集め、人類の限りない進歩が信じられる物質的に豊かな科学の時代であると同時に、前世紀までのように文化伝統の中心的な担い手は王侯貴族ではなく、何ら独自の文化や価値基準を持たない中産階級であった。物質的な意味で豊饒ではあっても、模倣に甘んじ、独創性や独自性のない、即ち総量的な全体性はあっても個の失われた没個性的な退屈な時代であった。外面だけが取り繕われ、心の失われた物質的な時代は当然のことながら偽善を招来した。

二　ペイターの二重性

i　求心力

この時代の社会がますます機械的で外面的になってきたことの危険性を切実に感じ取っていたのが、M・アーノルドであった。この警世の士は、利己的な個人主義に対しては人類全体の完全なる発展を、機械文明、物質文明尊重に対しては心と精神の完全なる内面状態を、そして柔軟性がなく一面的な物の見方しかできないことに対しては、人間性の完全なる調和的発展を求め、これらの完全性、偏りのない全体性を教養を介して獲得しようとした。自由主義者に言わせれば、教養など軽薄で無用のものでしかなかったが、アーノルドは当世こそそれが人類のために果たしうる重要な機能を持っているものと見た。渾沌とした物質的な豊かさの中に分化や断絶を見せる社会のひづみに対して、人間性の全体的な発展と調和と集中力を涵養するものは、教養であるとアーノルドは考えたのである。教養の領域では飛躍的な発想が促され、遠いものであっても結合し合う磁場が形成されるからである。

同じ時代の空気を吸っていたペイターもアーノルドの教養主義を受け継ぎ、オスカー・ワイルドもそれを踏襲し、さらには現代日本の詩人西脇順三郎までその流れは及ぶ。この教養主義はペイターと順三郎においては文体にまで形象化されていった。教養主義の特徴をなす形態は「一にして多」である。アーノルドにとって豊饒それ自体には何の異存もなかろうが、その豊饒のあり方が問題であった。個々がそれぞれの立場と物の考え方に固執している断絶と分裂という物質的傾向が問題なのである。必要なのは様々なものを有機的に一体化する生命的な繫がりであり、その繫ぎの役目を果たす共感であった。ペイターがあれほど共感や親密さにこだわりを見せたのは、アーノルドの場合と事情は同じである。

ペイターはクィーンズ・コリッヂ（The Queen's College）の学生時代、ベイリオル・コリッヂ（Balliol College）の詩学教授であったアーノルドの講義を聴きに行き、アーノルドの総論的に広範囲にわたる文学に関する言及や、教養の重要性に対する強い信念を聞いて感銘を深くするとともに、講義における歯に衣着せぬ語り口を楽しんだ（M. Levey, *The Case of Walter Pater*, p. 68 参照）。

アーノルドにしてもワイルドにしても、社会に対して鋭く辛辣な語り口で切り込んでいった。実はペイターにしても生来的に大胆で辛辣な言辞を弄し、逆説や皮肉を好む傾向があった。キリスト教に背くような言動もあり、カンタベリーのキングズ・スクール（The King's School）時代の友人ジョン・マックィーン（John Rainier McQueen）によって、ロンドン牧師補に就任することを妨害されたこともある（同上 pp. 90-1 参照）。又、性的異端を窺わせる振舞により、ペイターは反キリスト教的感情を露わにしたことと相俟って、同性愛なんぞよりも、道理にかなったことに楽しみを見出すオックスフォードの有力な人士達の間で疑惑を招き、危険な異教的人物と見なされるに至った（同上 p. 100 参照）。就いて然るべき学生監に任命されなかったり（一八七四年）、ラスキン（John Ruskin 一八一九～一九〇〇）の後を襲うことを望んだスレード教授職にも就けなかった（一八八五年）。認められないことと疑われることに敏感にならざるを得なかったペイターは、社会に対して用心深くなり、湧き起こる感情を隠し、社会と直接向き合うことを避けるようになった。

かくしてペイターは、十九世紀の社会における自己の主体性の喪失に伴って失われた求心力の恢復を直接社会に訴えるのではなく、何かの反映のように、他のことに事寄せて語るにとどまるようになる。例えば、ギリシア彫刻にはアジア的特徴である遠心的傾向と、ペイターがヨーロッパ的特徴でもあると言うドーリス的特徴としての求心的傾向との調和が認められるが、そのことはもっと広くはギリシア史全般の活動領域に見られる特徴であるとペイターは見て、求心力の重要性を説く。『ギリシア研究』の「アイギナの大理石彫刻」（"The Marbles of Ægina"）からその部分を引用してみる。

ギリシアの歴史全体を通して、ギリシア精神の活動のあらゆる領域に、これらふたつの相反する傾向――余り気まぐれに言ってもいけないと思われるが、遠心的傾向と求心的傾向――の活動の跡を辿ることができる。遠心的、イオニア的、アジア的傾向は、中心から飛び出してゆき、あらゆる思想や空想を発展させる時、あらかじめきちんと考慮することも殆どせずに動き、あてどなく想像力が際限なく働く状態をもたらし、あらゆるところに、詩においても、哲学においても、建築とそれに附随する技術においてさえも、明るさと色彩、美しい材料、定まりのない形を喜ぶのである。社会的政治的秩序においては、それは地方的な個人的影響力が全く自由気儘に作用することを喜び、また絶えず多方面に向かう性質ゆえに、分離主義や個人主義の原理——国家間の分離、地方的宗教の維持、極めて特殊で個人的な事柄における個人の発展——の主張へと走る。気品、自由と幸福、旺盛な興味、文明に対して見せる多様な才能はこの傾向に属するものとするが、その弱点は自明で、ギリシアの統一を不可能にしたものがそれである。この遠心的傾向こそ、プラトーンが、それとは反対側に立って、社会や文化や人間の肉体的本性など、あらゆるところに厳格な簡素化というドーリス的な力を維持することによって矯正したいと思うものなのである。プラトーンは至るところで多様性、狡猾なるもの乃至「多方面に心が開けている」ものの敵となり、神話に、音楽に、詩歌に、あらゆる種類の藝術において、パルメニデース的な抽象性と平静とも言うべき理想を行使することに取り組んだのである

しかしながら、プラトーンのこの誇張された理想は、あの有益なるヨーロッパ的傾向の誇張にすぎない。この傾向は人間の心をこの世で一番絶対的に真実で貴重なものだと見て、あらゆるところに心の健全さやありのままの事物をめぐる深い内省、或いは心の調和感覚など、それ自身の痕をしるしてゆく。求心的傾向こそ落着のある合理的な自意識的秩序の支配の下で、理解という遍照光明の中で、個々人を相互に繋ぎ留め、国と国とを結び合せ、生物の成長段階を進ませるものである。

(*Greek Studies*, pp. 252-3)

ここでペイターが自分の生きている時代の社会を意識した上で、求心的傾向の必要性を説いていることは明らかである。「プラトーンのこの誇張された理想は、あの有益なるヨーロッパ的傾向の誇張にすぎない」と言っているところから、求心力とはヨーロッパを特徴づける傾向であるとペイターは理解していることがわかる。ペイターはこの引用の少し前のところでも、「ドーリス的作用、即ちもっと視野を広げて言えばヨーロッパ的作用」（同上 p. 251）と言っている。そしてこの「ヨーロッパ的作用乃至傾向は、実際、あらゆる仕事における秩序、健全さ、調和などの印象を与える方向に向かうものである。このような印象は今や完全に自意識的となった人間理性の内面的秩序を反映するものとなろう。即ちこうした傾向は、感情と思考の広い内面的世界において活動している人間性を記録したり描写したりすることが、多少なりともはっきりと、藝術的技巧すべての目的となっているような藝術にその力を及ぼすものである」（同上 pp. 251-2）と言う。ただし、ドーリス的作用をヨーロッパ的作用と言いなすことには無理があることは、既に前章で注意した通りである。

ii　有機体論と偏倚

ペイターは理智のもつ求心力こそ元来ヨーロッパ的な力であり、藝術を生み出す原動力であり、その中枢をなしているものだと見た。様々な物質的材料はそれ自体では無意味なのである。だからこそ理智としての「人間の心をこの世で一番絶対的に真実で貴重なものだ」と見たのである。ペイターは理智によって物と物とが結び合わされたその繋がり方、即ち関係性に藝術の本質を見ている。『ルネサンス』の「結語」で、「私達の肉体的生命は自然の元素の絶え間ない動きである」と述べたペイターは、その後も、「肉体を持った有機体において、実際の物質の粒子はずっと以前に他の物と結合して存在していた。新しい有機体において本当に新しいものは、新たな形で結合する力——生命の〈様態〉」（*Greek Studies*, p. 215）であると言い続けている。

様々な形に原子が集合離散することで現象は生滅するが、現象はそれらの原子の配置と位置とによって形を得て現出するにすぎないとするデーモクリトスの原子論において重要なのは、原子そのものではなく、原子同士の結合の仕方である。ペイターも主張したいのはこの結合の仕方である。認識という行為を要とする批評精神がペイター藝術の主体をなすに至ったのは、事物の結合の仕方にその注意の目が注がれたからである。

しかしペイターがデーモクリトスに寄り添うのはこのあたりまでである。認識についてデーモクリトスは、知覚によるものと思惟によるものとに分け、思惟によるものを「真正のもの」、知覚によるものを「闇のもの」とし、前者を優位においた（『初期ギリシア哲学者断片集』山本光雄訳篇、七十八頁参照）。この区別に反してペイターは、「感覚にしたがってみるべきである。（中略）現前する直覚的把握にしたがってみるべきである」（『エピクロス』、「ヘロドトス宛の手紙」）という、デーモクリトスの後継者エピクーロスの言葉に忠実に従うことになる。思惟についてはペイターの場合、観照という形を取り、知覚の後に機能するものとなる。

加えて、ペイターはデーモクリトスの排除した目的論的世界観を持ち込んでくる。つまり原子は単に無目的に偶然の結び付きをするという考え方に与するのではなく、プラトーン哲学で語られるように、宇宙の根源としての万象の構築者を前提とする宇宙観をペイター藝術の基軸に据える。プラトーンによれば、生成する事物すべてとこの宇宙万有との「構築者は、すべてのものができるだけ、構築者自身によく似たものになることを望んだ」のであり、「まさにこれこそ、生成界と宇宙との最も決定的な始め」（『プラトン全集』第十二巻、「ティマイオス」種山恭子訳、29E）であると言う。そしてパルメニデースの蹤迹を追って、仏教思想と同様な不生不滅論を説き、宇宙の構成者たる「始原とは生じることのないものであるとすると、他方それはまた、必然的に、滅びるということのないものである」（同上第五巻、「パイドロス」藤沢令夫訳、245D）と結論づける。「自分で自分を動かすものは、動の始原であり」、「この〈自分自身によって動かされる〉ということこそまさに、魂のもつ本来のあり方」（同上、245D～E）であると言う。その意味で宇宙の始原としての魂は必然的に不生不滅であると、プラトーンは考える。

この宇宙の魂になぞらえ得る世界霊（anima mundi）をすべての生き物が分有するという有機体論を以て、例えばペイターはワーヅワスについて次のように論じてみせる。「ワーヅワスは、外界の事物に宿る生命の精気、それらにあまねく行きわたっている単一の霊という思想に魅了されていた。人間、そして詩人の想像力の働きさえもそうした霊の須臾の間のことでしかない――〈世界霊〉というあの古い夢、それは万象の母であると同時にその墓場である。その霊の中に自己を捨ててしまいたいと思う者もいれば、その中で善悪の区別なんぞ気にもかけない者もいる」（*Appreciations*, p. 56）と。ペイターはキリスト教の神のことは遠ざけて、プラトーン的有機体論を基盤にしながらそこにエピクーロス的原子論を引き入れている。因みに自然は生ける有機体であるという考え方は、エピクーロスが現れる以前はギリシア人にとって一般的な意識であった（ジャン・ブラン『エピクロス哲学』有田潤訳、四十六頁参照）。プラトーンはそのような伝統の側に立っているのだが、それとは相反するところがある原子論とプラトーン哲学とを結びつけて藝術思想となしたところが、ペイターの慧眼というべきところである。エピクーロスの原子論にさえ目的論的世界観が含まれているからである。

　この点についてもう少し具体的に見ておく必要があろう。デーモクリトスの師であったとも友人だったとも伝えられる原子論の創始者レウキッポス（Leukippos 前五世紀に活躍）は、現象の生起に関する無数の原子の結合について、「たまたま触れ合ったところで作用」（『初期ギリシア哲学者断片集』七十二頁）すると考えた。現象を因果関係で捉える縁起説に立つ仏教では現象の生起に必然性を認めるのとは対蹠的に、レウキッポスと同じ立場に立つデーモクリトスの原子論では、「原子は始源的にあらゆる方向に運動して」（『エピクロス』一六〇頁、注（17））いると考えた。しかし何が原因で運動しているのかは明らかにされていなかった（同上一九九頁、「解説」参照）。

　それに対してエピクーロスは、原子の運動の原因について、原子の固有の重さを想定し、原子はこれを運動の原因として空虚の中をその重さ如何に関わらず、すべて等速で垂直落下の自己運動をしていると考えた。そして落下途中にその落下線外に偶然わづかにそれる偏倚（へんい）という原子の自発運動を想定した。落下の必然性と偏倚の偶然性とを事物の生成の原因と考えたのである。その偏倚によって原子同士の衝突と結合が生じると見なす。エピクーロス思想をよく伝えるルクレティウス（Lucretius 前九六頃〜前五五頃）は、偏倚について、哲学詩『事物の本性について』の中で次のように伝えている。曰く、「粒子（アトム）が空虚をとおってまっすぐにそれ自身の／重さのため下に向って進む時、時刻も全く確定せず／場所も確定しないがごくわずか、その進路から、／外（そ）れることである。少なくも運動の向きがかわったといえるほどに。／もし外（そ）れないとしたら、すべての粒子（アトム）は下に向って、／ちょうど雨滴のように、深い空虚を通っておちてゆき、／元素（アトム）の衝突もおこらず、衝撃も生ぜず／こうして自然は何ものをも生み出さなかったであろうに」（岩田義一・藤沢令夫訳、第二巻、二一七〜二二四行）と。

　そしてこれを具体的に実生活に当てはめると、人の自由意志ということになる。ルクレティウスは次のように言う、「もしすべての運動はいつもつながり、／古い運動から新しい運動が、一定の順序で生じ、／もしまた元素がその進路からそれることによって、／宿命の掟をやぶる新しい運動をはじめることなく、／原因が原因に限りなくつづくとすれば、／地上の生物のもつ自由な意思（ママ）はどこからあらわれ、／いかにしてこの自由な意志は宿命の手からもぎとられたというのか？／人はその意思（ママ）によってこそ、よろこびの導くところに進み、／さらにまた時を定めず、所もはっきり定めないで／心のおもむくままに運動を逸（そ）らすものではないか」（同上、二五一〜二六〇行）。人の自由意志というものも、畢竟、原子の偏倚という偶然性に帰せられているのである。

　エピクーロス哲学の思想では、「われわれは、自然を強制すべきではなくて、自然に服従すべきである」とし、その服従とは「必然的な欲望を満たし、自然的な欲望も、害にならないかぎり、これを満たし、害になる欲望はこれをきびしく却（しりぞ）けることにある」（『エピクロス』、「断片（その二）」二一）と言う。「自然的なものはどれも容易に獲得しうるが、無駄なものは獲得しにくい」（「メノイケウス宛の手紙」、同上七十一頁）が故に、自然の流れに従い、それに逆らわない自然主義を説く。自然に寄り添って生きてゆくその自由意志自体が、自然の作用としての偏倚であり、自由意志は自然を離れた単なる個人のものではなく、自由意志自体が自然の働きの一部と捉え得る。ここには機械論的な唯物論はない。この自然主義は自然に即して生きることの前提となる生命的な目的論的世界観に支えられている。ジャン・ブランが、エピクーロス哲学に「カムフラージュされた一種の目的論的な信仰告白をみる」（『エピクロス哲学』五十六頁）と言っているのは、当を得た指摘である。

こうして見てみると、エピクーロスの原子論は原子の運動の必然性に偏倚の偶然性が加えられることにより、単なる機械論的な唯物論ではなく、目的論世界観を含む有機体論的な唯物論であることがわかる。このことからすると、ペイターにとってはプラトーン哲学とエピクーロスの原子論とを結びつける藝術論は、必ずしも矛盾を孕み齟齬を来たすものではないのである。この藝術論は万象を貫いて全体的一体性を守る宇宙的原動力として、永遠的理性（Eternal Reason）の存在を認めているからである。ペイターはギリシアの哲学者達が言うところのこの永遠的理性は、旧約聖書では造物主、新約聖書では人間の父と呼んでいる合理的理想（reasonable Ideal）のことであると、『享楽主義者マリウス』の中で語っている（第十九章「直観としての意志」*Marius*, II, p. 68 参照）。ペイターは永遠的理性を指して「あの唯一完全無缺の意」（that one indefectible mind 同上 p. 69 参照）という言い方もしているが、外界は宇宙の根源としてのこの唯一完全無缺の意に映った反映にすぎない、或いはその被造物であると言っている（同上参照）。ペイターにとって、人間の意も唯一完全無缺の意を分有してそこに映っている反映にすぎないという認識がある。

iii　求心力と内面深化

それでは先の求心的傾向に話を戻す。ペイターは、プラトーンがギリシアの求心力の恢復に努めたことを語りながら、ドーリス的傾向は即ちヨーロッパ的傾向と同じものだと言ったことは、何を意味するのか。ペイターは明らかにプラトーンの努力とその時代のギリシアを語りながら、同時に自分の生きている時代のヨーロッパをも語っているのである。ギリシアを鏡にしてヨーロッパを映して見ている。対象を自意識の鏡にして己の顔を映して見つめるというのは、ペイターの常套的なやり方であるが、それは自己を対象と重ね合わせ融合させることで、両者の一体化による集中力を図る手立てでもあると同時に、目的そのものでもあった。因みにこの融合した二重性はペイターにおいてはその藝術の中枢をなす官能性を与える要因となっている。

この二重性は十九世紀のイギリス社会の風潮としての偽善とは全く異質のものである。ペイターの思想の根柢に先づはパルメニデースの絶対的一者論がある。絶対的一者である「純粋存在」はまた同時に「純粋無」である（*Plato and Platonism*, p. 32 参照）。現象は、不生不滅にして、始めも終わりもなく、形なく色なく、触れることのできないこの絶対的一者に生起した、或いは言葉を替えれば、「唯一絶対の意（こころ）に生じた須臾の間の動揺」（"Sebastian van Storck," *Imaginary Portraits*, p. 106）にすぎない。パルメニデースの思想では、絶対的一者は多なる現象とは、即ち一なるものは多なるものとは、相容れない。一者論は実質的には多様なる現象を否定したところに成り立つ（*Plato and Platonism*, p. 37 参照）。従ってペイター藝術は一にして多の形を取りながらも、多は一に収斂される形態にその特徴を見せる。即ちその細緻な表現は、最終的に輪廓線をぼかし、形の消滅の方向を示す。

ペイターによれば、プラトーンの哲学には、ピュータゴラースの多様にして一なる数と音楽の哲学、パルメニデースの絶対的一者論、ヘーラクレイトスの永遠の流動の思想が、直接的な影響を及ぼしていると言っているが（同上p. 12参照）、ペイター自身、この三者の哲学思想に最も深く傾倒している。就中、プラトーンがパルメニデースから導き出してくる一即多の思想、即ち不生不滅の絶対的一者と、その内に生滅を繰返し知覚に訴えかけてくる現象とを折り合わせたところに現れる一即多の思想（同上p. 46参照）は、ペイター藝術を見極めるには重要なものである。プラトーンは、「有としての一（あるところの一）は、思うに一であって多、全体であって部分、有限であってまた無限の多ということになる」（『プラトン全集』第四巻、田中美知太郎訳、「パルメニデス」145A）と言って、その宇宙観を語っている。この一即多の思想は仏教の根本義でもあるが、ペイターの融合的二重性は、ひとつには、この一即多のギリシア思想に拠るものでもある。

このギリシア思想に拠って、遠心的な広がりを見せる十九世紀の豊饒を一なる全体性に還元すべく、ドーリス的な力を持つヨーロッパ的な求心力と言うのはいささか的外れにせよ、ともかく求心力の機能を恢復する必要をペイターが説いているのは、ヨーロッパがその魂を失いヨーロッパでなくなってきている同時代の精神的危機があったからである。ペイターにとって、求心力とは魂と同義と見てよい。十九世紀の豊饒はそれ自体だけでは何ら意味もないことを示唆している。盛んに行なわれた遺跡の発掘によって得られた歴史的知識も然り。それが観照を通して自己の内面深化を促し、ひいては人間性を深く知り人類を繋ぐ糸となってこなければ生きてこない。

その悪しき例のひとつが大英博物館の「エルギン・マーブルズ」（Elgin marbles）である。周知の通り、オスマントルコのイギリス大使を務めていたエルギン伯（Thomas Bruce, 7th Earl of Elgin and 11th Earl of Kincardine 一七六六～一八四一）はその在任中、一八〇一年に、当時トルコの城塞となっていたアテネのアクロポリスで調査・発掘と彫刻・碑文類の搬出を認める勅許状をトルコ政府から手に入れた。それにより破壊行為も伴いながら夥しい量の古美術品がイギリスへ持ち去られた。更には一九三〇年代には大理石彫刻に残存していた彩色もイギリス人によって削り取られて彫刻本体を損ねる結果を招いた（"Museum admits 'scandal' of Elgin Marbles," BBC NEWS, 1 December, 1999 参照）。ここに窺えるのは、羨望的好奇心にもとづく、創造し得ざりし民による貴重な他民族の歴史的遺産の徒なる所有の欲望的満足だけである。アーノルドは、「所有と休止ではなく、成長と生成が教養の考える完全性の特質である」（"Sweetness and Light," *Culture and Anarchy, The Complete Prose Works of Matthew Arnold*, Vol. V, p. 94）と、世に警鐘を鳴らしている。

iv　自己滅却の個人主義

ドーリス的傾向としての求心力は、「厳格な簡素化」であり、簡素化とは多様性を否定するものではなく、偶然的なものを排して本質のみ残して各部分との間に有機的な繋がりを実現することを意味する。ペイターは先の『ギリシア研究』からの引用文〔八十六〜七頁を見よ〕の中で、「個人主義」という言葉と、「多方面に心が開けている」（myriad-minded）こととを、遠心的傾向との関わりで否定的な意味で用いている。言うまでもなく、後者はコウルリッヂが或るギリシア人修道士の言葉を借用し、シェイクスピア（William Shakespeare 一五六四〜一六一六）を評して用いた言葉で（*Biographia Literaria*, II, p. 13 参照）、通常「万人の心を持つ」と訳されている言葉である。また分離主義と同様の意味で使われた個人主義は、ペイターが理想とする意味では、ワイルドもこれを継承したように、利己主義を捨て、己自身を忘れることで自己自身に立ち返り、自己を超え万人に通じる自己実現、禁欲を通して普遍に通じた自己を実現することである。「多方面に心が開けている」ことも個人主義も、ペイターにとっては人生と藝術にとって一即多を構成する重要な要因であるが、この引用においては否定的な意味を込めて使われているのは、プラトーンが時代の悪弊に立ち向かった様子を語ることで、ペイターが己自身の時代をそこに重ね合わせながら社会批判をしているからである。

否定的な意味を含む個人主義が、観点を変えれば実はそれとは全く逆に、ペイターの渇望する求心力としての機能を分けもつものと見なし得る。「自然が自己の思いなしにすぎないように、自己もまた神の一過的な物思いにすぎない」(*"Sebastian van Storck," Imaginary Portraits*, p. 109) のであらばこそ、自己滅却により自己を白紙、即ちタブラ・ラーサとなして、宇宙原理に自己を投じることにより、「純粋存在」に帰一して普遍的な自己を確立し得るとペイターは考えた。自己を忘れることによって自己を確立せんとするペイターの個人主義、これによって初めて藝術の新たなスタイルの確立という魂の恢復を遂げることができる。

十九世紀という時代はその時代精神において独自のスタイルがない時代であった。個人主義の重要性をめぐっては、ギリシア彫刻の発展に伴って個々の作家の特徴、個性がスタイルとして作品に認知されるようになることを、ペイターが『ギリシア研究』の「ギリシア彫刻の起こり」("The Beginning of Greek Sculpture") の第二節「彫像の時代」("The Age of Graven Images") において、スタイルという言葉を使いながら指摘していることは、注意しておいてよい。ペイターは正しい意味における個人主義が分裂ではなく、求心力となることを示唆している。

またこの章の第一節「ギリシア藝術の英雄時代」（"The Heroic Age of Greek Art"）では、ギリシア彫刻の本質的な感覚性に読者の注意の目を差し向けている。それはイギリス社会が、ギリシア彫刻は感覚と理智の完璧な融合であるにも拘わらず、ゲルマン人の性（さが）として、ゲルマン的象徴思考の視点から離れられないからである。象徴思考では、感覚できるものは、実際にはそれとの本質的な繋がりはなくとも、恣意的にその背後に隠されている何か真実なる抽象的なことの象徴であると見なすように、藝術作品もその形態はその背後にあるものの説明であるという捉え方をする。されば作品はその背後に隠れているものを見出すための足がかりにすぎないものとなる。ペイターはそのような傾向を示唆して次のように言う、「最高のギリシア彫刻は、言うなれば、実際、最高度に〈理智化〉されている。私達の前にその形を見せる人物彫像は確かに思想を含んでいるように見える。合理性に奥行を見せるあの意匠精神は、ギリシア藝術に跡を辿ることのできるものであるが、その精神は、油入れや骨壺など、最も単純な製作物から始まって上昇し、絶えず膨らみを増しながら、ついにそれらの彫像において完璧の域に達する」。かく前置きした後、ギリシア彫刻が思想を表した象徴と見えながらも、実は合理的精神それ自体の形象であることに読者の注意の目を差し向けて、彫像が孕むかに見える思想よりも、先づは感覚面に目を向けるように促す。曰く、「しかし、それらの人物彫像は、感覚的物体のうちでも最も抽象的で理智化されたものではあるが、依然として感覚に訴える物質的なものであり、語りかけてくるのは、先づは第一に目に対してであって、単なる内省的思考力に対してではない」（*Greek Studies*, p. 190）と。ペイターはゲルマン的象徴思考の立場を維持する者ではあるが、藝術における感覚面優先にはギリシア学者としての面目躍如たるところを見せている。

とまれ、ペイターは彫像が内に含むものを恣意的にでも引き出したいところだが、それはギリシア的合理主義思考によって干渉され、ペイターの目は感覚と観念乃至魂なるものとのあわいに注がれる。感覚面を優先しながらも、藝術においてはあくまでも、ゲルマン的象徴思考の働きによりその形態は魂の反映として注視される。その反映としての形態を、前章でも触れたように、ペイターはウィリアム・ブレイクの言葉を用いて「霊的形態」とも言う。感覚は魂と直接的に繫がりを持つ。『マリウス』も単なる感覚の生活から観照の生活へと、感覚に拠り所を得ながら、目には見えぬ己の魂のありかを探る心の遍歴の物語で、一見プラトーンのイデアの探究の形を取りながら、その根柢にあるのはゲルマン的象徴思考である。

こうしてゲルマン的象徴思考とギリシア的合理主義思考とが重ね合わされ一体化した思考形態を通して、歴史の集約としての個人というペイターの存在認識があった。例えば、丁度『マリウス』の主人公マリウスの場合がそうだったように、個人を「一族最後の者」(*Marius*, I, p. 210 & II, p. 207) と見立てたり、モナ・リザの頭(かしら)には「この世のあらゆる尖端が集まっている」と、それを個と歴史とを繫ぐ一種の象徴形態として提示したり、或いは又、ミケランジェロ (Michelangelo Buonarroti 一四七五〜一五六四) を「フィレンツェ人最後の人、ダンテやジオットーの体現する独特のフィレンツェ情緒を受け継ぐ人々の最後の人である」(*Renaissance*, p. 90) と評したりしたことは、そのことの證しとなるものである。この認識に立てば、人は個を超えて民族の魂の恢復と維持を実現し、それのみか、「永遠の意(こころ) (the eternal mind)」(*Plato and Platonism*, p. 19) を分有する魂へと個を昇華して、宇宙の有機的機構と一体化する高次の領域に到達し得ると、ペイターは目論んでいたのであろう。ゲルマン的象徴思考の結果でしかない、十九世紀のイギリスを支配したぼんやりとした観念に曇った思考に、ギリシア的理智の光明と明晰をもたらすことで、個は個を超越し民族の全体性に至りながら、なおも個を確保し得ると考えていたのである。

v　時代精神のもぢり

対象をありのままに受容しながら、同時に自意識からそれを鏡にして己の姿を、ひいては人間の本性を映し出そうとする、或いは形に精神の反映を見ようとするこの二重性へとペイターを駆り立てるものは、ギリシア的合理主義により厳格に修正を加えられながらも、象徴思考へと引き込んでゆく生来的なゲルマン的気質に他ならない。魂のありかを見失った時代に、ヨーロッパがヨーロッパであることを求めたペイターは、この二重性を通して即ち或る程度共通性を見出せる別物に事寄せて、社会批判をしている。時代とのひそかな苦闘を窺わせるやり方ではある。この直截的な表現を避けた藝術形態は同時に時代精神のあり方といかなる関わりがあるのか。

先に少しばかり触れたが、ヴィクトリア時代の特徴のひとつは、周知の如く、偽善である。この時代の人々は自分の信念や趣味を表に出さないようにし、儀礼のためには誠実を犠牲にした。それで以て正しいことを言い、正しいことをしたつもりでいた。以前よりも今の方が立派なふりをし、極めて敬虔で道徳的な人物になりすまし上品なことを言いながら、その実、生き方はその逆であった。ありのままに人生を眺めることをせず、不快なものには目をつぶり、無いことにした。旧習墨守、ねこかぶり、回避というのが、この時代の特徴とされる（Walter Houghton, *The Victorian Frame of Mind*, p. 394-5 参照）。

偽善は外面と内面とが不一致の悪い意味での二重性である。人は時代の子である限り、時代精神と無関係であることはあり得ない。ゲルマン的象徴思考それ自体に偽善を生み出す素地があった。ゲルマン人の象徴思考では、目に見える物はその背後に隠された神聖な世界と繋がり合っているものと考えた。この神聖な関係が反転すればそのまま偽善の二重性となる。しかしペイターは本来のゲルマン的象徴思考を恢復し、しかもギリシア的合理主義を以て秩序立て、有機的関係性へとそれを改善しようとしたのである。ペイターが用いる霊的形態という言葉には、そのような意味が込められている。ヴィクトリア朝とペイターとはさながらそれぞれ陰画と陽画との関係に見える。しかしその陽画はギリシア精神により陽画たり得ている。それであっても、ペイターは時代の異端児扱いであった。その思想はその時代においては一種の逆説であり、また皮肉な社会批判となっている。茶化しているわけではないが、パロディに近いものを含んでいる。それでは、このような思考形態は現代日本においてどのようにして受け継がれ、生きているのであろうか。

三　西脇順三郎の二重性

ペイターは生来的に逆説を好んだ。書く時としゃべる時とではスタイルが異なり、会話の場では時事的な話題をめぐって逆説が迸り出たが、文章にそれを組み込むことはしなかった。機智を駆使し、キリスト教を含め既成概念をめぐって逆説を弄したり、或いは面白くも過激な発言があったりして、人に叛逆者と思わせるところがあったと言われる（*The Case of Walter Pater*, p. 112-3 & p. 118 参照）。

ペイターが用心深くなり、人前で余りものを言わなくなっていったのは、『ルネサンス』で名声を確立してからしばらくしてからのことである。ワイルドがこの本を読んだのは出版の翌年の一八七四年秋のことで、ペイターに招かれて初めて会ったのは、一八七七年十月下旬のことである（同上 p. 144, Ellmann, ed., *The Artist as Critic* p. 229, Ellmann, *Oscar Wilde*, p. 80 参照）。この頃に早ペイターの大胆な逆説的な語り口が影をひそめてしまっていたとは考えにくい。ワイルドがスウィンバーンの詩『ソネット』（SONNET. (WITH A COPY OF *MADEMOISELLE DE MAUPIN*.)）の冒頭を借用して、「精神と感覚の黄金の書、美の聖典」と評し、後年、獄中でなおも、「私の人生にかくも不思議な影響を及ぼしたあの本」（*De Profundis*, p. 85）と回顧した『ルネサンス』の著者であるペイターとの接触は、ワイルドの天才的な機智と逆説の華麗な開花を促した前段階として重要な意味を持っているように思われる（*The Case of Walter Pater*, pp. 118-9 参照）。敬愛する藝術家の機智や逆説に富んだ大胆な言動が、ワイルドを鼓舞したと見ることはむしろ自然なことである。そしてワイルドに仮面という考え方を育んだものも、自己を忘れることを通して自己を見つめるペイターの自意識藝術とそのゲルマン的象徴思考に由来する二重性にある。

さて、ワイルドにおいて仮面に形を変えたペイターの二重性は、西脇順三郎にあっては幻影に姿を変える。しかしゲルマン的象徴思考とは異なり、順三郎は本質的には、「山河大地（せんがだいち）・日月星辰（にちげつせいしん）これ心（しん）なり」（『正法眼蔵』、「身心学道」）という禅的な自然観に立つ詩人である。人の目が見る自然それ自体が己の心の姿である。自然は見る人によってすべて異なって見えるからである。順三郎は折々に、偶然の自然の相を通して、人間が文明や文化を営む以前の原初的生命の段階における生命の神秘を感じ取っていた。それは思いをめぐらすそのさなかに、直観により自然物と順三郎の感覚とが呼応し合った時に看取できる幻影である。その直観は禅的な直観と呼んでもよいものであった。禅的な直観とは、「逐物為己（ちくもついこ）、逐（ちく）

己為物」、即ち物を逐うて己と為し、己を逐うて物と為すという際限のない智の営みのさなかにあって、「情生智隔」（情生ずれば智隔たる）、即ち情が生ぜんとし智が隔たりゆくその一瞬のあわいに事の本質が啓き示されることを言う（『正法眼蔵』、「一顆明珠」参照）。

かたや、対象を通してその奥にそれとなく描き込まれた自画像の影を仄かに浮かび上がらせたり、見る人により微妙にその相を異にする自然を通して宇宙の根源を見極めようとするその過程で、ふと直観的にもたらされる根源的生命形態の一過的幻影のゆらぎを対象物それ自体に詩人が感じ取るのは、やはりペイター風ゲルマン的象徴思考の手法を借りていることを示している。しかしそれでもペイターとは異なるところがある。順三郎の思考においては借用されたその象徴思考に対して禅的思考が基盤にあるからである。ペイターがいくら唯一絶対的存在である「純粋存在」は「純粋無」であり、その「他の万象は一過的な見せかけにすぎない」（"Sebastian van Storck," *Imaginary Portraits* p. 107）とし、自己滅却を掲げても（同上 p. 110）、空思想に徹しきれず、ペイターの幻影はあくまで自画像にとどまっている。それに対して順三郎もその藝術は一面自画像でありながら、更にその境界を抜けて無の境界に至らんとする動きがある。それ故に最終的には象徴的幻影を撥無して、己を捨て宇宙との融合同化を図り、空それ自体の表現を探ったのである。

さて、ペイターの融合的二重性は、順三郎にあっては禅的思考にペイター風ゲルマン的象徴思考を借用することで幻影に姿を変える。この詩人は「幻影の人」を「生命の神祕、宇宙永劫の神祕に屬するもの」（『旅人かへらず』、「はしがき」）と言う。何気ない物象が詩人の目との偶然の接触を契機にして、その背後の奥深くに潜む、或いは意識下に隠れた遠い記憶を呼び覚ます。

ぐれた一節がある。ここにおける「犬」は犬そのものであり、あるがままの犬である。しかし作者は同時にその犬を鏡にして、自分の姿を見ている。犬は自己の投影である。ふらふらさまよっている野良犬の存在の寂しさが、「青ざめていた」という表現によって犬の姿に重ね合わされている。青ざめた野良犬と「われわれ近代人」とが同一視されていることによって、犬が自意識の鏡になっていることがわかる。宇宙生命からすれば犬も人間もなく、万象はすべてが連続した無限の有機的生命体であり、そんな区分は言葉による人間の恣意的な分節でしかない。そうした前提に立った上で、犬と重ね合わされながら己の像が生命の実相として現前し、いのちあるものの存在の寂しさにふるえているのが感じられる。犬の姿を借りた己の反映――青ざめた犬――が幻影と呼び得るものである。そして自分にとどまらず、万人の生命全般の反映となっている。偶然の犬を通して生の実相を直観的に見透しているのである。人の生活の中でふと目をかすめる人間の始原的な相、或いは生命の神秘的な様相を、順三郎は幻影の人と呼んだ。生命の根源的本質のたまゆらの現出が幻影なのである。

西脇詩の世界では、対象の本質と自己とが一致契合したところに自己の反映が生じる。そこには自然の本質を捉える認識があり、批評精神が働いている。重要なことは、自己の反映が対象の本質と無関係にあるのではなく、対象の本質を捉えた上で、自己をそれに重ね合わせ、個との関わりで対象を把握するところから生まれてくることである。自己の反映はそのまま対象の本質を映しているものでもある。これでなければ対象は自己を映す鏡とはなり得ない。

順三郎のこのようなところに、ペイターに通じる二重性と自意識藝術を見ることができる。対象を客観的に把握しながら自己を関わらせることによって求心力を得ている。

四　歴史的集約と巧まれた渾沌

ペイターが個と全体との関わり合いに意を注いだことは、その歴史観にもよく現れている。一個の人間或いは現在の世界は、歴史によって形作られるとともに、その集約であるという歴史観を持っていた。過去は現在の内にある。現在の豊かさは歴史の集積の豊かさである。ペイターは十九世紀の物質的な渾沌たる豊かさを、歴史の集積としての現在の豊饒という形に変えた。これが可能になったのは、ペイターの場合、エピクーロスの時間観念に拠っているからであろう。エピクーロス哲学では時は現象があって初めて生起するものとする主観的時間に基づいている。過去も人の意識の内にある限りそれは現在の内に存する。ギリシア哲学の中でもエピクーロス哲学は殊に仏教の影響が強い哲学であり、この時の観念も仏教哲学に通じるものである。前章でも引いたように、「時間は法のあらはれに卽して成立する」（『インド思想とギリシア思想との交流』一三七頁）。道元も次のように言っている、「山をのぼり河をわたりし時にわれありき。われに時あるべし、われすでにあり、時さるべからず。時もし去来（こらい）の相にあらずば、上山の時は有時の而今（にこん）なり。時もし去来の相を保任（ほうにん）せば、われに有時の而今ある、これ有時なり」（増谷文雄現代語訳・山を登り、河を渡った時に、われがあったのである。そのわれには時があるであろう。そのわれはすでにここに存する。とするならば、その時は去ることはできない。もしも時に去来（こらい）する作用がなかったならば、山を登った時のある時は「いま」であろう。もしも時が去来する作用を保っているとしても、なおわれにある時の「いま」がある。それが有時（うじ）というものである）。そして「時は飛去（ひこ）するとのみ解会（げえ）すべからず」（『正法眼蔵』、「有時」）と断じている。存在物それ自体が時であり、その存在物と時間は個人の意識を措いて他にはないが故に、時は飛去しつつも飛去することはないと考える。

二重性に関し、ペイターが時代の外面的な形だけを借りて実質を入れ替えたことは先に述べたが、多様性についても同様なことが言える。個人は歴史の集約として個人のうちに歴史的多様性を内在させている。T・S・エリオットは『マリウス』を「古典教員の学識のごたまぜ」（"Arnold and Pater," *Selected Essays*, p. 440）と酷評した。確かにペイターは夥しい引喩を駆使してそこに自画像を描いた。歴史的集約としての自己を描くための表現形態として、あのような形を生み出したのであって、衒学趣味とは全然異質のものである。この多様な引喩も作者の心の内面風景を形作る材料として統括され、常に歴史が自己に立ち返ってくる循環性を以て有機的組織に織り上げられている。この形態は『モナ・リザ』について、「この世のあらゆる思想と経験がそこに刻まれ象られている」（*Renaissance*, p. 125）とペイターが評したその言葉の内に既に予告されている。西脇詩のあの厖大な引喩も学匠詩人の衒学でもなく、エリオットのまねでもなく、その淵源をペイターに見ることができる。

歴史の集約としての豊饒なる現在を表現するのに、ペイターは事象が平面的に広がる形をとり、それを文体においても形象化した。事象が平面的に広がるのは先に説明したように、その時間意識においては現象に伴って時が附随して生起するのであり、存在物それ自身が時であるが故に、時はすべて現在の内にあるからである。

心の内側を覗き込むようなペイターの観照的な文学においては、動きのある描写を主体とする作家が動詞や副詞を多用するのとは対照的に、名詞、形容詞の使用頻度が高く、さらには説明や言い換えのための同格語句も多く、接続詞や分詞構文が多く使われて、息の長い文が構成されている。エピクーロス哲学や仏教哲学における主観的時間意識とは別に、時の秩序に頓着しないゲルマン的象徴思考や内省的表現が主体をなすペイター藝術にはこの種の文体が似つかわしかったのである。しかし一方、この文体は、「今世紀、散文が書ける人はたった一人しかいない」(Ellmann, *Oscar Wilde*, p. 80)と、ペイターの散文の完璧さを褒めたワイルドが、かたやペイターの文章は「音楽の楽節というより、はるかに一幅のモザイク画に似ていることがよくあり、あちこちで言葉の真の律動的生命と、そういう律動的な生命が生み出す効果の繊細な自由と豊かさを欠いている」("The Critic as Artist," *Works*, vol. IV, p. 137)と評したように、凝結したような静止状態を現すこともある。殆ど動きを見せないようなこの文体では、緊密な構成の中で反響し合うことで生じる空間的連続性の特徴を見せることになる。各部位が様々に全体と関聯し合い相互にこだまを交わし合うことが、とりわけ重要性を帯びる。十九世紀の分裂した物質的な豊饒は、ペイターの裡に内面化されることにより変容し、生命の全体的連続性を象る文体の内に再生されているのである。

ペイターと順三郎の共通性は、先の引喩の多さだけでなく、文体における平面的な広がりについても言える。三好達治は順三郎の詩を、「バナナのタタキ売りみたいに言葉を濫用」(篠田一士『現代詩髄脳』二〇二頁)していると痛罵した。確かに一見饒舌な西脇詩は、渾沌とした豊饒にしか見えないことがあるかもしれないが、しかし、それは巧まれた渾沌である。順三郎にとっては、ペイターと同様に、個人は歴史の集約として存在する。そしてまた同じく、順三郎はその豊饒に有機的連続性を保障する手立てとして、先ほど見たように、あるがままの対象を自己を映す鏡となし、自画像を描き続けたのである。一見渾沌とした風景の中で、様々な方面からこだまを交わし合う生命的な連続性を生み出すべく、『旅人かへらず』に代表される俳句の変種とも言える短詩群を原型として、そうした短詩を連続させることによって繊維が相互に絡み合う強靭な和紙の如き全一なる有機的全体性の表現へと向かうことになる。しかし順三郎の場合は円環的な完結はなく、意識の流れの中断の形を以て終わる。それにより連続的短詩にせよ、又実質的には短詩の集積である長詩にせよ、読み終えた時、その途切れは読者を寝覚めの夢の心地にし、存在の虚無感を惹き起こす。謂わば、色即是空の表現と言ってよい。そして又、この巧まれた一見渾沌とした形態は、ペイターと同じく、時代のアナロジーとして見ることも可能なのである。

五　順三郎——自己恢復と時代の逆説

『旅人かへらず』の各詩篇の短さは、敗戦の失意の中で、閉ざされた口からようやくこぼれ落ちた言葉であったことを暗示させる。昭和三十五年の『失われた時』以後、比較的長い詩が多くなるが、やはり戦後の経済復興のもたらした物の豊かさの反映を窺わせる。物質的な豊富、科学の急速の進歩、功利主義的傾向といった点では、終戦から昭和四十年頃までの日本の貧しさを除けば、ペイターの時代のイギリスと戦後の日本とは一部似たところがある。それだけではない。日本は戦後、国民精神を失って利益の追求に走り、偽善に陥り、魂の空白状態に転落していった。その意味でも現代日本は、自らの精神的拠り所を見失った十九世紀のヨーロッパに一部相似する面を持っているとも言える。しかし日本の場合、それは占領軍という他者による日本文化の歴史と伝統と、その連続性の破壊によって暴力的に引き起こされた事態であった。進駐軍の占領政策により、世界的規模の植民地の拡大により却って己を見失ったヨーロッパとは比較にならないほど、深刻な魂の喪失感に見舞われた。とまれそのことと平行するかのように、順三郎はペイターと趣を異にするところはあるにせよ、連続性と多様性という点で一層ペイターの文体と通い合うところを強めていった。実際、昭和八年に出た『*Ambarvalia*』では、戦後の詩集における反復的な回帰性、平面的な多様な広がりは、その詩集の特徴をなすに至っていない。

夥しい引喩によって装われた西脇詩の渾沌は、戦後の日本の物質的繁栄の逆説的反映、或いはそれを模した仮面となりながら、豊饒な言葉の中で至るところからこだまを交わし合って、生命的な分断されざる完結なき全体性を形作っている。順三郎の詩は、ペイターやワイルドにおける自分自身たるべき個の恢復の主張と同じく、戦後の魂の空白の中で自己の、そして日本の魂の恢復を求めた良い見本である。

戦時中、日本国民はこぞって大東亜戦争を戦い抜いてきた。高村光太郎（明治十六年［一八八三］～昭和三十一年［一九五六］）や藤田嗣治（明治十九年［一八八六］～昭和四十三年［一九六八］）を初めとする藝術家達も必ずしも軍部に強制されたわけではなく、時代の大きな流れの中で、己の藝術活動を通して国のために尽くした。それにも拘わらず、敗戦後は一丸となって戦い抜いてきたことを忘れたふりをして、終戦前までの日本を叩いて否定する一群の日本人が現れた。

美術界においても藤田だけでなく、当時の画壇の大家達や、その他多くの画家達が戦争画を描いて国家のために尽くした。横山大観、梅原龍三郎、前田青邨、小林古径、藤島武二（藤島は画家を志した順三郎が明治四十四年に訪ねて行って内弟子となり、白馬会入会の許可を得た画家）らも国家に協力した（近藤史人『藤田嗣治「異邦人」の生涯』二六一～二頁参照）。大観は戦争画は描かなかったものの、皇紀二千六百年を記念する個展で、『海山十題』の連作で得た販売収入で陸海軍に四機の戦闘機を寄贈している（同上二五〇、二八四頁参照）。しかし終戦となると、ＧＨＱに倣って、美術界でも戦犯捜しが行なわれ、日本美術会は、最終的には公表されなかったものの、戦犯一覧を作成し、藤田嗣治を最大の責任者に祭り上げ、自分達の責任を藤田に転嫁し口を拭ったのである（同上三〇六〜七頁参照）。生贄にされた藤田は、夏堀全弘の執筆した藤田嗣治伝の原稿に直接書き加えた手記に次のように記している通り、日本に見切りをつけてフランスに去って行った。

この恐ろしい危機に接して、わが國のため、祖國のため子孫のために戰はぬ者があつたらうか。命を捨てて、一兵卒と同じ氣概で外の形で戰ふべきでなかつたのか。平和になつてから自分の仕事をすればいい。戰爭になつたこの際は自己の職業をよりよく戰爭のために努力して然るべきものだと思つた。何んとでも口は重寶で理窟をつけるが、眞の愛情も眞の熱情も無い者に何ができるものか。（同上三二三頁、同書からの孫引きするにあたっては、旧字旧仮名遣いに戻した）

この藤田嗣治の事例に典型的に見られるように、掌を返すようにして、それまでの自己を偽り隠してＧＨＱの占領政策に迎合したそのような人々の偽善的態度とは対蹠的な態度を貫いたのが、西脇順三郎であった。アメリカに占領されて国が失われてしまうという不安のどん底に落とされた詩人は、『旅人かへらず』の執筆動機について、「日本の風土や日本の人間の生活とかそういうもの、自然の生活というかな、そういう全体を愛して書いた」（『西脇順三郎対談集』三二一頁）と言っている。詩人は終戦後はなおさらに日本の文化伝統を深く愛してそれを継承した。魂を失ったのっぺらぼうではなく、個としての、また同時に日本の文化伝統の全体性を体現する、明確な輪廓と顔とをもった詩人だったのである。

ペイターはゲルマン人の、ひいてはヨーロッパの魂を恢復するだけでなく、異質の文化、例えば日本文化への一定の理解があったように、順三郎は植物的生命観や梵我一如、無為自然など日本古来の考え方や仏教思想などによって、日本の魂を土俗的な領域にまで分け入って恢復しようとしたのみならず、西洋古典や漢籍を渉猟し東西文化の深い理解者であった。ギリシア学者としてペイターの批評精神の最もすぐれたところは、個を守るとともに、異質の物への深い理解を可能にし、全体性を守り維持する力を持っているところにある。順三郎もそうした批評精神の持ち主であった。

この個を守り同時に全体性を確保する、即ち「一即多、多即一」の理念は、順三郎の生涯の理想であり続けた。七十九歳の順三郎は昭和四十八年度の明治学院大学大学院の講義科目「ヨーロッパ文学」の場で、「私はコスモポリタンだから、日本がふるさとである。世界的にものを見るから、日本のどこそこが故郷であるというわけでは全然ない」(伊藤勳『ペイタリアン西脇順三郎』十頁及び「ヨーロッパ現代文学の背景と日本」『言語文学芸術』二十六頁、参照)と、ふと口をついて出て来たこの言葉にも、個と全体性の同時調和を基とする人生観に拠って立つ詩人の藝術思想がよく表れている。

言うまでもなく、順三郎はペイターのまねをしたわけではない。その藝術観、文体に触発されて独自の境地と詩形態を展開したのである。詩人は様々な心象を同一空間に提示してみせるが、ペイターの文体のように凝ってゆくような傾向はない。ペイターのモザイク的な非流動性の文体はペイターのゲルマン的象徴思考に由来するものである。順三郎は逆に流動性を見せる。動詞の使用頻度が高く動きがあり、継起する心象が川の如く流れ、流れているにも拘わらず全体がひとつの平面にあるような印象を受け、全体としては流れていない。これは先に引用した道元の言葉にあるように、時は飛去しながらも飛去しないからである。それはパルメニデースの純粋無としての絶対的一者、或いは仏教における空に通じている形態なのである。流動は現象であり、それは流れているように見えながら、実は無である。色即是空の詩形態に到達しているのである。流れていると思っていた事々は思い過ごしであり幻影なのである。形態としては回想や意識の流れの形を取っているので、時空を異にする心象が同一空間で生起したり混じり合うような光景を現出し、この世の虚妄性を印象づける。時とは自分自身であるという禅的観念に支えられることで、西脇藝術が存在している。

ペイターの静に対して、順三郎は動きのある様々な心象群を生み出すが、最終的には読み終われば、殆どの心象は消え失せる。意識の裡に喚び起こされる永遠の今という感覚を除けば、すべてはあるように見えながら、実は何もなかったのだという感懐が残される。或る日、順三郎は講義の席で、『*Ambarvalia*』を代表する詩「天氣」について語ったことがある。この作品は「（覆された寶石）のやうな朝」という一行で始まる。「覆された寶石」はイギリス・ロマン派を代表するキーツ（John Keats 一七九五〜一八二一）の代表作『エンディミオン』（*Endymion*）に出てくる句“upturn'd gem”（Book III, l. 777）を借りたものである。キーツの表現自体目を瞠らせる美しさがあるが、これを「朝」に結びつけたところにこの一行の秀抜な機智がある。順三郎は、詩の中にこういう表現がひとつあればそれで十分で、後はどうでもよい、と言った。こういう発言の背後には、前章で触れたペイターのゲルマン的象徴思考に胚胎しつつも全体の根本原理の役目を担う単一の内的幻影を核とする藝術形態と通じ合う藝術観が窺われる。

この核となる表現が順三郎の言う象徴であり、それは流れの中にありながら流れざる永遠なる今、「有時の而今」であり、他の部分はせせらぎの音となって消え去って行く。順三郎の詩は謂わばせせらぎの音のようである。

豊饒も畢竟無ではなかったのかという思いは、時代に対して巧まれた逆説がもたらす感懐である。先に挙げた講義「ヨーロッパ文学」で順三郎は、草のことばかり題材にして政治に関わることを主題にしないと言って詩人を譏る者が世間にいるということで、「政治のことを考えているから雑草の名が出てくるのだ」(『ペイタリアン西脇順三郎』八頁)と、授業の場を借りて自己擁護をしたことがある。西脇藝術の世界は、いかなる情況に身を置こうともその現実を一時離れて美趣に興ずるところにその神髄がある風流に倣うものであり、また自づとそれがひとつの逆説にもなり得るのである。「私達に関わらないものだけが美しい」("The Decay of Lying," *Works*, vol. IV, p. 102)とワイルドも言うように、藝術は現実から離れたところにその本領があることは言わずもがなのことである。

西脇詩の豊饒は単なる豊饒のむなしさの逆説であるばかりでなく、生命的な全体性を示すものでもある。自意識の藝術である西脇藝術では、自己を見つめ、民族を見つめ、人類そして生きとし生ける物を見つめた。この認識を通して、個々に散らばっているかに見える物は生命的な秩序の下に置かれている。一見、饒舌で渾沌とした順三郎の文体は、巧まれた有機的秩序の形を守っている。流水に生滅する一見無秩序で定まりない紋様が、実は複雑な動きをしながら秩序正しく起きているものであるように、西脇詩も渾沌を装った有機的組織である。すべての現象は偶然ではなく、必然的に縁起する秩序の下にあることを示唆している。

六　ダーウィニズム

i　物質的競争原理

アリストテレース哲学は仏教と同じくこの宇宙を一つの生命体と捉える目的論的世界観に立っており、現象界の原因として、形相因、目的因、質量因、作用因の四種類の原因を想定している。西欧ではアリストテレースの自然学は中世まで受け容れられていたが、近代科学においてはその内、形相因と目的因とが捨てられて、機械論的世界観がそれに取って代わった。この世の中には物質とそれに作用を及ぼす力だけあって、単に機械のように宇宙は動いているにすぎないと見るようになったのである。これに対して目的論的世界観は、この宇宙には目的因により決定づけられる一つの方向性があり、それは形相因により予め定められた形へと自己実現してゆくのだと考える（渡辺久義『意識の再編』、三十二〜四十頁参照）。二十世紀になってようやく西洋にも目的論的世界観に立つ物理学者達も出てきた。

ペイターは現象を生起させている宇宙の根本原理を認める立場を取っていたことは、『マリウス』を見ても明らかであるが、科学はそれなりに認めても科学主義には陥らず、目的論的世界観に立っていた。その見方に立って有機的全体性を求めるペイターは当然のことながら、物質主義に立つダーウィンの思想とは相容れない立場にある。十九世紀には進歩思想がはやったが、この思想はフランスのフォントネル（Bernard de Bovier de Fontenelle 一六五七〜一七五七）に始まる。所謂「新旧論争」が起こった時、フォントネルは科学の発達は古代人よりも近代人が優位にあることを證するものであり、後世はさらに今よりよくなるという考えを主張した。ダーウィンの進化論もこのような科学主義に立った進歩思想と揆を一にするものであろう。ダーウィンは、「最高度に優勢な種類が、いたるところで勝利をかちとっていく」(『種の起原』(下)八杉竜一訳、第十章、二十五頁)と言っているように、現在に生きているものが有利な変異を最大に集積して、最高にすぐれているという考え方が、ここでは成り立つのである。「どんな軽微な変異も有用であれば保存されていく」(同上(上)第三章、八十五頁)というダーウィンの自然選択説では、有害な変異は棄却され、優位な変異だけが保存され集積され続ける。軽微であっても優位に立つ偶然の変異によって、他の個体を滅ぼして生き延びてゆく。この進化は方向性を以て必然的な展開として進化してゆく種類のものではなく、ただ単に偶然性に委ねられ、常に他者を対立するものとして捉え、有利な偶然的変異だけを利用してこれを滅ぼして生き残ってゆくものと考える立場にある。物質的な競争原理だけがこの思想を支配している。生命的な融合や調和や秩序の観念は完全に排除されている。内面と外面との一致、個体と環境との調和、遠い物同士の結合といったような相反する力同士の結び付きをこの世界に見出しているペイターの有機体論と、ダーウィンの物質主義的な思想との間には大きな乖離がある。

「さまざまな土地の物質的条件とそこに生息する生物の性質とのあいだの関係がいかにうすいものであるか」(同上(下)第十章、二十三頁)と言うダーウィンは、個体と環境との相関関係は基本的に認めていない。生き物は「あらゆる場合に、ある個体と同種の他の個体との、あるいはちがった種の個体との、さらにまた生活の物理的条件との、生存闘争」(同上(上)第三章、八十七頁)をするのだとダーウィンは言うように、個体を生かすはずの環境も闘争の対象とし、自分の思うようにするためには破壊すべき対立物でさえある。動物も植物も宇宙を動かしている根本原理とは関わりなく、恰も自由意志の赴くがままに、環境にも殆ど左右されることなく、少しでも不利な条件の下にあるものを滅ぼして生き延びてゆくと考えるのである。

求心力と遠心力、動と静との一致した状態を理想とするペイターは、宇宙は絶えず生成し続けるという考え方においてだけ、ダーウィニズムを認めているにすぎない。ペイターの世界観からすると、独立した単一の原型があり、それが基本となって様々な異形が生まれ、相互に関聯し合って生命を得、また全体としてもひとつの生命体を成している。ペイターの抱くこの相互滲透的な一にして多様な形態のギリシア的観念は、ダーウィニズムとは縁遠い。ダーウィニズムにはペイターが憂慮する分裂した多様性だけがある。

ペイターは言う、「ダーウィニズムにとっては、『型』そのものは、正確には〈ある〉のではなく、常にただ〈生成〉し続けているにすぎない」(*Plato and Platonism*, p. 19) と。ダーウィンによれば、単一の祖型は絶えず変化してゆき、本来の型は失われてゆく。古い種は劣った物としてすべて絶滅してしまうからである。ここにあるのは直線的な流動だけで、過去は失われて、無い。一方ペイターにおいては、宇宙の根本原理、即ちプラトーンの言う森羅万象の構築者の本質を分有する万象には、回帰すべき祖型としての万象の構築者が想定されている。従って、人を含め万象は宇宙の根本原理に有機的に繋がる回帰性を本性としている。そして個々人に関しても、飛去(ひこ)しつつも飛去せざる今を体現する自己の存在に、過去は常に立ち返り、常に生きている現在として有る。このような主観的な時の意識は、物とその環境との相関関係を測るという科学的な相対主義精神に直接的に繋がっている。全体を正確に把握する直観はまさにこのような時の意識によってもたらされる。この種の直観こそ、「プラトーンが言うところの山を全体的に『総観』すること」であり、「あらゆる時とあらゆる存在の大観」(*Plato and Platonism*, pp. 180 & 192) なのである。このような時の意識や宇宙観をもつペイターはダーウィニズムとは対蹠的位置に立っている。

ii　有機体論的相対主義の立場

ダーウィニズムとはこれほど相反する考え方であっても、ペイターは相手を排撃せず、自分の考え方と一致する部分が少しでもあればそれを評価しようとする。これが有機体論を背景にした親密さと共感を基とするペイター批評の本質の一端でもある。ダーウィニズムにおける生成観は、『プラトーンとプラトーン哲学』の第一章「動の学説」において、ヘーラクレイトスの万物流転の思想を語るのに援用されているにすぎない。ペイターはダーウィニズムが拠って立つ機械論には、なぜか目を向けようとしない。諒解し得ないことは判断の中止をしたのであろう。さはれ、たとい自分とは異質な思想であろうとも、多少でも自分の考えと共通するところがあれば、取り込んでしまうのがペイターの気質のひとつの傾向でもある。

しかし別の観点からすれば、自然というものは人間の目からすると矛盾するものであってもすべて呑み込んで、渾沌と見えながら全体調和を保っている。パルメニデース的宇宙観からすると、「民族、法律、藝術にはその起こりと終わりがあり、それら自体が有機的生命体という大河に生じたさざ波にすぎない。言葉は私達のまさに唇の上で変化し続けている」(*Plato and Platonism*, p. 21) のであり、宇宙的生命の観点からすると、ダーウィニズムも一時の現象にすぎない。

機械論的ダーウィニズムも有機体論的ペイター思想も、一部ではあれ相互に滲透し合っている部分があることを認めた上で、ダーウィニズムの相容れない部分はそのままに、その思想の可能性を俟つべく判断中止の態度を取るのが、自然に服することであると考える姿勢を見せているのも興味深い。現代科学は「様々な形の生命が言い表し難いほどに精妙な変化により相互に溶け込んでいることを教えてくれる」("Coleridge," *Appreciations*, p. 66) と言う。それがペイターの言う相対主義であり、有機体論なのである。

一方、ペイタリアン西脇順三郎はダーウィニズムにどう反応したのか。『種の起原』はあれほどヴィクトリア朝の世を驚倒せしめ、ペイターも万物流転を説明するには援用し、またそのようにしてその思想も一部取り込んでしまう受容性はあったものの、基本的にそりの合わないダーウィンに言及することは極めて稀であった。順三郎もまた同様であった。「やぶがらしは／ダーウィンが見失つた／人間と猿とのつながりだ」(『えてるにたす』、「えてるにたす」) と、「サルスベリよ／ダーウィンよ／皮をなくしたのも／シッポをなくしたのも／進化か退化かよくわからない／それは生存するために生活して来た／適者生存の歴史にすぎないのだろう」(『壤歌』「V」) といったところに見られるように、ごく限られた箇所に言及があるにすぎない。しかもダーウィンの単なる機械論的な進化論では説明しきれない自然の成り立ちに思いを致し、進歩思想と繋がった進化論への懐疑が見え隠れしている。前者の一節には、有機体論的には動物も植物も繋がり合っているという日本的な生命観が息づいており、動物と植物との有機的一体性に目が行かなかったダーウィンへの皮肉が籠められているように感ぜられる。後者についても、最高度に優秀な種類のみ現在に生き残り、個体と環境との相関関係もないものとするダーウィニズムに対して、順三郎は、そのような機械論的な進化論に関わりなく、生活しやすい形に生物は変化してきているにすぎないと、批判的な目を向けているようである。どうして順三郎とダーウィニズムとが相容れないのかは、先のペイター思想とダーウィニズムとの齟齬についての説明と同じになるので、ここで改めて説明し直すまでもない。

七　古い夢への憧憬と新たなパラダイム

確かにペイターは機械論的世界観に立つ科学の時代にあって、「世界生命の本流に乗るというよりも、寧ろそれを横切る」「光のあの鋭い刃」(“Diaphaneitè,” *Miscellaneous Studies*, p. 248)の如き藝術家だった。既に述べたように、ペイターは科学に背を向けたわけではなく、科学主義に陥らなかっただけのことである。数多くの発明や考古学的発掘と発見がなされた進歩主義的科学万能の時代の本流を横切るには相当の社会的抵抗があったはずである。ペイターは「宮廷画家の花形」(“A Prince of Court Painters”)の中で、ワトー(Jean Antoine Watteau 一六八四〜一七二一)をこう描いた。「ワトーは生涯、病人であった。この世には満足できるほどにはないもの、或いは全くないものをいつも追い求めていた」(*Imaginary Portraits*, p. 44)。掉尾を締めくくるこの最後の一節には、ワトーを描きながらペイター自身の姿が反映している。

時代が病んでいれば健全な精神が却って病んでいるように見える。女は脚を隠していなければならないということがあり、ピアノの脚にまで布を着せるようなことをしたのも、或いは又、男のズボンという言葉も口に出してはならないことになっていたことも、イギリスの異常な性意識を窺わせる(W.

Houghton, *The Victorian Frame of Mind*, p. 409 吉田健一『英国に就て』六十九頁参照)。取り繕われた外面性だけが重んじられた時代にあっては、魂の奥処を探ろうとするペイターは、世間からすれば異端であり、疎ましく病んだ人間に他ならなかったであろう。

取り繕われた外面性とは、取りも直さず偽善である。この十九世紀英国の偽善的態度に対する批判は外部からの、或いは後世における批判ではなく、ヴィクトリア朝の人々自身が自ら暴き攻撃したものであった。何故人々は自らの欠点を衆目に晒し改善を求めたのか。それはウォルター・ホートンによれば、「ヴィクトリア朝の人々が、その時代を一大過渡期の時代と見ていたので、主要な思想家達は自分達の時代を強く意識し、古い価値観の喪失、或いは新しい価値観の導入に極めて敏感になり、新しい価値観が入ってくることは、道徳的生活や知的生活の堕落をもたらすように思われたからである」。そして、「物質的進歩の崇拝、反理智主義、教条主義、商売根性、暴力の高まり、結婚市場、遵奉に対する偽善的行為、道徳的なふりをすること、言い抜け」(同上p. 424)など、こうしたヴィクトリア朝の時勢や風潮を厳しく糾弾する一部の人々がいた。言うまでもなくアーノルド、ペイター、ワイルドもその部類に入る藝術家であった。

この引用の中で、結婚市場 (marriage market) という言葉が出ているが、結婚事情を指す意味で使われている。それがこの時代の弱点のひとつとして挙げられているのは、当時の結婚が当事者同士の愛情による場合が極めて稀で、利害に関わる動機、即ち基本的には富、社会的地位によって決まってゆくからであった。このようなことはどの時代や社会においてもごく普通にあることではあるが、殊に損得勘定にさとい社会においては、愛情にまさる価値観に差し障りがあるのであれば、結婚において愛情は問題にさえならなかったのである。こうしたことは更に、別の問題をも生み出すことになる。妻に馬車をあてがうことができ、加えて富裕者と交際ができることを期待されるとなると、男の結婚年齢が三十歳くらいになってしまう。それが故にその間、男は娼婦の元に走ることになる。この時代の主要な社会悪のひとつであった売春と、損得勘定が優先した結婚とを、人間性を浄化する天の恵みである真の愛情を以て正したいという聲が、金銭欲に取り憑かれ外面性を取り繕う偽善がはびこる時代と社会に向けて発せられていたことも事実であった（同上 p. 381, p. 384-5 参照）。

真の感情が犠牲に供され、物質的、金銭的欲望が優先して偽善がまかり通るこの過渡期の時代にあっては、感受性の衰頽も余儀なくされた。それ故にこそ、一部の人々の間に真の愛情への渇望が生じることになる。結婚にそれが求められただけではない。心理的緊張の解決やキリスト教に取って代わる宗教を、愛に見出したのである（同上 p. 385 参照）。ラフカディオ・ハーン（Lafcadio Hearn 一八五〇～一九〇四）からは中世人の再来と呼ばれたダンテ・G・ロセッティが不可知論者として、愛を礎にして美の宗教を藝術に見出したのはその良い例である。このような時代と社会にあって、その世相を代表する多勢の側からすれば、ロセッティも、そして愛に代わる語として親密性（intimacy）という語を多用したペイターもやはり病的な異端者と見えたことであろう。

「あまたの経験をさらい集める永遠の生命」（"Leonardo da Vinci," *Renaissance* , p. 125）という往古の空想、或いは「〈世界霊〉というあの古い夢」へのペイターの憧憬は、機械論的世界観に立つ科学の繁栄を享受した時代には、一見時代錯誤の行為には違いなかった。しかし失われた「古い夢」を求めたペイターは、西洋においては百年以上も早い先駆的な世界観の持ち主であった。生命をも単なる物質的要素に還元してしまう還元主義と機械論を是とするニュートン以来の近代科学の物の見方を採り入れながらも、それとは対照的な目的論的世界観を復活させ、両者を結び合わせることによって、機械論的世界観の行き詰まった思考の枠組を超えて、新たなパラダイムを生み出したからである。ルーキフェル（Lucifer）の叛逆になぞらえて言えば、「エホバの側にもその敵方にも就かない」（"Botticelli" 同上 p. 54）者として、キリスト教に囚われることなく合理的で実證主義的な科学者的態度を維持しながら、宇宙はその内面原理により方向性を以て生成発展し自己組織化する生命体であるという宇宙観を、自分の生きる時代に取り込もうとしたのがペイターであった。科学による環境破壊やダーウィニズムに含まれる物質主義的競争原理による人心の荒廃の懸念から、一部の人々の間で、例えば『宇宙の青写真』（*The Cosmic blueprint*, 1987）などの著作のあるイギリスの物理学者ポール・デイヴィーズ（Paul Davies 一九四六〜）を初めとする科学者達によって、今説明したようなペイター的世界観が見直されてきている。

八　飛躍

i　有機体論と飛躍

ところで、この目的論的世界観で重要な意味を持っているのは飛躍である。『種の起原』でダーウィンはヨーロッパの古い格言「自然は飛躍せず」を信念にして、生物の進化を解き明かそうとしたが、自然には飛躍があることを前提にしているのがペイター藝術である。有機体論に立てば、遠いところにあるもの同士も生命的な繋がりを持っているからである。ペイターの重視する直観という飛躍も主観的時間意識とともに、有機体論に支えられていることは言うまでもない。『マリウス』の中では二世紀のローマが舞台になっていても、ルネサンス、十七世紀、十九世紀のことが言及され、異なる時代が時空を超えて反響し合っている。或いは又、第一章でも第二章でも引いたように、子供の頃、夏の夜に家の中に漂ってきた刈りたての干し草の匂いは、他郷で末期を迎えたマリウスのもとに匂ってきた干し草の匂いにより思い起こされ、古里の古い家にいるような気がしてひとときの安らぎを覚えるのであった。遠い物同士がこだまを交わし合い、終わりは始めに戻り円環をなしている。これは先述の通り、ペイターがエピクーロス哲学に拠り、時は現象があって初めて附随的に生起する事象にすぎないとする主観的時間に基づいており、人の意識の中で過去は現在であるからである。『マリウス』の中でこだまを交わし合う反響はこの一例に限られるものではない。

飛躍それ自体を主題にした作品さえもある。例えば「ドニ・ローセロワ」（"Denys L'Auxerrois" 一八八六年）のように、中世に突如として現れたディオニューソス神を描いて、文化は時空を隔てて甦ることを明かして見せた。この作品は「ピカルディのアポローン」（"Apollo in Picardy" 一八九三年）とともに、ハインリヒ・ハイネ（Heinrich Heine 一七九七〜一八五六）の『流刑の神々』（*Götter im Exil* 一八五三年）の趣向に倣うものであるが、中世に現れるギリシアの神々という設定は時空を超えるひとつの飛躍である。現実的にはギリシアの学術がシリア、アラビアを経てやっと十二世紀になってヨーロッパに伝播した歴史的事実を反映するものである。『ルネサンス』の「フランスの古い二つの物語」（"Two Early French Stories"）が示唆するように、ペイターにはアラビアからのギリシア学術の到来に対する先覚的な認識は或る程度あった。

ペイターの思考の生地(きぢ)は合理的聯絡性に闕けるゲルマン的象徴思考である。そこにギリシア的有機体論の仕組みを織り込んだところに、相呼応する静的な有機的連続性をもつペイターの文体が確立されている。この文体においては、ゲルマン的象徴思考のみならず、それに加えて主観的時間意識がそこに組み込まれることで、それは一見渾沌とした平面的空間を見せ、個々の言葉遣いの厳格さとは裏腹に、全体の輪廓線はおぼめいている。しかしこれはペイターの意図的な文体である。文章が晦渋になるのは、この構造的な面ともうひとつ、既に述べられた内容に、例えば「あの…」のような形で言及して、文章の流れを遡って繫がり合っていたり、或いは又、読者側にそれに呼応するだけの知識が求められるからである。ペイターの文体は時の流れに沿うよりも平面的な広がりとなっていること、又、盤根錯節たる息の長い文や「そして（and）」を多用した文章構成などにより、各部分の独立性が比較的高くなっていることにより、非連続的な連続性の形態がその特徴をなしている。その文体自体がギリシア的合理主義思考をゲルマン的象徴思考に導入することで、合理的な飛躍を有効にしているとと言ってよい。こだまを交わし合う飛躍の文体は陰翳を深めて暗示を豊かにする。

ii 「無からは何も生まれない」

ところで、ダーウィンは「自然は飛躍せず」と言いながら、種(しゅ)と種とを繫ぐ移行化石がないままに、進化をどう理論づけたらいいかと苦心した。移行化石は今日なお見つかっていないと言われる（渡辺久義『意識の再編』四十四頁参照）。一方、ポール・デイヴィーズは、「無からは何も生まれない」というパルメニデースの格言を引いて、最近の量子物理学では、「量子の変化の結果として、宇宙は自然発生的に無から生まれた」と考えられるようになってきたと言う。量子の世界では、「日常経験の場にしっかりと根付いた因果の法則は通用しない。量子の世界では、自然発生的変化は可能であるばかりではない、それは避け難いことである」（*The Cosmic Blueprint*, p. 5）と言う。人間の理性や悟性では理解が及ばぬ飛躍が自然界にはあるという主張のようである。

因みに、デイヴィーズのように「無からは何も生まれない」（同上p. 4参照）という表現を用いると、パルメニデースが有に対して無も存在することを想定しているかのように思われる。この誤解を招きかねない表現を正すべくパルメニデースの不生不滅の宇宙観について、一言附言しておく。パルメニデースの有とは、不生不滅、初めなく終わりなく、全体にして唯一なる絶対的一者である。有らぬものは知ることもできなければ、言葉で表現することもできないのであり、その證明は不可能であるが故に、探究の対象から除外されているのである。従って有ることのみが探究された。パルメニデースにおいては、宇宙に有だけを前提にして、無は不可知なのでその探究は最初から排除され、臆見は避けている。されば、デイヴィーズがパルメニデースの格言として引用したように、文字通り無から何かが生まれるかどうかなどということは、一切問題にされていないのである。有らぬもの、空なるものを初めて想定したのは、レウキッポス（Leukippos 前五世紀に活躍、恐らく小アジアのミレートスの人）とデーモクリトスの原子論なのである。パルメニデースが言ったのは、有について、「どんな必要に迫られて、より先に、或はまたより後に初めて無から生れてこなければならなかったであろうか。かくてそれは全く有るか、全く有らぬかでなくてはならぬのだ」（『初期ギリシア哲学者断片集』四十頁）、ということにすぎない。

そして万象は、ペイターの譬喩に倣えば、その絶対的一者の表面に立ったさざ波の如きもので、初めがあり終わりがある一過的現象にすぎず、現象それ自体は実体ではないので、幻影として無と見なされる。有であるのは絶対的一者しかない。それが根本実在なのである。ルクレティウスもエピクーロスの原子論の立場から、現象は空虚の中における原子の結合の結果と見なすが故に、「物は無から作られることはできない」（『事物の本性について』第一巻、二六五）と言っている。

　因みに、有に関する似たような考え方はインド哲学にもあり、インドの最初の哲学者、ウッダーラカ・アールニ（前八世紀〜前七世紀）はその有の哲学において、流出論的一元論を説いた。ウッダーラカ・アールニは息子に次のように言う、「愛児よ、これ（宇宙）は太初において有（sat）のみであった。それこそ唯一の存在で、第二のものはなかった。（中略）どうして無から有の生ずることがあろうか。（中略）それは『自分は多くなろう。自分は繁殖しよう』と思った」。かくして有は熱、水、食物を創造した。「かの神格（有）は思った、『さて、余はこの生命であるアートマンとともに、これらの三神格（熱と水と食物）にはいり、名称と形態とを展開しよう』と」。かくして「変異とは言語による把握であり、三つの色〔火の赤い色、水の白い色、食物の黒色のこと〕という名称こそ真実なのである」（『ウパニシャッド』岩本裕編訳、「チャーンドーグヤ＝ウパニシャッド」第六章第二節〜四節）と。要するに、熱、水、食物を創造し、そこに自らを入り込ませた元々の生命としての有が、宇宙の根本実在であり、宇宙の様々な事象は言葉によって生み出された単なる名称にすぎないと言っているのである。この思想においては唯名論の立場を取ることにより、諸事象に普遍的な実在というものを認めていない。

　パルメニデースやウッダーラカ・アールニの有の哲学からすると、無から有は生まれないのであり、デイヴィーズがあのような言葉を用いてパルメニデースを持ち出すのであれば、量子の世界も有の中における現象と捉えられなければならない。と言うのも、アリストテレースは次のように伝えているからである、「レウキッポスとその仲間のデモクリトスとは、『充実体』と『空虚』とがすべての構成要素であると主張し」、その上で「『あらぬものはあるものに劣らずある』とも言っている」(『形而上学』、出隆訳、985b)。空虚も有と見なされているのである。とまれ、「無からは何も生まれない」というパルメニデースの格言の理解の仕方に関する妥当性に難はあるにせよ、この物理学者は機械論的世界観の向こうを張って目的論的世界観に立ち、宇宙は人知をはるかに超越した形で有機的関係の上に成り立っており、想像を超えた飛躍が縁起し得る可能性のあることを示唆したと認めてよい。

やっと二十世紀後半になって改めて目的論的世界観と有機体論に立脚することで、このような人知を超えた宇宙の飛躍を唱える物理学者が出てきたが、機械論的世界観が幅をきかす時代思潮の中で、ペイターがその飛躍の藝術論を先見の識を以て実践したことは注目に値する。

iii　直観的飛躍

ところで順三郎はどうか。心の中に継起する様々な思い出の光景が、感情に彩りを得た文体の音楽に乗って展開されてゆく。殊に長詩においてはその一齣一齣は表面上の話の筋で繋がっているものと言うより、様々な形象の取合せや散らし模様のように、構成要素は個々独立したものに見えながら、詩人の感情や理智を仲立ちとして呼応し合っている。その形態はその意味で極めて日本の伝統に根ざしたものと言ってよい。第二章でも引いたように、「想像力は物質の法則に縛られることなく、それ自身の都合で、自然が切り離したものを結び合わせ、自然が結びつけたものを切り離す」という詩における飛躍を語るベーコンを、順三郎は「ポエジイと芸術と美の問題に関しては（中略）ヨーロッパで最大に頭のよい文芸批評家であった」（『詩学』三十五頁）と褒めてはいる。しかし順三郎の直観的飛躍の藝術理論はこうした西洋の機械的な藝術論から直接学んだと言うよりも、西脇藝術における飛躍の技法を正当化し補強するためにベーコンの説を援用したと見た方が自然である。

この詩人の直観的飛躍の技法は日本人として遺伝子により伝えられてきている生来的な無意識の領域に関わるものであろう。例えば、連句には飛躍による取合せの美というものがある。取合せの技法は俳諧・俳句にとどまるものではない。それは日本の伝統的藝術全般にわたるものであり、換言すれば日本人の美意識そのものである。主観的時間意識の滲透したこの美意識においては、思いがけない取合せの個々の形象は、作者側の理智と感情の糸によって有機的に繫がれている。順三郎の直観的飛躍は有機的組織体としての自然に即したこの日本の美意識の所産であって、西洋由来のものではない。

しかし順三郎とペイターの直観的飛躍の考え方の基盤には共通するものがある。両者共に自然に即しているのみならず、時は現象の起こりに即して成立するという主観的時間意識を持ち、後者はエピクーロス哲学を、前者はエピクーロス哲学と仏教哲学、最終的には禅をその拠り所としているからである。同じイギリス人でもペイターはベーコンのように自然の法則を破ることによる飛躍は思考の外にある。それはギリシア思想に拠り所を得ている者とキリスト教思想に基づく者との違いに他ならない。直観的飛躍は自然法則の無視ではなく、人知の及ばなかった自然法則の新たな認知なのである。

九　虚無の認識と科学主義の超克

i　唯物論的観点と植物的観点

順三郎の文体は種々雑多な草が生い茂る野原を具現しているかのようである。そのような形を取ることで、人間も雑草も同一視され、相反するものも渾然一体となってすべてが連続し、その文体自体が、一部象徴的趣向の気味を帯びてはいるが、日本的な伝統的自然観の根生であり、自然そのものの隠喩として全一なる生命体を構成している。例えば先に引用した、「やぶがらしは／ダーウィンが見失つた／人間と猿とのつながりだ」という表現にしても、ひづみがあって通常の理解を妨げるところがある。しかしそれでも、一見折り合わないような関係も、万象の根源の働きにおいては矛盾するものではないという自然界の有様それ自体の隠喩として、こうした表現がある。

相反する関係は人間の目には飛躍に見えても、それは錯覚でしかない。排他的競争原理に基づくダーウィニズムに代表されるような従来の機械論的科学思想だけに依存することとの危険性と、生命的な飛躍を含む相互滲透的な有機的全体性が保たれた世界の価値とを、この詩人は内容のみならず文体にまで形象化して現代人を啓発している。更にまた、ペイター同様に自意識藝術の附帯的結果として自画像を描きながらも、人間を枯れては生うる草と変わらぬつまらない存在と見なして人間中心主義は排除し、あの文体における循環的にして螺旋的な流動性とその遠心力とを通して最大限に自我を脱却しようとしたことは、詩人自身の仏教思想の中へとペイター思想を吸収同化していった形に見える。

ペイターは有機体論に立ちながらも、人間を絶えず集合離散を繰り返している天然の元素の一時的な結合物にすぎないと見なし、順三郎は人を草の如きものと考えた。前者は『ルネサンス』の「結語」がよく示しているように、原子論のエピクーロス的唯物論の観点から人の命の空しさ、はかなさを認識し、後者は日本の伝統をなす植物的観点からその無常とつまらなさを見た。単に見るのみならず、生いては枯れ、枯れては生うることは宇宙の生命の営みであることを知っている。人は草でしかないと認識することは、煩悩そのものと言うべき自我を脱して、単なる関係性を本質とする空なる宇宙、即ち永遠と一体化することにその意図がある。要するに、このふたりはそれぞれ物質的に、或いは植物的に人の命の空しさを見て、有機的組織としての環境即自然との相互滲透的な繫がりを深めてゆくことの重要性を示すとともに、自己の魂と民族の魂のありかを探りつつそれを確保しようとした。

ii　現代精神が求める宗教の四つ目の相

ペイターは一八八三年七月二十二日付、ヴァイオレット・パジェット（Violet Paget 一八五六〜一九三五）宛の手紙の中で、執筆中の『享楽主義者マリウス』について、「最近『現代評論』（*The Contemporary Review*）に寄稿されたすぐれた御高論にお示しなされた宗教の諸相に加えて、現代の精神にとっては四つ目の相があり得ると小生は思っております。その宗教の相の有様を伝えるのが、小生の構想の主要目的であります」（*Letters of Walter Pater*, p. 52）と認(したた)めている。ここに言うパジェットの論文とは、「無信仰の責務」（"The Responsibilities of Unbelief"）のことで、その論文に扱われた宗教の三つの相とは楽観的なヴォルテール風にして理智的物質主義、厭世的な美的趣味、実證主義的にして闘争的な人道主義的無神論のことを指している（同上、注参照）。それではペイターが『マリウス』において示した、現代の精神にとって可能な四つ目の相とは何か。

『マリウス』の主人公マリウスは親友フラウィアヌスがペストにより若い命を終えた時、「その出来事にひどく心が動揺したマリウスにとって、フラウィアヌスのこの世での命の終わりとは、魂の消滅にほかならないことを最終的に示すものとなった。フラウィアヌスは、なおもいとしいその灰の中で燃えている火のように完全に消え去ってしまったのである」（*Marius*, I, p. 123）という認識を持つに至った。「すべては空である」（同上 p. 144）。そして「マリウスは、苦しみ死んでいったいとしいフラウィアヌスの肉体の様々な哀れを誘う特徴を深く思いめぐらした末、献身的な気質は幾分そのままに、物質主義者となった」（同上 p. 125）と言う。一方でペイターはマリウスについて、「生来的にエピクーロス思想」に親近性があり、「自己をまわりの世界の受動的な観察者にすぎないと考える」（同上 pp. 124-5）立場にあると語っている。更には「私達の知識は感覚によってその範囲が限定される」（同上 p. 138）ものとして、臆見を否定する立場を示している。『マリウス』はこうした姿勢を基としながら、自然の有機的繫がりの親密性と、過去も現在の中に一体化されている主観的時間意識の内に語られてゆく。

ペイターによって描かれたこの『マリウス』に何を見るか。不生不滅の宇宙論、「感覚にしたがってみるべきである」（「ヘロドトス宛の手紙」、『エピクロス』十一頁）という感覚論、「自然に服従すべきである」（「断片（その一）」二一、同上九十頁）という自然主義、時は現象に伴って生ずる附随的な事象であるとする主観的時間意識、心の静謐と肉体の無苦を求めるアタラクシア思想、こうしたエピクーロス哲学の思想は、『マリウス』の根柢を貫くものである。ただし、「神は不死で至福な生者である」とし、「神々はたしかに存在」（「メノイケウス宛の手紙」、同上六十六頁）すると、唯物論者でありながら、自然に神の存在を認めるエピクーロスの自然神認知にペイターが至ったかどうかは、その中庸の立場を貫く態度からして判然としない。とまれ、ペイターがパジェットに伝えた現代の精神が求め得る宗教の四つ目の相とは、このエピクーロス哲学の復活であろう。これがペイターにとって自己と民族の魂を恢復する手立てとなり得る思想であったと見てよい。

iii　中庸と自然主義

翻って順三郎を顧みるに、この詩人は青年時代に「ギリシア哲学から、ローマ文学から、Shakespeareから、Goethe から、なんでもわかる」「Pater に心酔した」（「ヨーロッパ現代文学の背景と日本」、『言語文学芸術』三十三頁）のであり、又、「私がギリシア崇拝であるということ」（同上三十八頁）をも明かしている。既に第一章「西脇的アタラクシア」で触れたように、順三郎は浄土宗を信仰する家に生まれた。しかしペイターの『マリウス』を暗記するほどに繰返し読んだと回想した順三郎は、そこに一貫するエピクーロス思想を、それが極めて仏教思想に近い関係にあるが故に、抵抗なく吸収していった。更にそこから仏教思想へと回帰していったことは、殊に戦後の詩論とその実践から明らかである。

順三郎は最終講義において、「キリスト教と仏教、仏教とキリスト教というものを両方とも信じている。（中略）キリスト教も論理的であるけれども、私は仏教のほうが遥かに進んでいると思う。やはり、キリスト教も好き、仏教も好き、ほとんどおなじくらいに好きです。右翼でなければ左翼、左翼でなければ右翼、そんなに簡単に人間は分けられない。私は右翼でもなければ、左翼でもない。中間である」

(『言語文学芸術』二十六頁)と言っている。

この中庸の精神で思い起こされるのは、『ルネサンス』の「サンドロ・ボッティチェッリ」(“Sandro Botticelli”)の章の一節である。ペイターはボッティチェッリの作品として『聖母マリア被昇天』(*The Assumption of the Virgin* 一四七五年〜六年頃)について語っている。ロンドンのナショナル・ギャラリーにあるこの絵はケネス・クラークによると、実はボッティチェッリの作品ではなく、通常フランチスコ・ボッティチーニ(Francisco Botticini)の作品とされている(*The Renaissance*, edited by Kenneth Clark, p. 72 脚注参照)。それはともかく、この絵はフィレンツェのマッテオ・パルミエーリ(Matteo Palmieri 一四〇六〜七五)の詩『いのちの都』(*La Città di Vita* ペイターは原文では *La Città Divina* 即ち『神の都』と誤記)に見られる異端思想に倣うものであった。その異端思想とは、エホバに対する堕天使ルーキフェルの叛乱において中立を通した天使達が人間となったということを指している。先にも一部引用したが、このことをペイターはわざわざ取り上げてこう述べている、「『神の都』(ママ)は人類をルーキフェルの叛乱の時に、エホバの側にも、その敵方にも就かなかったあの天使達の化身として描いた」(*Renaissance*, p. 54)。この一節はキリスト教に即かず離れずの姿勢を取ったペイター自身の処世態度を間接的に表明するものである(詳しくは『英国唯美主義と日本』二三七〜九頁参照)。

順三郎もペイターも不即不離の中庸の立場に徹したことは、半ば偶然、半ば必然の結果であろう。ペイターは青年時代に学校の友人達に矯激な反キリスト教的言動をして警戒されるようになったり、一八七三年の『ルネサンス』の出版により宗教界とオックスフォード関係者からの強い批判に晒されたことによる警戒心から、表面上どっちつかずの態度を見せるようになったと見ることもできるかもしれない。しかしそれ以上に、虚心坦懐に自己の存在を完全なる白紙の受容体となす第一条件は、この中庸精神である。

聖徳太子の「和を以て貴しとなす」精神はいまなお日本人の心の底に生き続けており、日常生活の様々な場所で機能している。柔道、剣道、相撲など、日本の武道の審判は複数置いて多角的に客観的な判断をしようとする。これは先に述べたように、ギリシア藝術が三百六十度の角度から見て美しいように構成されていること、ホメーロス（Homēros 生没年不詳、前八世紀後半、イオニア地方の人）の『イーリアス』（*Ilias*）も神々がトロイエー方とギリシア方の双方に分かれて与していることと共通する姿勢である。しかし全く同じ見方というわけではない。ギリシアの場合の左右対称の調和は、その自然観から生み出された美意識に根生している。このことについては、クレタ文明（又はミノス文明、前二〇〇〇～前一四〇〇）とミュケーナイ文明（現代ギリシア語ではミキーネと発音、前一六〇〇～前一二〇〇）のそれぞれの遺物を見比べてみると一目瞭然である。クレタ文明を育んだ人々はギリシア系ではなく、一般に地中海人と言われるオリエント系の人種である。一例を挙げれば、クレタのイラクリオン考古学博物館に展示されている蛸の壺絵では、その蛸が非対称の躍動感のある自然主義的な形で描かれている。一方、ミキーネ考古学博物館の蛸の壺絵では、この蛸の図柄がギリシア系の文化遺産らしく、安定した左右対称の形に変化している。クレタ文明を受け継いだミュケーナイ文明は、多分にクレタの造形を模倣しているが、この蛸の壺絵の場合もその例に漏れない。しかし、クレタの非対称の大らかな躍動的流動性からギリシアの整然とした左右対称という拮抗調和へと変容している事実、クレタの生命的跳動からミュケーナイの拮抗的静謐への変容は見逃し難い。ギリシア系の人種であるミュケーナイ人の自然観が拮抗調和であったことを示すものであり、この意識はミュケーナイ文明がギリシア系の一部族であるドーリス人の侵入と支

イラクリオン考古学博物館の蛸の壺
（筆者撮影）

ミキーネ考古学博物館の蛸の壺
（筆者撮影）

配により滅びた後も、続いてゆくことになる。

一方、日本人の自然観は、補完的関係性の調和であると言ってよいであろう。『古事記』に語られる国生みの物語にこんな一節がある。伊邪那岐命が伊邪那美命に、「汝が身は如何か成れる」と問うと、伊邪那美命は、「吾が身は、成り成りて成り合はざる處一處あり」と答える。それに対して伊邪那岐命は、「我が身は、成り成りて成り餘れる處一處あり」と応じる。生殖という自然の根源に関わることをめぐって、このような言葉の遣り取りが交わされるのは、自然は和としての相互の補完的関係性において初めてその全体性があるという日本人の自然観を反映するものである。

日本人は補完的関係性としての自然の全体性、ギリシア人においては拮抗調和としての自然の全体性という自然観の違いはあるにせよ、両者においては共に自然主義を基にしており、その思考においては、感覚を超える段階では判断を中止し、人間の臆見は避けようとする傾向をもつ。その判断中止により、人間の知覚の及ばないところにまだ事物の隠れた本質があるかもしれないとその可能性を否定しないのが、日本人や古代ギリシア人の自然主義である。

この伝統的な自然主義に依拠しているのが順三郎である。それのみか、この詩人は己の身心、及び他者との関わりの中にもある己、即ち他己の身心をして脱落せしめ、己を忘れることで万象に教えられんとした禅詩人でもあった。日本の和を尊ぶ精神、自然主義や禅思想は自づと順三郎を中庸の立場に置く。しかしこの中庸は自己の魂のありかを見据えた上で、他者を排除しないところにその本質がある。従って順三郎は先の引用にあるように、仏教とキリスト教とを等し並みに扱いながらも、「私は仏教の方が遥かに進んでいると思う」と語ることで、自己を支える中心がどこにあるかを示唆している。

iv 順三郎の天皇観

三島由紀夫は『英靈の聲』において、昭和二十一年元日に官報により発布された昭和天皇の詔書における所謂「人間宣言」と俗に呼ばれる出来事を主題にして扱っている。詔勅に曰く、「然れども朕は爾等國民と共に在り、常に利害を同じうし休戚を分たんと欲す。朕と爾等國民との間の紐帯は、終始相互の信頼と敬愛とに依りて結ばれ、單なる神話と傳說とに依りて生ぜるものに非ず。天皇を以て現御神とし、且日本國民を以て他の民族に優越せる民族にして、延て世界を支配すべき運命を有すとの架空なる觀念に基くものに非ず」と。三島は、主人公の「私」が列席した歸神の會で神主を務めた盲目の青年川崎重雄の口を通して次のように語らせている、「陛下の御誠實は疑ひがない。陛下御自身が、實は人間であつたと仰せ出される以上、そのお言葉にいつはりのあらう筈はない。高御座にのぼりましてこのかた、陛下はずつと人間であらせられた」、しかし「昭和の歴史においてただ二度だけ、陛下は神であらせられるべきだつた。（中略）一度は兄神たちの蹶起の時。一度はわれらの死のあと、國の敗れたあとの時である。（中略）この二度のとき、この二度のとき、陛下は人間であらせられることにより、一度は軍の魂を失はせ玉ひ、二度目は國の魂を失はせ玉うた」（「英靈の聲」、『三島由紀夫全集』第十七巻、五五九～六〇頁）と。そして川崎は最後に「などてすめろぎは人間（ひと）となりたまひし。／などてすめろぎは人間（ひと）となりたまひし。／などてすめろぎは人間（ひと）となりたまひし」（同上五六三頁）と、畳句を繰返して事切れてゆく。

この盲目の神主の肉体を通して語られた英霊の聲は、三島が西欧的立憲君主制の下での昭和天皇の行動の限界を理解しながらも、それとは相容れがたい宗教的心情としての民族の魂の聲を反映するものに他ならない。

三島は日本国憲法の第一條の、「天皇は、日本國の象徴であり日本國民統合の象徴であつて、この地位は、主權の存する日本國民の總意に基く」という条文と、第二條の、「皇位は、世襲のものであつて、國會の議決した皇室典範の定めるところにより、これを繼承する」という条文との間にある矛盾を指摘している。三島曰く、「もし『地位』と『皇位』を同じものとすれば、『主權の存する日本國民の總意に基く』筈のものが、『世襲される』といふのは可笑しい。（中略）又、もし『地位』と『皇位』を同じものとせず、『地位』は國民の總意に基くが、『皇位』は世襲だとするならば、『象徴としての地位』と『皇位』とを別の概念とせねばならぬ。それならば、世襲の『皇位』についた新しい天皇は、即位のたびに、主權者たる『國民の總意』の査察を受けて、その都度、『象徴としての地位』を認められるか否か、再検討されねばならぬ。（中略）ここで新天皇が『象徴としての地位』を否定されれば、必然的に第二條の『世襲』は無意味になる」と。そして次のように続けている。

このやうな矛盾は明らかに、第一條に於て、天皇といふ、超個人的・傳統的・歷史的存在の、時間的連續性（永遠）の保證者たる機能を、「國民主權」といふ、個人的・非傳統的・非歷史的・空間的概念を以て裁いたといふ無理から生じたものである。これは、「一君萬民」といふごとき古い傳承觀念を破壞して、むりやりに、西歐的民主主義理念と天皇制を密着させ、移入の、はるか後世の制度によつて、根生の、昔からの制度を正當化しようとした、方法的誤謬から生まれたものである。それは、キリスト教に基づいた西歐の自然法理念を以て、日本傳來の自然法を裁いたものであり、もつと端的に言へば、西歐の神を以て日本の神を裁き、まつろはせた條項であつた。

（「問題提起」、『三島由紀夫全集』第三十四卷、三二一頁）

更に次のように言っている。

キリスト教文化しか知らぬ西歐人は、この唯一神教の宗教的非寛容の先入主を以てしか、他の宗教を見ることができず、英國國教のイングランド教會の例を以て日本の國家神道を類推し、のみならずあらゆる侵略主義の宗教的根據を國家神道に妄想し、神道の非宗教的な特殊性、その習俗純化の機能等を無視し、はなはだ非宗教的な神道を中心とした日本のシンクレティスム（諸神混淆）を理解しなかつた。敗戰國の宗教問題にまで、無智な大斧を揮つて、その文化的傳統の根本を絕たうとした占領軍の政治的意圖は、今や明らかであるのに、日本人はこの重要な魂の問題を放置して來たのである。天皇は、自らの神聖を恢復すべき義務を、國民に對して負ふ、といふのが私の考へである。

（同上三三三頁）

日本国憲法を日本の伝統を断絶して、キリスト教に基づく西欧の自然法にすげ替えるものとして、三島はこのすげ替えに激しい反撥を示した。「などてすめろぎは人間（ひと）となりたまひし」と言う三島の心情に繋がる考えを、終戦を迎えた国民の多くが持っており、伝統から断ち切られ、西洋の機械論的唯物論と物質還元主義により神聖なる存在の本質に関わる部分を犯された象徴天皇という形に、馴染みがたい違和感を覚えたのである。順三郎もその例外ではない。日本国憲法に天皇を国民の象徴と規定されたことに、順三郎も大きな違和感を抱き、それを受け容れられなかった。順三郎は昭和四十八年十一月二十日、明治学院大学大学院の講義科目「ヨーロッパ文学」において、「天皇は国民を象徴しているというのは、天皇を馬鹿にしている。国民みたいに尊くないものの象徴であるというのは間違っている」（筆者の講義録）と厳しい口調で言ったこの言葉が、生々しく思い起こされる。

Ⅴ　日本回帰

終戦を境にして日本文化の価値観や伝統と歴史の連続性が占領軍による徹底的な占領政策によって打ち砕かれたがために、失われた日本の魂の恢復を求めて動いた藝術家のひとりに俳人加藤郁乎（昭和四年［一九二九］～平成二十四年［二〇一二］）もいる。「国土とその女子供を守るべく、二百五十キロ爆弾を積んだ特攻機で敵艦に突っ込む覚悟はできていた」と言う郁乎は、「終戦によりことごとく価値転換の迫られた占領国にあって、神は文字通り唯一の存在であり救いであり、秘教的言霊学を通してうかがい知った古神道の世界のみがきらきら輝いてあった」（「夏ゆかば」、『坐職の読むや』一九二～三頁）と語り、己の魂の拠り所を古神道に求め、俳句藝術の世界においては、榎本［宝井］其角（寛文元年［一六六一］～寶永四年［一七〇七］）を中心とする江戸座に開花した江戸風流に立ち返った。「詩は吉田一穂、西脇順三郎に就」（同上二四一頁）いたと言う郁乎は、平成四年の「西脇順三郎を偲ぶ会」の記念講演で、順三郎の詩の業績では『旅人かへらず』を「最高の詩集」と評した（平成四年刊『幻影』第十号参照）。

郁乎によりこのような評価がなされたのも、明治初期に西欧詩が日本に輸入されて以来、その系統の日本の詩は、新体詩、近代詩、現代詩と発展したが、現代詩の魁たる順三郎がその現代詩を戦時下をくぐりぬけることで、劇的転生を遂げしめ、日本の伝統に回帰させ、俳の精神に根づかせたことがその所以であろう。これは島崎藤村が『若菜集』（明治三十年刊）において、和歌の伝統に西欧詩を取り込み融合同化した劃期的詩業に匹敵するものである。しかし藤村には新しい時代に切り拓かれた新境地の味爽を満たす清涼な気が感じられるが、順三郎には占領軍による日本の価値の破壊と、それに抗う民族の魂の恢復への苦渋が滲み出ている。順三郎は先の最終講義で、「この間の戦争以前から、右翼的日本というものは、われわれからヨーロッパというものを遠ざけようとして、それがためにヨーロッパから遠ざかってしまって、非常に憂鬱な二〇年ぐらいを費やしたのでありますが、結局、私は東洋というものを非常に尊敬するようになった」（『言語文学芸術』二十四頁）と、語っている。ここでは二十年と言っているが、それは恐らく昭和六年の満州事変から大東亜戦争に至る戦時中と、終戦後間もない時期をも含めていると思われる。さはれ、昭和九年までは旺盛な執筆活動をしているので、本当に憂鬱な期間は、詩作に意欲を失い始めた昭和十年、順三郎が四十二歳の時から、戦後昭和二十一年三月に、『ニウ・ワールド』の編輯をしていた福田陸太郎（大正五年［一九一六］〜平成十八年［二〇〇六］）から原稿依頼を受け、久曠（きゅうこう）の後初めて詩作品「留守」（『近代の寓話』収載）を寄稿した時に至る前までを指すものであろう。

ついでながら、福田陸太郎が順三郎に原稿依頼した経緯について触れておく。順三郎は福原麟太郎（明治二十七年［一八九四］〜昭和五十六年［一九八一］）の要請で、昭和九年以来東京文理科大學へ講師として出講していた。その縁で福田は東京高等師範學校とその上にある東京文理科大學の両方で順三郎から教えを受ける機会に恵まれた。当時、福田には詩人西脇順三郎という認識はなかったが、昭和十五年に東京文理科大學を出てそこの附屬中學校の教壇に立っていた時、昭和十一年六月に発行された東京文理科大學の文藝部の雑誌『學藝』を開いてたまたま順三郎が寄稿した詩「夏の日」を見出した。この作品は後に『近代の寓話』に収められることになるが、福田に衝撃的な瑞々しい感動を与えた。この詩の「さわやかな世界にうっとり」とし、「これなら、能登半島の砂丘から日本海を眺めていた田舎出の私にもよく判（わか）った」（「自分と出会う」、平成十二年八月十四日付『朝日新聞』夕刊）と、福田は回想している。この作品により福田は詩人として己の築くべき文体の啓示を受け、西脇藝術に心酔することになった。このようないきさつが、福田が恩師西脇順三郎に『ニウ・ワールド』への原稿依頼をする流れを作ったのである。詩作再開のきっかけを作った福田の原稿依頼の意義は看過できない（詩誌『未開』第六十九号、伊藤勳「福田陸太郎先生のこと」参照）。

因みに、このような経緯もあり、西脇順三郎をノーベル文学賞候補として日本側から推薦書を用意した時、順三郎の年譜を初めて作成して提出したのは福田陸太郎であったことは、福田から直接筆者は聞いている。

終戦と進駐軍による日本占領は、順三郎の精神に決定的な影響を及ぼした出来事であった。「アメリカに占領されて、もうどうなるかわからぬ。こういう日本の面白いものがあるのに、この自然やこういう日本人の何か特別な感情、何感情というか、土俗感情というものがなくなるおそれがあるから、書いておこう」（『西脇順三郎対談集』三三一頁）というのが、『旅人かへらず』の執筆動機であった。自らを「ヨーロッパ乞食」と呼んだ順三郎は戦時中を鎖国と名付け、その間に日本の古典や漢籍に没頭して東洋回帰を果たした。これが肥やしとなり基礎となって、『旅人かへらず』を皮切りに民族の魂の継承と維持へと向かった。その詩論を支える背骨は仏教である。「特定の思想も感情も感覚もない白紙の人間となって（もの）にあたる」（「詩美の問題」、『斜塔の迷信』四十頁）ことを事とし、「シンボルの消滅——無とか空虚」（「詩の幽玄」、『梨の女』九十八頁）の状態を好み、「純粋な感覚美は何物も象徴していない。自己の存在も忘れる」（同上七十頁）という自己を完全な受容体となす自己脱却と万象から学ばんとする姿勢は、道元が「現成公案」に言う、「仏道をならふといふは、自己をならふ也。自己をならふといふは、自己をわするるなり。自己をわするるといふは、万法に証せらるるなり。万法に証せらるるといふは、自己の身心および他己の身心をして脱落せしむるなり」（『正法眼蔵』）という禅思想にそのまま通じてゆく詩論である。因みに「万法に証せらるる」とは、万のことに教えられることを言う。

ペイターの『マリウス』を通して順三郎の心に薫習した、仏教思想に近いエピクーロスの己を白紙となす自然主義は、「ヨーロツパ乞食」から東洋回帰へと移行した戦時から終戦直後までの過渡期を経て、禅的な詩境を開き己と民族の魂の継承と維持を果たしていった詩人西脇順三郎の思想の変遷過程において、重要な媒体の働きをしたことは否定し難いことである。

第四章　ワイルド「社会主義の下における人間の魂」とニューヘレニズム

——西脇順三郎、その評価の所以

一　「社会主義の下における人間の魂」の評価

「社会主義の下における人間の魂」（"The Soul of Man under Socialism"）は、日本では『ドリアン・グレイの肖像』（*The Picture of Dorian Gray*）や『意向集』（*Intentions*）、或いは『獄中記』（*De Profundis* 抄録版一九〇五年、完全版一九四九年）などの散文に比べると、比較的読まれることの少ないエセーではないかと思われる。しかしこのエセーが出た当時、ドイツ、フランス、オーストリア、ロシアなど各国で翻訳が出たヨーロッパのみならず、アメリカでもよく読まれた（平井博『オスカー・ワイルドの生涯』九十一頁参照）。英国よりも寧ろ外国でよく読まれたこのエセーが、ワイルドに重労働を伴う二年の有罪判決が下された一八九五年五月二十五日の五日後の三十日に、アーサー・ハンフリーズ（Arthur L. Humphreys）により本の形で私家版として復刻されたのは興味深い。もともと「社会主義の下における人間の魂」は一八九一年二月に『隔週評論』誌上に発表されたものである。ハンフリーズはこの長い題名を『人間の魂』(*The Soul of Man*)と簡略化して再刊し、後にワイルドもこの簡潔な表題を好み、今日では通常、『人間の魂』と題されている(Ellmann, *Oscar Wilde*, p. 466, and Introduction by I. Murray, *The Soul of Man, De Profundis, The Ballad of Reading Gaol*, p. viii 参照)。

とまれ、「社会主義の下における人間の魂」が発表されたこの一八九一年というのは、言うまでもなくワイルドのアンヌス・ミラビリス(annus mirabilis 驚異の年)と言うべき年で、この年に『アーサー・サヴィル卿の犯罪とその他の物語』(*Lord Arthur Savile's Crime and Other Stories*)と『柘榴の家』(*A House of Pomegranates*)、及び『ドリアン・グレイの肖像』と『意向集』の四冊の本が陸続と出版された。又二月には手をつけていた『ウィンダミア夫人の扇』(*Lady Windermere's Fan*)も年末までに書き上げたか、翌年一八九二年にずれこんだか脱稿の日は定かではないが、ほぼこの年の仕事と言ってよく、ジョージ・アレクサンダー(George Alexander 一八五八〜一九一八)の演出により、二月初にはリハーサルが始まった。ただし出版されたのは、一八九三年十一月である。十月下旬に執筆を始めた『サロメ』(*Salome*)については、年内に大半を書き上げており、十二月大晦日にトーキー(Torquay)に赴き、年を越してこの地で脱稿した。「社会主義の下における人間の魂」は、ワイルドにとって謂わば仕事に脂が乗った時期に執筆された作品であるということにも注意しておいてよい。

このエセーは、その後、一九五四年(昭和二十九年)に初版が出たペンギン版の『ワイルド撰集』(*Oscar Wilde: Selected Essays and Poems*)の巻頭を飾っている。西脇順三郎はこの「社会主義の下における人間の魂」を高く評価し、昭和五十一年の日本ワイルド協会設立一周年記念講演会で、恐らくはこの『ワイルド撰集』を指して、「ペンギンブックは安本だから書く人も安いということではなく、一番いいものがペンギンに入る」（西脇順三郎「オスカー・ワイルドの機知」、伊藤勲『ペイタリアン西脇順三郎』二九五頁）と、この論文が今日の英国においても大いに認められていることを語ったことがある。しかしこの論文より寧ろ、『意向集』の「虚言の衰頽」（"The Decay of Lying"）や「藝術家としての批評家」（"The Critic as Artist"）の方に魅力を感じる読者が多かろうと推測されるが、順三郎の見方はこうである。「『ドリアン・グレイ』とか、あのような所謂クリティック・アーティストといったような論文を見たら駄目である。藝術というものを、この『社会主義の下における人間の魂』という論文に見ないと、本当の藝術の精神はわからない。『クリティック・アズ・アーティスト』という論文は、表向きのアーティストの問題を扱っているが、それよりもこっちの方が正確である。そういうものとは違った社会問題のその中にまたアーティストということを、非常によく論じている」（同上二九七頁）。

「藝術家としての批評家」に関するこの順三郎の評価は工藤好美（明治三十一年［一八九八］～平成四年［一九九二］）と揆を一にしている。工藤は「『サロメ』は真の意味における彼の傑作」であり、「一つの完成した古典として読みつづけられるであろう」と、『サロメ』を高く評価した上で、「『ドリアン・グレイの画像』は、それが新奇であることをやめたとき、読まれなくなるであろう。『意向論集』はその逆説がある程度正論のうちにとりいれられたとき、存在の理由を失うかもしれない」（『ことばと文学』一〇八～九頁）と、評している。

確かに「社会主義の下における人間の魂」では一見気取り屋的な軽さや観念的な理智の遊びに見えるものは抑えられ、ジャーナリズムに対する辛辣且つ正当な批判をも含め（*Works*, vol. IV, pp. 254-6 参照）、社会や人生に対して生活者の視点から事が論じられ、一般読者に説得力をもって迫ってくる。この「論文となると彼の論文はすばらしい。このポザールが本当のように見える」（『ペイタリアン西脇順三郎』二九五頁）と順三郎が言っているのは、この辺のことである。気取り屋が気取り屋と感じさせないほどに藝術家らしい真摯な態度を見せていることが、ワイルドの気取りに嫌悪感を抱く順三郎に共感を以てこの作品を高く評価させたものと思われる。

さて、『意向集』はワイルドの才気煥発の機智の面白さやその藝術論を知る上で、極めて重要な作品として日本ではその認知度は高い。一方、「社会主義の下における人間の魂」は寧ろ地味な印象を否めず、その陰に隠れがちである。しかしやはり、順三郎の言う通り、『意向集』にまさるとも劣らぬワイルドの藝術論、しかも『意向集』以上に、藝術家としての立場の根本的なものが、社会や人生との直接的な関わりの中で展開されている。この論文を読まないと「本当の藝術の精神はわからない」と順三郎が言ったのは、そのあたりのことを見抜いた上での発言である。ものを書く側、藝術家の立場からこの論文が評価されている。

個人主義を論じたこの論文が、機智の面白さを表に出すのではなく、根本的人生態度、批評を生み出す精神の基本的なあり方を扱っていることが、読者の関心を高める所以である。そもそもワイルドは、藝術を生活からできる限り引き離すことによって藝術を独立させ、それ自身の独立的価値を打ち立てようとしたペイターの衣鉢を継ぐ藝術家である。藝術の独立の一環としてペイターは身の回りからできるだけ生活の痕跡を消そうとし、例えば手紙も必要最小限度の事務的な文面しか残していない。伝記的事実などというものは恐らくペイターが一番読んでもらいたくないものであり、作品そのものによる評価を望んでいたふしが窺われる。それに対して生活に天才をつぎこんだワイルドは、生活に藝術を滲透させることによって生活の影を薄め、却って藝術を生活から切り離そうとする、まことに逆説的な方法を採った。これは、実際的な性格をもち、現実の社会生活や家庭生活を第一に考えるイギリス人の社会と真っ向から対立するものである。生活の中にごく自然に藝術が深く滲透して、美術工藝や和歌や俳句の発達を見た日本とは違い、生活と藝術の相互滲透的な関わり合いはイギリス社会には適することではなかった。

とまれ生活第一のイギリスで、藝術の独立的価値の確立に果たしたペイターとワイルドの貢献は実に大きなものがある。両者の目的は同じでも、藝術や歴史など物言わぬ固定したものを対象としたペイターと、社会という流動的で不安定な物言う社会を対象としたワイルドとでは、自づと藝術の形態も変わってこざるを得ない。社会と対峙することによってワイルドは必然的に個人主義をペイター以上に徹底させた。「社会主義の下における人間の魂」に示された「自分自身になれ」という個人主義は、ワイルドの批評形態やその藝術の根幹に深く関わるものである。

批評を藝術の域に高めたのがペイターだとすれば、ワイルドは藝術を批評そのものへと推し進め、新しい文学の展開に寄与したことは特筆すべきことである。ワイルド藝術の本質が、簡潔に述べられたその文章の中にはっきりと見え、しかも「その英語が英語の中でもグレイティスト、最高のものである」(『ペイタリアン西脇順三郎』二九六頁)と西脇順三郎が褒讃したのが、この「社会主義の下における人間の魂」である。

二　個人主義とナルシシズム

先ほども述べたように、ペイターは身の回りからできる限り生活の痕跡を消しながら、自己とその興味の対象との関係を測り、その親密な関わりに応じて湧き上がる感興がもたらすヴィジョンの馥郁たる世界を描いてみせた。ペイターは『ルネサンス』の「序論」("Preface") で批評の基本的姿勢を次のように披瀝している。「この歌或いはこの絵は、人生で出会ったり、本の中に出て来たこの魅力的な人物は、〈自分〉にとって何であるのか。それは私に実際どんな効果を及ぼすのか。それは私に喜びを与えるのか、もしそうであれば、どんな種類の或いはどの程度の喜びなのか。それがあることにより、又その影響下にあって、私の性質がどれほどの変化をこうむるのか」(*Renaissance*, p. viii) と。他人はいざ知らず、〈自分〉にとって対象は何であるのかという問いかけが、ペイターの批評の根幹をなしている。これがペイターの基本となる審美眼であり、これを以て対象を精査し、それがその時代の陳腐で因襲的な考えや物の見方であれば、笑い飛ばしたのである (M. Levey, *The Case of Walter Pater*, p. 113 参照)。自分を惹きつける対象と自己との関わりを観照することを通して、己を見つめその内奥に探りを入れた。対象を知ることは即ち己を知ることだったのである。これも自意識から生まれた批評には違いなかったが、自己滅却を唱えながらも自己を捨て切れないままに、対象との親密な内面的対話において、対象を自己の内に引き込んでしまうところに生まれる官能性を帯びた批評であった。

それに対して、相対的で流動的な社会を相手にしたワイルドは、相対主義の泥沼に足を取られないようにするために、感情を絡めた相互貫入的交感よりも、自己と対象との間に、自己としての他者である仮面という媒体を置いた。そして、その仮面こそワイルドの藝術理念や批評精神を具現するものであった。自意識の鏡に映る自己を、独立した純粋な客観的存在として捉えたところにこの仮面がある。自己から他者を生み出したのである。この他者をして社会の様々な面に批評の目を向けさせた。ワイルドにとって「自分自身になる」とは、自我を徹底的に抑制し、抑制すればするほど明確に立ち現れてくる客観的存在の他者としての自己を確立することであったであろう。

感覚的受容体としてのペイターの所謂タブラ・ラーサは、ありのままに感覚的事物を映す鏡であるとともに、それはその映像の集積と自己との関わりを観照することを通して己の姿がそこに投影される自意識の鏡ともなった。ペイターの批評はそういう一種のナルシシズムから生まれた。ここで言うナルシシズムとは、自己を他者として自意識の鏡に映して観察する自己批評のことである。その自己批評があって初めて他者の批評ができる。これがペイターの批評方法の基底を成すものである。ワイルドがペイターから引き継いだものは、このナルシシズムを基盤とした批評方法である。ペイターの「〈自分〉にとって何であるか」という絶えざる自己への問いかけは、ワイルドに至って我欲や偶然的なものをすべて捨てることによって、即ち自己離脱を図ることによって、「自分自身になれ」という明確な個人主義の宣言となった。自意識の鏡に映ったもうひとりの自分を、それに対して即かず離れずの態度をとることを旨とするペイターを越えて独立させ、自己から他者を生み出した。この明確な個人主義なくして、ワイルドの批評も藝術も成り立ち得ない。ワイルドは「社会主義の下における人間の魂」において本質的には己の藝術の根幹を成すこの純粋客観としてのナルシシズムを論じているのだと言ってよい。客観的存在としてのもうひとりの自分を完成することが、ワイルドの言うニューヘレニズムという新個人主義なのである。

ところでこのナルシシズムに基づくワイルドの個人主義を見ていると、ペイターとは截然と違いを見せるひとつの傾向があることに気付く。その違いはワイルドの個人主義には他者としての明確な自己の確立、並びに自己と二項対立的に捉えられた社会が意識されていることから来ている。社会との関聯ということでひとつ例を挙げれば、『幸福の王子とその他の物語』(*The Happy Prince and Other Tales* 一八八八年)に収められている「献身的な友」("The Devoted Friend")にもよく表現されているように、おためごかしが実は他人に犠牲を強いた我欲の満足にすぎなかったり、慈善や苦痛への同情が優越感の裏返しや個人生活への干渉でしかないという社会におけるそういう偽善やすり替えを、ワイルドは諷刺してやまない。しかも、習慣が中心となって成り立っている生活がワイルド風に藝術として様式化されることによって、社会に横行するすり替えという偽善が逆説的に藝術という鏡に映し出されることになり、これは一種のパロディとなる。生活を利用することで生活を否定して見せたワイルドにあるのは、ペイターのヴィジョンとしての批評に対して、逆説の批評である。

先述したように、ペイターは藝術や歴史など、物言わぬ対象を己の鏡としたところにその批評があったが、ワイルドは自己をパロディとして社会を映す逆説的な鏡にすると同時に、主として社会という物言う対象を、自己を映す鏡にしたところにその批評があった。ペイター藝術が父性的な厳格さと同時に、親密な母性的なぬくもりと安らかさとを併せ持っているのに対して、ワイルド藝術が社会との絶えざる緊張感と不安を内包している所以は、その批評が相対的な社会を相手にした逆説の批評である点にある。

社会という物言う鏡に自己を映したとき、それは称讃と批難こもごもの直接的な反応を引き起こしやすいし、自らを社会を映す鏡となしてパロディを演じることは反撥を招く。

ペイターの融合調和とは対照的に、このような関係においては対立という物質的な相対主義が支配することになり、不安が生活や藝術の本質的様態となる。有機的な全体性の恢復を目指しながら、物言う社会を鏡にすることは、逃れ難い相対性の沼の中で、真摯さ故に却って自らの逆説で自己を追い詰めてゆくことになる。それをワイルドの生来の英雄主義が一層助長することにもなる。ワイルド裁判の第二回公判前に友人達の工面した金で保釈されたワイルドが、周囲の人達の慫慂にもかかわらずフランスへの逃亡を拒んだのは、その一例にすぎない。ワイルドの個人主義は社会との緊張関係の中で、否、それを条件として自分自身になるという意識を尖鋭化しようとするものである。

三　生活者としての意識

シラー（Johann Christoph Friedrich von Schiller 一七五九〜一八〇五）は悲劇と喜劇とではどちらが優位を占めるかという問題で、それは喜劇だと言っている（「素朴文学と情感文学について」、『美学芸術論集』二六九〜七〇頁参照）。その理由は悲劇は最初から重大な内容を扱うが、笑いは生活の中の偶然や不合理を嗤うことの中にあり、喜劇は生活上のつまらないことを材料にしてそれを美の高みに引き上げねばならないからである。それには深く人生を見通し、なおかつ囚われない自由な思考ができる強靭にして柔軟な主体性が必要になる。その意味ですぐれた主体性と確固とした文体を確立するために、藝術家にとっては生活者としての深い内省が欠かせない。西脇順三郎も『*Ambarvalia*』の観念の遊びを去り、生活を深く見据えて初めて、戦後の『旅人かへらず』以降の強靭な文体を確立している。

単なる習慣としての生活をできる限り排除しようとしたペイターも、肖像という形式を取ることによって、生きるということの意味を問う生活者としての自己を、対象との関係を測ることを通して探り、或いは又、対象と重ね合わせながら自己をつぶさに観察し、肖像形式という自己批評の産物を藝術に仕上げた。小説やエセーの中に描かれたマルクス・アウレリウス（Marcus Aurelius 一二一〜一八〇、ローマ皇帝、ストア哲学者）やレオナルド・ダ・ヴィンチ、ボッティチェリ（Sandro Botticelli 一四四五〜一五一〇）やヴィンケルマン（Johann Joachim Winckelmann 一七一七〜六八）などはすべてそれらの批評であると同時に、それらを鏡にした自画像であり自己批評である。ペイターはモンテーニュと同じように、日常生活での何気ない現れを対象の本質を窺わせるものとして重視した。ペイターのヴィジョンとしての批評があれほど確固とした文体で強靭にしてたおやかな構造をもち得たのは、卑近なものは扱わなかったにせよ、生を根本的に支配している愛情のあり方を探求し、生活者としての意識を忘れなかったところにある。

しかしこれに対して逆説だけが際立ちすぎると、文体に脆弱な面が出やすくなる。確かにワイルドの逆説的な警句は、人生の鋭い洞察から生み出されていることは言うまでもないことだが、逆説自体は一種の理智の遊びであり、観念的になりやすい。こういう意味で観念的であるということ自体、殊に現実に対する執着が強く、現実の生活での利害を最も考慮するアングロ・サクソン人の現実的精神とは相容れない。しかし、ワイルドは「社会主義の下における人間の魂」ではイエスの生き方を見本として個人主義を展開し、その語り口には単なる観念や気取りを超えた何か切実なものが感じられる。ワイルドの生活者としての内省と真摯な態度がほの見えてくるのである。ただこのことに関して西脇順三郎は、「クリスチャンらしいことを今までやらな」かったワイルドが、「今更キリスト教なんかを持ち出したりして」(『ペイタリアン西脇順三郎』三〇二〜三頁)と冷ややかな態度を隠しきれないでいるが、「キリストの真の生活と藝術家の真の生活との間に、遙かに親密且つ直接的な繋がりを、私は認める」(*De Profundis*, p. 93)と、『獄中記』にも記しているように、ワイルドはキリストに藝術家の理想像を見出しており、その生き方に心底から共鳴していたことは疑いを容れない。

生きるということに直に接したところから、ワイルドは「社会主義の下における人間の魂」において個人主義を論じ、このエセーが、機智に富んだすぐれた藝術論となっている『意向集』をも凌ぐと、西脇順三郎に言わしめた価値の高さと主体性の強さを持っていることに刮眼しないではいられない。

四　自己規定――自然であること

ワイルドは他から束縛や権威的な強制が一切ない自律性を個人主義の条件とした。「我々の失敗は習慣を形成することである」(“Conclusion,” *Renaissance*, p. 236)と言うペイターの先蹤に倣い、画一化、習慣という一種の暴虐とそれへの隷従をワイルドは斥ける(“The Soul of Man,” *Works*, vol. IV, p. 250参照)。藝術における実用性や俗受けの拒否の根拠もここにある。ワイルドの個人主義は自己規定的であると同時に、それによって規定された状態のものをも言う。それは内側から規定された限界である。この種の規定がワイルドにとって外的規制を免れた自由というものである。

「自分自身になる」とは、我欲や単に偶然的なものと見なされるもののみならず、他者と共有している諸性質をも排除することである。あらゆるものを自己目的として観照すること、即ち自己批評を通して、自己の本質的個性を見出すことである。ワイルドは「虚言の衰頽」の中で、「我々が互いに異なっているところは、ただ単に偶然的なところにあるにすぎない。即ち衣裳、挙動、声音、宗教上の考え、個人の外観、習癖などである。人を分析すればするほど、分析の理由はなくなる。遅かれ早かれ人間性というあの恐ろしい普遍的なものに立ち至るのである」(*Works*, vol. IV, p. 80) と言っているが、他者と共有する普遍的な諸性質は他律性であり、個を内面から個たらしめている本質的要素ではない。ワイルドは自然の中に二種類の働きを見ているのである。自然の力はすべてを一様に統括すると同時に、個別に事物の本質が生かされた分化を形成している。ワイルドが必要としたのは、後者の物それ自身を自律的に生かしている本質的個性である。ワイルドにとって、これこそ自然と呼ぶべきものであった。

すべてのものを統括する力としての自然は外的な力であり、それによって生かされているというのは、ワイルドに言わせれば単に「存在している (to exist)」にすぎないのであって、「生きている (to live)」のではない。この外的な力としての自然力から独立しているように見えつつも、なおも有機的に自然全体と一体化している個をして個たらしめる己の自然を生み出そうとすることは、自己を一個の藝術品に仕立て上げようとしたギリシア人の個人主義との大きな繋がりを見せるものである。自然に生かされながらなおも自己の意志で生きているという、自然の一部位としての己が新たに自然を生み返すのが、ワイルドの言う新個人主義である。

自然に生かされつつなおも個人の意志により自然から独立して生きるというのは、矛盾するかに見える。エピクーロスは自然を規範とし、自然に従って生きる自然主義を説いた。原子はただ単に空虚の中を運動し、たまたま接触し合って結合すると、ひとつの形をもつ物が生成するという機械論的な原子論に（アリストテレス『生成消滅論』第一巻第8章、325a参照）、エピクーロスは偏倚という考え方を導き入れている。即ち、重さの異なる様々な原子は空虚の中を等速で落下しているが、不意にその進路から外れて他の原子と触れ合って結合し自然物が現出するのだと言う。精神の動きについても、エピクーロス思想を語るルクレティウスはこう言っている、「精神自身が／万事をなすのに内的な強制をもたず、／また征服されたもののように無理強いされることがないのは／所と時とを定めないで起る／元素（アトム）のわずかな逸れのためである」（『事物の本性について』第二巻、二八九～九三行）と。エピクーロス哲学では、「意志的行為は精神を構成する原子の偏倚の効果」（ジャン・ブラン『エピクロス哲学』五十五頁）であると考える。偏倚という一種の機械論的宇宙論に見える運動も、自然を規範とするエピクーロスからすれば、この偏倚も自然の運動として目的論的宇宙論に即して考えられている。されば、人間は自然に生かされつつも、同時に意志的行為という偏倚によって新たに自然を生み返すことができる。ペイター思想の中枢をなすものでもあったこのエピクーロスの思想から見ても、自然に生かされつつも自然を生み返すという立場で主張するワイルドの個人主義は、十分に説得力がある。

ところで、一八八一年に『荘子』が、バルフォア（Frederic Henry Balfour, Fellow of the Royal Geographical Society 一八四六～一九〇九）によって、『南華聖典 道教哲学者荘子の著作』、*The Divine Classic of Nan-Hua; Being the Works of Chuang Tsze, Taoist Philosopher*（Shaghai & Hongkong: Kelly & Walsh, 1881）と題して出版さ

れた。一八八九年には淡水（台湾）の英国領事、ハーバート・ジャイルズによる英訳『荘子 神秘的道徳家・社会改革者』（*Chuang Tzŭ: Mystic Moralist, and Social Reformer* (London: B. Quaritch)）が出た。ワイルドは一八九〇年にこの本の書評を『スピーカー』誌の二月号（*The Speaker*, February 8, 1890）に、「中国の聖人」（〝A Chinese Sage［Confucius］〟）と題して発表している。こうした経緯があり、老荘的虚無思想と無政府主義は、「社会主義の下における人間の魂」に大きな影響を及ぼしている。しかし「道」に則って無為自然であること、言い換えれば、一切の人間的営為を捨てて、天地自然の理にそのまま順うことを理想とする老荘思想も、人は生きているのではなく、生かされているものであるという東洋の基本的自然観の上に成り立っている。生きているという自我の意識を捨てたところに成り立つこの東洋の自然観と、自律的な有機体として自己完結した自我を絶対に手放さないワイルドの自然観とは、根本的に違うことを認識しておかなくてはならない。ワイルドにおいては、老荘思想は、先に触れたエピクーロスの自然主義を補強する術として利用されていると見てよかろう。

とまれ、常に物を自己と対立的に捉える場合の自意識は強ければ強いほど、自分は「生きている」という意識が高められるということは、容易に推測される。ナルキッソスのギリシア神話はギリシア人の自意識の強さが具体化された好例と思われるが、自意識の強化がワイルドのギリシア的な個人主義の大きな特徴となっている。

自意識によっていつもあるがままの、つまり自然な自分の素顔を観照することは、自己のあるべき本来の存在様式を探ることである。ワイルドの個人主義はその意味で様式の確立に他ならない。これはペイターにおける典型（type）に相当するものであろう。そこに本質的個性ではない我欲が加わることは、自然を損ない、様式の瑕疵となる。個人主義の理想は我欲や外的規制から自己を解放し、自己完結した原型的な様式を確立することだったのである。利益追求やジャーナリズムなどによる個人生活の干渉がいかに人間の精神を卑しくし、頽廃させているかというワイルドの危機感がそこにはある。様式は内面的自己規制であり、その自己抑制を通して、初めて民族の魂も見えてくる。「真理はすべて絶対的に文体に関わる事柄である」("The Decay of Lying," *Works*, vol. IV, p. 88) とワイルドは言うように、真理は様式にあり、個人的な事柄はその様式の裏側に隠れていなければならない。普遍性、必然性、自律性を具える真に自然な様式を確立することは、暴力を伴なう単なるひとつの文化の世界的膨張が普遍性と混同されていたような時代において、ワイルドが焦眉の急としていたことに違いない。

ヨーロッパ文化の膨張とは、利益の収奪を目的とした植民地支配や武力的威嚇による価値観や宗教の一方的な押しつけである。盲目的に拡大する一方的な文化的膨張は、真の意味で普遍的価値を持つものとは言えない。一体その膨張において、どこが自己規定的で、どこが自ら規定されていたであろうか。そこには本能的欲望に支配された人間しかいない。それがワイルドの最も嫌った形の自然である。本能という自然を己の魂が支配することによって、そこに必然性、自律性を具えた自然を生み出さねばならない。それが様式であり、生きた力である。この場合の自然とは様式のことであり、自然力に呑み込まれて自然が失われた時代に、自然から自然を生み返すことがワイルドの求めた個人主義である。またそこにしか自由はない。本能に束縛されたところに自由はない。それに囚われないことが自由であり、我欲の満足を自由と考えた中産階級的思考に対するワイルドの嫌悪は、極めて健全と言うほかない。

シラーは、自然とは「物の存在の内的原理が同時にその形式の根拠として見られたもの、つまり形式の内的必然性」であると言い、一方「技術性における自然」についても、「それは内的本質と形式との純粋な合致であり、物それ自身によって従われると同時に与えられる規則」（「カリアス書簡」、『美学芸術論集』五十四〜五頁）だという見解を示している。要するに、ペイターの言い方を借りれば、形態と内容との一致した状態が自然と言うことに尽きる。そこには存在する物のあり方として、自然と藝術との間には違いはない。ワイルドの目的は自然に支配されることでも、自然を支配することでもなく、自然の内的原理に即しつつ、自然としての藝術を生み出すことにあった。「批評家の第一の目的は、対象を真にあるがままの本来の姿では見ないことである」、「批評家にとって、藝術作品は自分自身の新たな作品の示唆を与えてくれるものにすぎない」（"The Critic as Artsit," *Works*, vol. IV, p. 159）という言葉も、自らの自然を生み出す側の主体性の十全な確立を意味するものである。それがワイルドにとって美であり、習慣を形成するまいという自意識が尖鋭化された意志的な生き方であった。機械論的傾向に流れた時代への果敢な抵抗と言ってよい姿勢である。

五　自己集中性と自意識

膨張の時代に逆らってペイターが「絶えずこの固い宝石のような炎で燃えていること」（"Conclusion," *Renaissance*, p. 236）という譬喩で示した熾烈な集中力に倣うかのように、ワイルドにおける主体性の確立は集中力を第一条件とする。この集中力或いは熱情とに関聯して、犯罪や背徳に対するワイルドの異常な関心は注目に値する。その犯罪への関心が、「ペンと鉛筆と毒薬」（"Pen, Pencil, and Poison" 一八八九年）

や「アーサー・サヴィル卿の犯罪」（"Lord Arthur Savile's Crime" 一八八七年）を書かせている。ワイルドは「社会主義の下における人間の魂」の中でも、不義を犯した女を例に出している。イエスはその女を許したが、悔い改めたからではなく、その女の恋が熱烈ですばらしいものであったからだと言う（Works, vol. IV, 242 参照）。「熱烈な個性は背徳から生み出され」（"Pen Pencil and Poison" 同上 p. 120）、「背徳と呼ばれるものは進歩の本質的要素」（"The Critic as Artist" 同上 p. 148）だとワイルドが言うその真意は、一体何であるか。

ワイルドは、殊に「ペンと鉛筆と毒薬」において、藝術と犯罪との根本的な共通性を分析してみせた。「犯罪と文化との間には本質的な不一致はない」（同上 p. 121）のであり、ウェインライトの犯罪がこの男の文体に強力な個性を与えたと言う。犯罪には集中力と一人に徹することとが求められ、さらに極度の緊張感や人道に悖る行為であることの意識から常に自己と向き合わなければならないことが、ワイルドが目指す唯美的な個人主義と大きく一致する。これがこの藝術家にとって犯罪や背徳に好奇心を寄せる主な理由であろう。とは言え、ワイルドは「社会主義の下における人間の魂」の中で、「犯罪はある条件の下では個人主義を生み出してきたように思われるかもしれないが、人がいることを認めた上で、そこに介入しなければならない。それは行為の領域に入る。一人でなければ、即ち隣人との関わりがあったり、介入があったりしたら、藝術家は美しいものを形作ることはできない」（Works, vol. IV, p. 248）と言って、犯罪は最終的には個人主義に徹しきれないことを認めている。ともあれ、ワイルドの目的は集中力、独立性、自律性、自意識の昂揚、及び一般道徳にかかづらわないことによる高次の倫理への上昇なのである。

犯罪は論外としても、背徳は時代時代の社会の与える限定的な規範を当てはめたことからくる判断にすぎず、相対的な観念にすぎない。だからこそ、「人は社会に背徳を犯しても、その背徳によってその人の真の完成を実現することがある」（"The Soul of Man" 同上 p. 242）という言葉も出てくる。しかしこんな言葉は目新しいものでも何でもなく、東洋には古くから「不羈」という言葉がある。ここで問題にすべきはそういうことではない。ワイルドは別に悪徳の勧めをしているわけではない。既に述べたように、ワイルド自身その危険を一部犯していたが、社会という物言う鏡に自分を映すことから生じる相対性の泥沼に落ちる危険、即ち自己喪失の危険を回避せよということが、背徳の意味に込められているようである。他律的な規制の排除は個人主義の鉄則であるが、これを守ることによって生じる個人と社会との軋轢は、却って自意識を高めるという個人主義に必要な実際的な効果をもたらす。この種の効果をワイルドは背徳の中にも認めたのであろう。ワイルドの個人主義を実現するのに何にもまして大事な条件は、集中力の高い自意識だったからである。

六　批評精神

「家は城」と言われるほど、イギリス人にとって家は重要な意味を持つ。地名までもが家との関わりを示すものが多い〔例えばEllinghamは三つの構成要素からなり、EllはEllaというサクソン人の族長の名、ingは息子乃至子孫、hamはhomeと同語源〕。この関わりの深さを見ると、家庭を中心とする現実の生活がイギリス人の最も重要視するものであることは、当然と言うほかない。藝術に対する関心についても、吉田健一によれば、イギリス人が「求めていたものは、現実の生活に対する彼らの感覚に訴えて彼らを楽ませるとともに、彼らにその現実の生活に処すべき道について教えてくれるものだった」（『英国の文学』一五九頁）のであり、英国の小説に一般的に認められる特徴として、「一つの作品で現実を再現するということは、その作品を書くためにその現実を分析して見るということではなくて、実際に生活するのと変わらない情熱でその作品の世界を生きることだった」（同上一六五頁）のである。藝術は道徳を教える娯楽としてあり、それは虚構として峻別された世界ではなく、現実の延長線上にあるべき世界であった。これが生活を中心とするイギリス人の文学に対する態度であり、対象を客観的に分析的に見ようとした古代のギリシア人とはまことに対照的である。

藝術は生活に従属するものとしてあると考えるのが一般のイギリス人である。それに対して我々日本人は古来、焼物や漆器、刀剣類などを初めとして、それらを日常の生活道具として使いながら、同時に生活とは離れてそれ自身の独立的な美しさを求めまた賞翫してきた。こうした意識が生活の藝術化として美術工藝を発展させてきた。或いは又、現実の煩いを忘れ有用性とは無縁の境地で森羅万象の本然に己を返して心のひと時の休らいを求める風流という美風もある。しかしイギリスにはそのようなものがなかったのは、藝術を生活における有用性という観点からしか見なかったからである。イギリス人はそこまで現実に固執する国民性を持ち、生活者としての現実の観察と理解の上に立っているために、現実に即した道徳が常に意識され、公に認められた義務の遂行、人としての生き方が、虚構の世界でも求められることになる。すべてが規範という物差しで測られ、それに合わない物は斥けられる。

ワイルドが最も嫌悪したのは、こういうアングロ・サクソン人の中にあるヘブライ的な押しつけと干渉であった。ワイルドにとって生活も藝術もそのように他律的であってはならない。他律性のひとつの缺点はそこには自己批評がないということである。公に認められた規範さえ守っていれば自己の立場は安泰である。共同体への帰属意識の強かった古代ギリシアと違って、個々人が分断され共通意識が難しくなった時代、或いは精神の働きが平均化して或る水準に達したと言われる十八世紀の文化的完成が崩れた時代にあって、社会が必要とするものはペイターが主張したように、対象は自分にとって何であるのかと問いかける自己を主体とする個人主義、自己批評の上に立った個人主義であり、これがなければ他者を深く認識したところに成り立つ全体性の恢復は不可能である。個人主義は個人を超えたもっと大きな存在、全生命の分断されぬ全体性の恢復の手段であった。ワイルドの個人主義は、個々人の意識の分裂とゲルマン的な自己中心的一元化のもたらす渾沌への反抗でもある。

　ヘブライ的な思考をするイギリス社会にペイターとワイルドがもたらした最も顕著なものは、最初に述べたように、ナルシシズムであり、それを拠り所にする自己批評の上に築かれた批評主義を藝術のみならず生活にも導入したことである。自意識という物言わぬ絶対的な鏡に自己を他者として映すその純粋客観性が要諦を成すワイルドの個人主義は、批評精神そのものである。自我抑制による対象の客観分析をしようとするこの批評精神は、自己批評の育ちにくい土壌のイギリス社会には、抵抗の多い物の見方であったに違いない。殊に十九世紀の中産階級にとっては、利益に直結する科学の場合は別にして、自由な精神的飛躍は大いに警戒すべきことだったからである。

　批評主義をめぐっては、ワイルドはペイターの精神を更に大きく先へ一歩進めた。「社会主義の下における人間の魂」において、個人主義とは自分自身になることだと単純明快に言ってみせたことは、ワイルドの大きな功績である。と言うのは、この思想の本質が自己を他者として、禁欲や自己離脱を通して純粋に客観的にその本質を探り出す自己批評であり、それが人類という全体に帰一しようとするギリシア的な批評精神に基づくものであることが、ペイター以上にはっきりと読み取れるからである。

七　批評主義——批評としての藝術

ワイルドはペイターの批評を念頭において、「批評は藝術作品を単に新たな創造の出発点として扱うにすぎない」（"The Critic as Artist," *Works*, vol. IV, p. 157）と言う。批評は扱う対象がたまたま藝術作品であるにすぎないということである。確かにその通りで、ペイターはその意味で批評を藝術の域に高め、ワイルドもその文学形態を称揚したのであった。しかし事はそれほど簡単ではない。

ペイターは、詩・論文・エセーの三つの著述の方法は、「だれか特定の著述家の個人的な選択による単なる文学上の偶然ではなく、文学形態として必然的に生まれてきたものであり、人間の心が真理と関聯づけられる三つの本質的に異なった方法に対応するものとして、直接、内容によって決定づけられるものなのである」（"The Doctrine of Plato," *Plato and Platonism*, p. 175）と言っている。詩・論文・エセーの三者とも根本的に藝術形態と認めている点が見逃し難い。そして、殊にエセーについては、「厳密には、真理そのものがひとつの可能性でしかなく、普遍的な結論としてではなく、寧ろ特定の個人的な経験の捉えどころのない効果としてしか実感できない人にとって必要な文学形態」（同上）だと、言い添えている。真理が可能性でしかなく、最終的な判断は保留することで満足し、懐疑的立場を取らざるを得ない時代、即ちモンテーニュが生きた十六世紀という時代、或いは十九世紀のような時代には、エセーが最適の文学形態だと言うのである。プラトーンの対話篇が本質的にエセーであるように、エセーの本質は永遠の自己との対話だからである。ペイターは明らかに、自己批評であり一種のナルシシズムから生まれるエセーに批評と藝術の本質を見ているのである。批評精神にとって最適の文学形態は、この意味でエセーである。ワイルドは、「藝術の諸形態はギリシアの批評精神に帰せられる」（"The Critic as Artsit," *Works*, vol. IV, p. 144）と、批評精神こそ藝術を生み出す力であることを認めている。ワイルド藝術の本質はクリティカル・エセーであり、ワイルドはペイターを受けて藝術は批評であるということを徹底させた。これがワイルド藝術の重要な意義である。

真理も単なるひとつの可能性でしかなく、また自己恢復のために内省が必要とされたワイルドの時代においては、批評それ自体が、クリティカル・エセーのように、ジャンルを超えた綜合的なひとつの藝術形態になるか、或いは様々な文学形態に文体の意（こころ）としてその構築的本質をなしていなければならない。小説、詩、戯曲など様々な文学形式それ自体が同時に批評であるというのが、ギリシア学者としてのワイルドの見解であり、又その藝術において実践してみせたことである。この批評主義こそナルシシズムから生まれたワイルドの個人主義である。

八　自由

ワイルドの個人主義は藝術と生活のどちらか一方に限定されるものではない。そもそも両者の間に区別を置かないので、両方において全く同じように実践されるべき理想である。自意識の世界では藝術も生活も同じ領域にあり、ただ生きるということにすべてが集約されるからである。それがワイルドがペイターから受け継いだ藝術的人生観である。

自意識の藝術を生み出したワイルドの個人主義は、仮面の観念と密接に繋がっていることは既に触れた通りである。自意識の鏡に映った自己は純粋客観としてのあるがままの自己である。ナルキッソスがのぞいた水鏡に映った自己は純粋に独立した客体であったように、自意識の鏡に映った自己は純粋に独立した他者となる。この仮面としての他者がエセーの神髄を成すものである。それはワイルドの譬喩を使えば、彫刻家のように対象をあらゆる方向から眺められる自由である。その自由な批評精神が、即ち形態的にはエセーが藝術の本質であるとワイルドは見ている。

自意識の鏡に映った自己を自意識から截然と分離して、自己とは独立した他者に仕立てたことが、ペイターから出でてペイターから区別されるべきワイルドの独自性であり、そこには精神的自由の拡大がある。他律的な規範に縛られず、自らによって規定された自律的自己集中性と必然性を本質とした自然が、自己であって自己でない自由をもった仮面の本性である。この自由こそ美の直接の根拠である。シラーも、美しい作品は規則にかなったものであると同時に、規則から自由であるように見えなければならないのであり、「美の根拠はつねに現象における自由である」(「カリアス書簡」、『美学芸術論集』四十八頁、及び三十三頁参照)と、言っている。

ワイルドが生み出した自意識の藝術は、ペイターが魁となり発展を見たが、ワイルドの価値は、ペイターが自らを規定しすぎて自由な流れを阻害した嫌いがあるのに対して、ワイルドは理智の強化と感情の抑制とによって形態を簡素化し、精神の流れを円滑にしたことにある。結果的に、ゲルマン的象徴思考に胚胎するペイターの幻影（vision）は、ギリシア的合理主義思考に由来するワイルドの意匠（design）へと変容した。

西洋の絵画が基本的に対象を象徴的な塊として捉えて表現しているように、ペイター藝術もまたその様式の範囲内にある。ところがワイルドの表現はギリシア藝術のように輪廓線が明瞭であり、或いは又、日本絵画のように線的である。塊から線への表現上の移行は、劃期的なことであり、ワイルドの天才を俟って初めて実現し得たものである。この脱化の秘密も畢竟、「自分自身になれ」という自己批評を基とし、自己からその本質にあらざるものを一切削ぎ落とすことによって自由を獲得するワイルドの新個人主義にある。

九　藝術としての批評の最初にして最後の原型

「社会主義の下における人間の魂」は『意向集』に比べてはるかに地味なエセーではあるが、藝術の根本、藝術家のあるべき姿を直截に語っているのは、まさに「社会主義の下における人間の魂」の方であり、『意向集』の思想的な根をなすものである。前者が批評の前提となる自己批評としての個人主義を示したものであるのに対して、後者は自己批評を土台として展開された批評藝術と見なせるであろう。「藝術とは何か」と、終生問いかけて古今東西の詩と詩論を渉猟した西脇順三郎が、「社会主義の下における人間の魂」に瞠目したのは、いかにも詩人らしい着眼である。しかしこのことは、このエセーが欧米で広く読まれたとは言え、そういう一般的読者の目するところとは少し違うと思われる。順三郎が講演「オスカー・ワイルドの機知」で「社会主義の下における人間の魂」を称揚したことは、ワイルド藝術の秘密を解く重大な手がかりがそこに隠れていることを暗示し、我々にその見直しと再評価を迫るものである。そしてここからワイルドの批評主義の後世への影響を解きほぐしていかねばなるまい。西脇藝術もまた常に自己を見据え、様々なイメッヂの中に自己を投影し、否、と言うよりも、「山河大地・日月星辰これ心なり」(『正法眼蔵』、「身心学道」)と観じて、自然を通して自己そして人類、ひいては万象のいのちを観察し、自然としての自画像を描いた。それは対象をあらゆる角度から見ることを要諦とする批評藝術であればこそ、「社会主義の下における人間の魂」は西脇藝術のあり方を保障する後楯ともなる、順三郎にとって重要な藝術論であったのみならず、ワイルドにおいても藝術としての批評の最初にして最後の原型をなすものであろう。

第五章　民族の魂と文体

――ペイターとワイルド

一　ヘブライ的気質

一八八九年一月『十九世紀』(*Nineteenth Century*) 誌に発表されたオスカー・ワイルドの「虚言の衰頽」は、時代の主流を成す写実主義に対して真っ向から向こうを張り、藝術における虚構の重要性ということの本来当たり前の事実を敢えて説いてみせたエセーである。虚言の衰頽の言挙げの裏には時代と社会における事実崇拝に対するワイルドの反撥がある。これに先立ってウォルター・ペイターは藝術における、事実ではなく「事実感 (sense of fact)」の重要性を喚起している。共に単なる事実を見ていては見えてこない喫緊の問題に対する社会の無感覚への苛立ちがあったようである。こうした問題と深く関わり合っているこの二人の文体の成り立ちと本質の一端を探ってみる。

先づ初めにペイターを見てみると、この作家には「虚言の衰頽」とは時期的に一ヶ月の違いしかない一八八八年十二月『隔週評論』に発表された思い入れの深い論説「文体」（"Style."）がある。この中でペイターは文藝の構成にふたつの要件を認め、それぞれ文体の意（こころ）、文体の魂とし、この両者がほどよく絡まり合うところに想像力の理想を見ていた。文体の意は「作品における建築的概念」であり、それは「初めにおいて結末を予見しそれを決して見失わず、あらゆる部分においてその他の部分すべてを意識の裡に収め、終には掉尾の文は活力を減じることなく冒頭の文の中を開いて見せ、そのあかしを立てる」（"Style," *Appreciations*, p. 21）ものと定義する。ペイターはここで最初にして最後を見通し、洞察、予見、追憶が同時に機能しているような論理的、包括的理性の支配するギリシア的構築性を思い描いている。全体的統一性に主眼が置かれているのである。ペイターによればこの論理的一貫性によって、「例えば文の構成において、或いは議論的、叙述的、論證的な手法において、意匠全体のここそこの部分や構成要素の豊かな多様性」（同上 pp. 22-3）が保障される。

知性の産物としてのこの意匠の全体性が藝術の根幹に関わるものとなる。ペイターにとって、作品には心の内の幻影に一致即応した単一のイメッヂが具わり、それが複雑な構成全体を活気づけていなければならない（同上 p. 23 参照）。作品の結構とはこのような建築的意匠であるべきであった。しかし実際にはこのように構築性とは言いながらも、ペイターの実践においては平面的で、精緻な模様を配した織物のような複雑性を特徴とするものであった。先を見通したこの建築的意匠は、多分に自意識的で、形態上本質的なもののみを取捨選択してゆくという意味において、極めて批評的な性格を帯びたものである。

ところで現実重視の人生観を持つ傾向の強いアングロ・サクソン系のイギリス人にとって、前章で見たように、小説は単なる虚構ではなく、現実世界の延長、再現であり、作家自身がその世界を生きてゆくことであった。再度吉田健一に耳を傾ければイギリス小説について次のように観察している、「英国の小説家は生活者としての現実に対する関心から出発して、成熟して彼が得たその現実に対する理解を通して人間の生活を認識し、これを作品で再現しようと試みる」(『英国の文学』一六五~六頁)。このようなやり方は、自己客体化を通して自己を知るという内面深化を図りつつ、なおかつ己を心身共に神の美に近づけようとするギリシア的批評精神とは、自づとその形態や質を異にするものを生み出す。

ギリシア人は現象を追いそれを余すところなく辿って分析することを事とするのみならず、「汝自身を知れ」に代表されるように、現象探究の中で自己を見失わないようにするために、自己の内面深化を図った。それに対して実利や実用性を重んじるイギリス人はその実際的生活や道徳的な振舞において、マシュー・アーノルドが指摘したように、ヘブライ人的な自信の強さ、執念深さ、強烈さを持っている(*Culture and Anarchy*, p. 174 参照)。現象世界の分析ではなく、現実の有様を理解することがその観察の主体を成すものであった。ゲルマン人一般は自然物に、その本質とは全く無関係に、宇宙秩序の神秘の現れを見ようとしたように、ヘブライ人も宇宙秩序を仄めかす現れに取り憑かれる傾向を持っていた(同上一六五頁参照)。ゲルマン人にもヘブライ人にも宇宙の働きを柔軟な思考を以て観察する才能には恵まれていなかった。それとは対蹠的に、様々な現象への興味とそれを観察するギリシア人の自由で柔軟な思考は、藝術や神話の領域においては昇騰する想像力の現れになったことは周知の事実である。

イギリス人のヘブライ的気質は、愛と宥しのキリスト教的包容性より寧ろ旧約聖書的な非寛容性が特色をなしていることにも注意しておくとよいであろう。因みに、カトリックはそれでもなおイエスの父性的厳格さを和らげるために中世後期の十二世紀に至って、イエスと信者との間を取り待つマリアを引き出し、更には大人のイエスではなく、可愛げな幼児の姿をも取り込んで、聖母子像という一種の定型を生み出した（ジャック・ル・ゴフ『中世西欧文明』二四三頁参照）。ただ、聖母子像は十二世紀に至って急激に一般化したわけではなく、もっと早くにそれが登場していることは、例えば北イタリアのブレシャ（Brescia）にあるサンタ・ジュリア博物館に展示されている九世紀前半の聖母子像の浮彫彫刻を見れば諒解されることである。ともあれ、地中海文明に育まれた宗教の根柢にある母性的な慈しみを尊ぶ地母神崇拝をキリスト教社会において新たに復活させたのである。これはイギリスを含め北方のゲルマン系の人々に地盤を置く新教にはない特徴である。

『聖母子像』彩色漆喰、九世紀前半、サンタ・ジュリア博物館、ブレシャ（筆者撮影）

二　事実崇拝

アーノルドが批判したような、殊に清教徒に見られるようなイギリス人のヘブライ的気質の思考の硬直性と自己没入的な非寛容性は、それを緩和するものを藝術の世界に取り込もうとすると、想像力の闕如から卑俗な感情の流露を将来しやすくなる。吉田がイギリス文学が感傷に堕しやすいと指摘し、一例にディッケンズ（Charles Dickens 一八一二〜七〇）を挙げているのは、もっともなことであろう。自己没入に附帯する自己中心性が他者への要らざる干渉と支配欲となって外に現れる。このような自己への一元化を事とする思考の世界では、自分の生きる世界の再現という形でしか小説は書き得ないのは道理である。リアリズムを「虚言の衰頽」において徹底的に否定したり、或いは感傷を笑い飛ばして藝術の虚構性を標榜したワイルドの真意は、ギリシア人のような想像力を持ち得ない硬直したイギリス人の思考に対して覚醒を促すことにあった。

ワイルドは「事実は人間を卑俗にしている」("The Decay of Lying," *Works*, vol. IV p. 87）と言った。事実崇拝のジャーナリズムが威勢をふるうイギリス社会やリアリズム文学に対する批判である。事実に固執し事実に終始することは、思考の柔軟性を人から奪うのみならず、事実としての現象の生起に関わる宇宙原理に目が行き届くことがないからである。そして又、現象をありのままつぶさに観察し、その要因を様々に繋ぎ合わせて因果関係を洞徹する働きは想像力であり、藝術の世界でも対象の構成要素の相関関係を通して、隠れた本質を見極める能力は同じく想像力だからである。アーノルドにしてもワイルドにしてもその批判は、現実認識にせよ藝術にせよ、そこで機能しているものが想像力ではなく悟性である点に向けられている。イギリス小説が構造上の統一性を缺く場合が往々にして見られるのは、この現実への執着というゲルマン的な民族性に起因するものかと思われる。一貫性の闕如については、例えば英文学最初期の『ベーオウルフ』(*Beowulf* 八世紀前半）にも如実に現れている。それは空間的、時間的な表現の中に見て取れる。前者について一例を挙げれば、デネの国の王フロースガールの館へオロットを襲い、「臥所（ふしど）より三十人の従士を／摑み取った」(『ベーオウルフ』忍足欣四郎訳、第2節、一二二～三行）ほどの悪鬼グレンデルの手であるならば、さぞかし巨大な掌であり、体軀もそれに応じた大きさのはずであるが、第12節の末尾に至っては、それほど巨大なる腕を通常の人間であるベーオウルフが切り落としへオロットの屋根に吊り下げるという辻褄の合わぬ不自然さがここにはある。或いは又、ベーオウルフは最後にはグレンデルとその母親の住む沼底の洞窟に飛び込んでゆき、そこにあった巨人の手になる巨大なる剣を用いて母親を斃し、次いで、先にベーオウルフに腕を切り落とされたグレンデルがそこに息絶えているのを見つけ、その首を刎ねそれを携えて陸に戻る。ベーオウルフとグレンデルとの体軀の大きさの違いから考えると不自然を免れ得ない描写や、水中での格闘というあり得ない行動、或いは又、刀身が退治した妖怪の熱い血のために、つららの如く融け細ってしまったというような表現のもっともらしさの闕如からすると、まことに荒唐無稽な空想の産物ではある。ベーオウルフが巨大なる剣を見つけて使うところについても、話が異常に前後して矛盾を孕んでいる。自然を観察しつつそれに随順するという意識はなく、前後の脈絡も無視した場当たり的な渾沌とした空想に依拠しているのは、ゲルマン人のひとつの特徴と言ってよい。

時の扱い方にしても、第1節でヘオロットの落成が語られる段に、早、「焰のうねりを待つこととなった」(同上八十三行)と、必ずしも必然性があるとも思えないところに後の出来事を予告して未来が入り込んでくる。藝術的な意図を持つというよりも、時の流れに頓着しない素朴な時間意識の反映と見るのが妥当である。

思いつきに流れやすい時の意識の稀薄性、細緻な情況描写とその写実性に基づくもっともらしさや心象形成力の闕如は、脳裡に思い浮かぶがままの姿の再現であって、論理的一貫性を伴った想像力の世界ではない。そこには空想的乃至幻想的な情景を呼び込む土壌を形成しやすい心性を窺うことができる。

幻想性はイギリス文学のひとつの特徴ともなっている。非現実的な題材もすぐれた想像力の支えがあれば、荒唐無稽に陥らず、観客や読者を楽しませるだけの作品になり得ることは、魔術や妖精エアリアルが登場するシェイクスピアの『嵐』（*The Tempest* 一六一一年）の例を見れば十分であろう。

一貫性の闕如について言えば、例えばロレンス・スターン（Laurence Sterne 一七一三～六八）の『トリストラム・シャンディ』（*Tristram Shandy* 一七五九～六七年）のように、意図的に筋立てを無視した破格的な文体にその流れを認めることができる。しかもこの作品は未完である。その意味でも一貫性に欠ける。

同様のことはチョーサー（Geoffrey Chauser 一三四三／四～一四〇〇）の『カンタベリ物語』（*The Canterbury Tales* 一三八七～一四〇〇年）にも当てはまり、この作品は一三八七年頃に執筆し始め、死ぬまで書き継いでゆき、結局は尻切れとんぼの未完に終わった。「総序（プロローグ）」に次のように書かれている、「カンタベリへの旅の道草に、どなたも話を二つずつなさることにきめましょう、ようござんすか。帰りの途でまた二つずつ、昔起こった事件の話を。で、みなさんのうちでいちばんうまくやってのけられた、つまり、いちばんためになり、またいちばん面白い話をなされた方はどなたでも、カンタベリからのお帰りに、またここで「陣羽織（ロンドンの宿）」、この場所で、この柱のところに坐られて、ほかのみなさんの費用で夕飯のご馳走をおごってもらうということにいたしましょう」（「カンタベリ物語」西脇順三郎訳、『チョーサー　ラブレー』十四頁）。カンタベリ詣の巡礼者の一団は三十人ほどであることからすると、往路六十話、復路六十話で、都合百二十話という厖大な量の物語が語られるはずだったが、死後に残された物語はプロローグを含め二十四話である。

『カンタベリ物語』のそれぞれの枠に収まった物語が美しいだけではなく、当初の構想の想像力が未完の各断片すべてにおいてしっかりと感じ取れるという理由から、即座に永続的な価値を見出し得るという評価（*The Oxford Illustrated History of English Literature*, p. 45参照）は、間違ってはいないにせよ、イギリス人の未完に寛容な気質が垣間見える。そして又、プロローグで予告した数の二割しか書き継ぐことのできなかったチョーサーに、執筆当初に果たして完結の決意と強い意識が働いていたかどうか、はなはだ心許ない。こうしたことは、明確な輪廓を以て完結し輪をなす首尾一貫性の藝術的価値に対する強い意識を持ち、己の理念を形象化したギリシア人とは対蹠的であることを示している。

そして又、イギリスにしばしば見受けられるこの未完の意味するところは、例えば、ミケランジェロに未完の作品が多いこととは違うことを銘肝しておかねばなるまい。ミケランジェロの場合は、己の藝術理念を優先し、それにそぐわないと制作途中で完成を放棄した結果だからである。それはギリシア思想、殊にネオプラトニズムと関わりを持ち、「美術は内面の形式を素材に刻みつけることが出来るその度に応じて、それだけ高いものになるとするプロティノスの思想」（ヘルベルト・フォン・アイネム「ミケランジェロの作品における未完成なものと完成し得ないもの」浅井朋子訳、J・A・シュモル編『芸術における未完成』中村二柄他訳、一二〇頁）に拠り所を得ていた藝術家として、往々にしてやむを得ない事態であった。

ミケランジェロの最晩年の未完の『ロンダニーニのピエタ』、ミラノ、スフォルツァ城美術館（筆者撮影）

無限に生起する現象、その外面的事実を追いながら自然の流れに流されてゆく傾向をアングロ・サクソン人は本質的に内在させていることを窺わせる。現実に即しそれに執着する者には、輪廓線の完結性にはあまり頓着しない。際限のない人間社会の現実の流れは、どこで区切ろうと構わないのである。ゲルマン系の人々はギリシア人のような理智的な想像力のもたらす完結性にはあまり関心がない思考形態を取ってきた。人間社会の現実、或いはその事実のみに関心が向けられたのはそのような事情による。

しかし、なぜ、それにも拘わらず、非現実的な空想的或いは幻想的な表現形態をも現出してきたのか。恐らくこれは事実崇拝の裏返しであろう。

三　幻想性

ゲルマン人は自然現象の不可思議をもたらす、その裏に隠れ感覚できない神聖な世界を恐れた。その目に見えない神秘は自然物の形を取って現出しているものと考えた。それはギリシア哲学のように、現象を通してその因果を探り、実体を探究する態度とは対蹠的な自然観に立つものであった。現象を因果という関係性で捉え、有為転変するその関係性それ自体は実体ではないが故にそれを無とする仏教哲学とも相容れない。それはまことに素朴な世界観であった。

事実としての現象は、その本質とは関わりのない偶然の外面的な特徴が捉えられ、その神秘なる神聖な世界と繋ぎ合わされたのである。従って、例えば、赤い石は出血や血便に効能があるという思考の仕方が生まれてくる。物とその背後にある神秘の世界は必然的因果関係を持たないので、その神秘の世界は湧き上がる空想によっていかようにも変幻自在に形を変える。しかしその空想は根も葉もない戯言とは言え、人間の原始的な情念に由来するものではある。非科学的な空想ではあるが、人間性の根源の何たるかを考える上で、或いは又、ゲルマン人の宇宙観や民族的情念を探るには、有用である。

因みに、中世以降、ラテン文化やキリスト教文化の浸潤したゲルマン人精神のその意識下に潜む本来の民族的情念や物の見方を探り出そうとした試みが、西脇順三郎の『古代文學序説』である。それらの非ゲルマン的な要素の挾間から時折垣間見える、合理性とは無縁のゲルマン人本来の原初的情念を「幻影の人」と順三郎は呼んだ。

物を神秘の世界と繫がるものと見なすゲルマン人の象徴思考は、妄想を呼び込む傾向と背中合わせであり幻影が付きものなのである。中世のラテン語讃美歌作家は「ひとつの道徳的乃至宗教的情念に対して、百の感覚的心象を抱いている」とペイターが語り、中世の僧院の宗教は、「さながら感覚の美しい病或いは錯乱」（"*Æsthetic Poetry,*" *Sketches and Reviews*, pp. 4 & 6-7）であったと言うのは、まさにゲルマン的象徴思考に根生する出来事であったと言ってよい。

非合理的な象徴思考においては、事実としての自然物乃至現象は、神聖な神秘の世界への絶対的な戸口或いは拠り所となる。順三郎はゲルマン人にとっての自然物について、「外面にあるものは虚のものでその中に隠れてゐるものがあり、それが本當のものと考へる」（『古代文學序説』三十九頁）と述べているが、外面的事物を「虚」と言っているのは、現象を無とする仏教的な意味合いで言っているのではなく、目に見えぬ神聖な世界を主とし、その部分的な外的現れでありそれへの戸口としての自然物を従とする観点から、そのように表現しているにすぎない。ジャック・ル・ゴフの言い方に従えば、物は「『隠された世界』の扉を開くことのできる鍵」（『中世西欧文明』五一二頁）なのである。鍵であり戸口であるからこそ、虚或いは従なるものは、実質的に実であり主であるものと殆ど同等に近い価値を持っているのである。

ゲルマン人にとっては、先づ物があり、そしてそれを拠り所として情念の世界が開けてくる。事実に執着する性向はこのような象徴思考によるものである。それは事実としての現象を無とする仏教を奉じる人々が、最終的には物に価値を置かず現実へのこだわりが淡泊で、精神性を重視するのとは対蹠的である。アングロ・サクソンを中心とするイギリス人が物に囚われ生活にこだわる現実主義の傾向を見せるのも、ゲルマン人のこの象徴思考に由来する。

事実を重視することは必ずしも科学的思考と一致するものではない。実は、事実崇拝と幻想性とは表裏一体をなしているのである。

象徴思考に由来する事実崇拝は、とめどない空想に踏み込む危険性を常に孕んでいる。そこには完結に対して無頓着で物事を未完のままに放置することにためらいのない蕪雑な心性を窺うことができる。そして事実への拘泥や執着は事実それ自体の本質を見失わせる。現実の本質を抽出しそれを精神の形として昇華したところに藝術の花は開くが故に、ワイルドは「事実は人間を卑俗にしている」と、イギリス社会にはびこる事実崇拝を撥無したのであった。ワイルドの意図はゲルマン的な象徴思考の否定であったと言ってよい。その点、ワイルドと同じくギリシア学者とは言え、ペイターは多分にゲルマン的な特徴を帯び、『ルネサンス』の「レオナルド・ダ・ヴィンチ」論におけるモナ・リザ描写〔第二章、六十二頁参照〕に典型的に見られるような象徴思考に立つ藝術家であった。しかしギリシア学者として象徴思考の欠点を弁えており、そこでギリシア的な構築性の理念を文体の意(こころ)としてその重要性を説いた。その上で、殊にペイターの場合はゲルマン的象徴思考に附随する宗教的感情が、それと一致契合する形に出合った時に生起する文体の魂を言挙げし、完全なる藝術にあっては文体の魂が文体の意と相即不離の関係にあることを語る。ペイターには、ゲルマン的象徴思考をギリシア的思考で規制することでこの象徴思考を現代的に生み返し、己の魂のようすがを恢復しようとする意図があったのである。その点で、ペイターはヘレニズム精神とヘブライ精神との一致調和を唱道したアーノルドに倣う立場を取った。

作品の構成要素としての流動性や幻想性はペイターにおいて文体の魂の特性として扱われる。文体の魂とは、作品の内容が特殊な形態とぴたりと「電撃的な親近性」を以て結びついた時、作品の色となり匂いとなって生起し雰囲気を一様に保っているものを言う。文体の意に基づく統一された意匠における限定性とは対照的であり、文体の魂は意識下にある人間の根源的情念に繋がるものと認識されていることとは、先のモナ・リザ描写を初めとして、ペイターの批評が絶えず対象の根源へと遡らんとするその方法からも諒解されることである。

四　ペイターのゲルマン的気質と事実感

ペイターの「文体」の執筆動機はイギリス社会の事実崇拝に対する反撥にあったことは間違いなかろう。「事実の書き写し」ではなく、「想像力に満ちた事実感の書き写し」の重要性の喚起がこの「文体」論の基調をなしている。「事実」ではなく「事実感」を言挙げしたのである。この事実感の書き写しとは、事実に触発されたゲルマン的な恣意的で実相とは乖離した空想と結びついた事実ではなく、宇宙秩序の有機的関係性に繋がる個人の内的直観に裏打ちされた事実認識を書き写すことを意味する。そしてこの種の表現を俟って初めて藝術と呼び得ることを主張するものである。これはペイターが本来的に持つゲルマン的性向を理性的方向に修正し科学的思考に背馳しない象徴主義藝術の立場を明確にするものであった。

因みに、ペイターのゲルマン的性向について触れておけば、ペイターは晩年、一八九〇年十一月に『新批評』(*New Review*)に「北イタリア美術覚書」("Art Notes in North Italy")を発表している。ゲルマン的気質への郷愁を滲ませた一文である。スカンヂナヴィア半島南部を原住地とするゲルマン人の一派ランゴバルド族(Langobard)は五六九年までにはパヴィーア(Pavia)を除くポー川以北の主要都市を征服し、五七二年にはパヴィーアも陥落させ、その町を中心にして北イタリアに王国を築いた。ローマ文化圏の内にあるその地にランゴバルド族の気風が持ち込まれ、更に十世紀半ばにはアンダルシア地方からアラビア文化が東漸し、その影響に晒された地である。複数の文化的要素が混合したブレシャ(Brescia)、パヴィーア、ベルガモ(Bergamo)、ヴァラッロ(Varallo)、ヴェルチェッリ(Vercelli)、ノヴァーラ(Novara)等をペイターはめぐり歩いて、モレットー(Moretto da Brescia 一四九八頃〜一五五四、ブレシャ生まれ)、ボルゴニョーネ(Ambrogio da Fossano, detto il Borgognone 一四五三頃〜一五二三 ピエモンテ州フォッサーノ生まれ。ベルゴニョーネ Bergognone とも言う)、ロマニーノ(Girolamo Romani, detto il Romanino 一四八四頃〜一五五九以降 ブレシャ生まれ)、フェッラーリ(Gaudenzio Ferrari 一四七五/八〇〜一五四六 ピエモンテ州ヴェルチェッリ県ヴァルドゥッジア Valduggia 生まれ)らの絵を論じた。

ペイターが注視するのは、いづれの画家においてもゲルマン的要素である。フェッラーリとボルゴニョーネは、「炎暑の緯度にあるイタリアに或る一定の北方の気温や、やゝぼんやりとした形でフランス、フランドル乃至ドイツの思想をもたらした」("Art Notes in North Italy," *Miscellaneous Studies*, p. 93) と言う。そのフェッラーリはヴァラッロ (Varallo) のフランチェスコ会教会〔恐らくSanta Maria delle Grazieを指す〕のフレスコ画において、「立体的な形への幾分野蛮人的な憧れの痕」を残しており、「例えば、ローマ兵の甲冑は盛り上がらせて金色に塗られている」(同上p. 94)。それは恰も生真面目なフェッラーリが家郷のヴァルセージア (Valsesia) 渓谷の山間に戻ることで、「実に北方特有の詩情——神秘的な詩情——の趣をも伴いながら、再び山の『怪奇』に立ち返ってしまったかのようである」(同上) と、ペイターはフェッラーリにゲルマン民族の血の名残を見出している。

ボルゴニョーネについては、ペイターは「北方の気質はボルゴニョーネの非凡な才能の際立った要素なのであり、即ちそれは殊にディジョンやブルッヘの大家達にどことなく窺える忍耐である」(同上p. 96) と指摘している。言うまでもなく、ディジョンは五世紀初めにゲルマン人の一派ブルグント族 (Burgundians) が住み着いて、その名に因むブルゴーニュ地方のかつては都だったところである。そしてブルッヘ〔仏語ではブリュージュ〕もゲルマン系の血の濃いフランドル地方にあり、十四、五世紀にはフランドルはブルゴーニュ公国の一部になっている。要するにペイターはディジョンもブルッヘも北方の気質が支配的な地域として、これらの都市の大家達に言及しながらボルゴニョーネの北方気質を強調している。

そして、「イタリアのルーベンス」と言うべきロマニーノの藝術は「ティツィアーノとルーベンスとの中間にあるもの」だと見なし、「ロマニーノの大胆な彩色の取合せはどことなくルーベンスの瑞々しい北方性を先取りしている」(同上p. 100) との見方を示している。

ブレシャに生まれブレシャの先達の伝統に学びその活躍の場所もブレシャだったモレットーはと言えば、白、黒、灰色の無色を調和させる「グリザイユの気高き意匠家」でありながら、あらゆる微妙な色合を駆使した彩色家の王者だと言う（同上 p. 101 参照）。「モレットーは極めて特殊ではあるが、すぐれた彩色家——色彩の王者であり、黒と白にさえあり得る色彩資源を知っていると同時に、あの褪せた『銀灰色』には実にありとあらゆる微妙な色合が含まれている」（同上 p. 101）と称揚している。修道士の服はそれ自体十分に悲しい色をしているのに、そこから豊かな楽しげな色彩を引き出してくるモレットーに、「自制という藝術的価値」（同上 p. 105）をペイターは見出している。イタリア的な豊かな色彩感覚と、無色に象徴される光に乏しい北方の精神的な静まりとの融合から生み出されてくる「極めて複合的な色調」（同上 p. 101）を現出しているモレットー藝術に、ゲルマン的要素を嗅ぎ出しているのである。

ペイターはギリシア学者でありながら、己のゲルマン的気質から引き出され得る藝術的価値を生かすことで、己の藝術を築き上げてきた。ペイターが言う「事実感」は、マシュー・アーノルドの『ケルト文学研究論』（*On the Study of Celtic Literature*）から借用した「想像的理性」（imaginative reason）の観念をその藝術観の支えにしている。そして「藝術は純然たる感覚に訴えかけるものではない、況や純然たる知性に訴えかけるものでもない。それは感覚を通して『想像的理性』に訴えかけるものである」（*Renaissance*, p. 130）と、藝術の本来的機能を規定した。このように規定することで、感覚を認識の第一の拠り所とすることができないが故に感覚に欺かれるゲルマン人の象徴思考が生み出すとりとめのない空想を、理性的な想像力により有機的な象徴形態に生み返すことが、ペイターの狙いであった。単なる事実重視は斥け、個々の事実を、自分にとって何であるかと直接自己に関わらせ事実を「事実感」に転換することで、それを自己の有機的思考回路の相関的情況の中に置いて対象を観照しようとする。ここにおいて初めて粗野なゲルマン的象徴思考は精緻な象徴思考となると、ペイターは見ている。

ペイターが事実感を持ち出したのは、科学の時代にあって藝術としての文学がその事実重視に浸食されていくことに抵抗するためであった。事実と人の心との有機的な繋がりを取り戻そうとしたのである。しかし事実崇拝が社会にはびこっていたのは、科学の時代が訪れたからということもあろうが、寧ろ先に述べたように、ゲルマン的象徴思考が先にあったからである。事実としての現象は神聖な神秘の世界への拠り所であり、その拠り所自体が重要な意義を帯びる存在であった。ゲルマン的象徴思考に本来あった物と心との深い繋がりが科学的思考により蚕食されてきてしまったことへの危機感がペイターにはあった。象徴思考にギリシア的有機体論を持ち込むことによってそれを合理化した上で、ギリシア人にもゲルマン人にもあった物と心との繋がりを恢復することが、事実感を持ち出した所以である。物と心との繋がりには科学的思考では捉えきれない領域がある。藝術はその領域を事実感として表現すべきものとペイターは考えた。「作家が直観的に捉えた特殊な世界、即ち未来への展望が開けている、或いは現在の不完全な情況よりも深いところにおいて認識される特殊な世界を表現すること」("Style" *Appreciations* p. 8) が事実感の表現となる。

事実感の表現の例として、殊に歴史家の場合をペイターは挙げている。歴史家は「どうしても、目の前に置かれた大量の事実の中から事実を選り抜き、そして選り抜く際にはなにがしか己の気質に関わるものを、即ち外界から来るものではなく、己の内面に思い描いているものから来るものを語らねばならない」(同上 p. 9) と言う。人それぞれの感覚に従って記録された事実に手を加えること、即ち事実感を忠実に転記することで、単なる事実の転記者ではなく藝術家となるという見解である。後でも触れるが、このような事実感の表現であるが故に、ワイルドもヘーロドトス（Hērodotos 生没年不詳、前四三〇年の少し後に没、小アジア、ハリカリナッソスの人）を「虚言の父」と言って見せたのである（"Decay of Lying," *Works*, vol. IV, p. 87）。

藝術美と密接に関わっているのがこの事実感である。ペイターは次のように述べている、「最下級の文学と同様に、最高級の文学において唯一闕くべからざる美は、畢竟、忠実性である——最下級文学においては、むき出しの事実に対する忠実性であり、最高級文学においては、通常の人々の事実感からは幾分それてはいるが、個人的な事実感に対する忠実性である。あなたでは正確さとしての忠実性、こなたでは表現としての忠実性であり、それはあの最も秀逸にして最も親密な形を取った真理、即ち〈本当の真理〉である」（"Style," *Appreciations*, p. 34）。真理とは物と人の心、宇宙と人の心とが一体化して初めて真理であるというのが、ペイターの基本的世界観である。

五　コウルリッヂの合理的象徴思考

i　写実的描写の思想的背景

事実感を支える柱のひとつである合理主義は、ペイターの著作活動の最初期から現れている。一八六六年一月の『ウェストミンスター評論』（*Westminster Review*）に発表された処女評論「コウルリッヂの著作」（"Coleridge's Writings"）は、後に改稿されて「コウルリッヂ」（"Coleridge"）と題されて『鑑賞論集』

(*Appreciations*) に収められた。その中で、「ひとつには神話の影響で、ギリシア人の心は早くから、自然は生き物で、ものを考え、人の心に今にも話しかけてきそうだという自然観に取り憑かれていた」("Coleridge," *Appreciations*, p. 76) と、ギリシア人に早くからあった素朴な有機体論を示し、己の拠って立つ場所を示唆した後に、「天才が想像力を発揮できるその秘訣は、理性的な心を先に自然の中に差し向けておき、その自然と純粋極まりない形で相呼応することにある」(同上 pp. 78-9) と語っている。

ペイターはこの評論の初めに、「現代思想は『絶対主義』精神に取って代わる『相対主義』精神の涵養によって古代思想とは区別される」(同上 p. 66) と述べている。古代思想における絶対主義的精神とは、例えばペイターが『プラトーンとプラトーン哲学』で論じたパルメニデースの静の学説即ち絶対的一者論、ヘーラクレイトスの動の学説、ピュータゴラースの数の学説、或いは又プラトーンのイデア論、デーモクリトスやエピクーロスに代表される原子論などの宇宙原理の学説を公式化された理論で以て構築しようとする思考形態を指すものである。ヘブライ思想に見える一神教的絶対主義を意味するものではない。

一方、ギリシア思想は有機体論に基づいており、事物を有機的な相関関係で捉える相対主義的精神が具わっていた。しかしペイターがここで言う相対主義的精神とは、近代の精密な観察科学により、事物が相互に浸透して相関的に関わり合っている情況を認識することであり、公式という枠に嵌め込んだ物の見方に囚われない立場を指している。ペイターは、第三章でも一部を引いたが、次のように言っている、「現代にあっては相対性の哲学的概念は観察による諸科学の影響によって発展してきている。それらの科学により様々な形の生命は言い表し難いほどに精妙な変化により相互に溶け込んでいることが明らかになっている」（同上p. 66）。

相対主義精神の意味をこのような意味に限定した上で、「コウルリッヂの文学人生は相対主義的精神に対する私心のない抗いであった」（*Appreciations*, p. 68）と、言っているのである。ただしペイターは一八六六年の「コウルリッヂの著作」においては、「コウルリッヂの文学人生は、道徳的及び宗教的問題に相対主義的精神を適用することに対する私心のない抗いであった」（*Westminster Review*, vol. 29, January 1866, p. 108）、と書いている。後者においては「道徳的及び宗教的問題」と限定的に語っており、藝術上の問題は含まれていないのが興味深い。実際ペイターはコウルリッヂをその本質的傾向としてのゲルマン的象徴思考とギリシア的合理主義思考とを融合した詩人として捉えている。公式的な絶対的な拠り所を求めながらも、そのような相互滲透的な思考形態を藝術化している点にも注意が必要である。と言うのも、コウルリッヂのゲルマン的象徴思考はギリシア的有機体論を取り込むことによって、荒唐無稽な或いは粗雑な象徴思考から、もっともらしさを持つ合理的象徴思考に変貌したからである。

自然それ自体を人間と同じ種類の生き生きとした理智的なエネルギーと見なす、ギリシア的な汎神論の立場をコウルリッヂは取っているとペイターは見ている（*Appreciations*, p. 75-6参照）。その上で、人間の理性が生み出す観念と自然界の法則とは精妙にして共感的な一致を実現し得るとコウルリッヂは仮定していると言う。この立場においては、「科学、即ち自然界の真の知識は観察、実験、分析、根気よくなされた一般化などではなく、一種のプラトーンの『回想』によって内面から直接的に得られるあの諸観念を発展させること乃至取り戻すことによって獲得される」（同上p. 77）のだと言う。コウルリッヂは、「プラトーンを己の精神的祖先の中でも始祖と断言」（同上p. 69）するほどにプラトーン的立場に立つ詩人であることに、ペイターは注意している。その上で、観察された事実は、普遍的理性に対する共感が全面的に成り立っている、例えばニュートンとかキュヴィエ（Georges Cuvier 一七六九〜一八三二、フランスの博物学者）のような天才の心から生まれてくる肯綮に中った観念に繫がることで、初めて謎ではなくなるのだと、コウルリッヂの事実認識のあり方を説明している（同上 p. 77 参照）。ペイターはコウルリッヂにこと寄せて、単なる事実は謎として不確定な知識としか見なさず、事実崇拝に潜む危険性がそこにあることを示唆している。

「自然と人間との親密性、神秘的と言えるほどの接触による交感」（同上 p. 71）の重要性の認識と、それと関聯するアジア的気質としての官能性をペイターはコウルリッヂに読み取る。ペイターはコウルリッヂに仮託して己自身の宇宙観を語っているのであるが、自然と人間との有機的一体性の主張は、当然ながら、ユダヤ教から引き継いでいる物質主義に立つキリスト教のみならず、十九世紀を支配する経験主義や実證主義とは対蹠的立場にある。

ペイターはエピクーロスの感覚主義に倣い経験を重んじる立場ではあっても、イギリス特有の現実主義に根ざす経験主義には足を踏み入れようとはしない。そのような態度をコウルリッヂにも見ようとする。ペイターは受け容れ難いその種の経験論について次のように言う、「経験は徐々に私達に対して大地の色彩を黒ずませ、大地の動きをこわばらせ、そこから快活にして穏やかな風情を取り去ってしまい、私達が理解しているような自然学の性格をすっかり変えてしまった」（同上 p. 76）。自然学（the science of nature）とは近代における機械論的世界観に立つ自然科学（natural science）と区別して、ギリシア哲学の一部門を指すものと思われる。

そして実證主義の手法については、「自然の理智の痕跡を殆ど顧みることはせず、（中略）そうしたものを宇宙の機械的な法則のもっと大きな概念の中に吸収同化してしまう」（同上 p. 76）と、有機体論とは対蹠的な近代の機械論に批判が投げかけられる。

機械論的な近代の経験論や実證主義とは一線を画したところにあるのが、ペイターの藝術観である。自然は人間と親密に一体化し得るというギリシア的な自然観を支えとしながら、自然の理智は、漠としたその理智的諸要素が今や結合され正当性を得て、想像力の豊かな天才の裡にはっきりと反映される。自然の隠れた目的がいかなるものかを形象化しているのがすぐれた藝術作品であると考えるのである（同上 p. 78 参照）。従って作品はあくまでも自然と人間との一体化の象徴として存在する。

批評についても、コウルリッヂの「批評は、具体的な、目に見える、有限の藝術作品の中に、ぼんやりとし、目に見えぬ、相対的には無限なる藝術家の魂或いは力を識別しようとする挑戦であり、それは、『覆いの背後にある』物をゲルマン文化が長きにわたって熱心に求めてきたことの一部として記憶されるものと言って差し支えない」（同上 pp. 81-2）、と言っているように、ペイターにとっても批評とは、藝術家の背後に隠れている魂を作品という象徴物を足掛かりにして抽出し、それをギリシア的合理主義思考の濾過を経て藝術的な形に整える象徴思考の産物なのである。

ゲルマン的象徴思考は、本来、物とその背後に隠された何か抽象的な原理とを関係づける機能を持つものでありながら、何ら必然的な科学的根拠があるわけではなく、それは恣意的なこじつけでしかなかった。ペイターがコウルリッヂに見出したものは、恣意的なこじつけを排除するギリシア的な合理主義や有機体論を土台に据えながら、象徴思考の形態を持つ藝術乃至批評である。同時にそれを己の藝術的立場として間接的に表明しているのである。ペイターの立場としては、藝術という人為的象徴物は、藝術家による生命体としての自然との親密な交感を通して、自然の中に有機的に根を張ったものでなければならない。それは単なる事実として存在するのではなく、その背後にある人間と繋がった自然の摂理を反映する事実感として現出しているのである。

象徴物としての藝術作品に事実感を反映させる条件は、自己と自然との一体化であるだけに、ペイターはコウルリッヂの観察眼、即ち「微細な事実やコウルリッヂの著作物すべてに行きわたっている自然の景色の描写――自然の地形を正確に写したその近似性――に対する稀なる注意深さ」(同上 p. 90) に目を留めている。このように「外的自然の諸相を極めて敏感に捉えること」(同上) による対象の精緻な写実的描写が求められる理由は、コウルリッヂの「あの観念論哲学では外的世界に、諸々の機械的作用因の単なる同時作用を見るのではなく、人間の体のように、内在的理智によって形作られ外に姿を現している生体を見ている」(同上) ところにある。この写実主義は、実体に即したギリシア的な写実ではなく、単なる内面の反映としての外面の写実を意味するものであり、写実性そのものはギリシア由来であっても、根本的には反映というその形においてゲルマン的象徴思考に由来するものであることが見て取れる。

対象の本質を抽出した心象形成力に水際立った力を発揮したギリシア人と異なり、その種の心象形成力の弱いゲルマン的気質には、求心力のある写実的描写は得手ではない。その弱点を自然と自己との有機的結合によって補う形を生み出したのがコウルリッヂだというのが、ペイターの見方である。ペイターの藝術もそれに倣うものであった。事物の本質を抽出して多様性を一元化するギリシア的思考とは異なり、ひとつの対象からとりとめもなく千々に思いが広がるゲルマン的象徴思考においては、ギリシア的思考の導入により自然と自己とが有機的に繋がり合った時、即ち「人間の理性が生み出す観念と自然界の法則との精妙なる共感的一致」（同上 p. 77）を得て、しかもそこに「自然と人間との親密性、神秘的と言えるほどの接触による交感」が加われば、そこに醸し出されてくるのは官能性であると、ペイターは言っているように見える。しかしこのことはペイターが、「ギリシア彫刻の美は無性の美であった」（"Winckelmann," *Renaissance.*, p. 220）と言ったことと背馳する。神の完全なる美を追究した結果としての性を超越した美に達した最盛期のギリシア藝術は官能性とは関わりない。人間は宇宙の有機的組織の一部位としてそこに組み込まれているという認識があっても、ギリシアではその藝術は必ずしも官能性に繋がるわけではない。

ペイターにおける、或いはペイターがコウルリッヂに認める官能性が成り立つには、ゲルマン的象徴思考とギリシア的合理主義思考の他に、更にもうひとつその要因が必要である。ゲルマン人は事物の背後に隠されてあると思いなす神聖で高度な世界の一端を象徴する物に対して畏敬の念のこもった強い関心を抱いた。この象徴思考は、それに中世以降キリスト教が滲透することと相俟って、その相乗効果により官能性が醸し出されてくることになる。そもそも恋愛感情の機微に関わる官能性はゲルマン人には無縁の事柄である。

中世キリスト教において、聖母マリアの衣の青色は天の王国を象徴し、地上に瑞々しく色づくキリスト教信者達の共同体を緑色で象徴した。神と信者とは、神の啓示を待ち受ける信者側における合理的精神を超えた情念の絆で固く結ばれ、それは閉鎖的且つ排他的な私的関係を築き上げている。この個人的な情念の絆と、ゲルマン的象徴思考とが繋がったところに中世的な官能性が漂い出てくる。ゲルマン的象徴思考とキリスト教世界における神の国への憧憬とが繋がっただけでは、有機的一体性に保障された調和と透明感のある藝術は生まれてこない。ゲルマン的象徴思考とキリスト教的情念とが繋がったこの渾沌とした幻影の領域を有機的組織に一体化し透明感をもたらす要因となるのが、ギリシア的合理主義思考であった。そこにおいて初めて官能性は藝術の重要な要素となり得るのである。

この種の官能性について、三島由紀夫がペイターの作品が見せる「透明すぎるやうな抽象性は、同時に官能にぢかに接して」(「貴顕」、『三島由紀夫全集』第十巻五一四頁)いると言ったのは、まさにこの点を指摘したものである。その抽象性はギリシア的理智の賜物であればこそ、ゲルマン的象徴思考とキリスト教的情念とがギリシア的構築性を以て調えられて一体化し、官能性も生きた藝術的輝きとなって生起してくる。ペイターはその種の官能性をコウルリッヂに見出しながら(*"Coleridge," Appreciations*, p. 71 参照)、己自身の藝術形態の本質を語っているのである。

ただし、ペイターはコウルリッヂの官能性をアジア的気質と言っているが、そのアジアとは小アジアからペルシア、遠くてもインドまでである。コウルリッヂの場合、豊かな感性と情緒に根生するその種の官能性とは趣を異にし、むしろそれは以上に述べたように、ゲルマン人の神秘的な象徴思考とキリスト教的情念との混合に由来するものと見た方が自然であろう。

ペイターは又、現象の絶えざる変化と、そこにある諸要素の相互の微妙な関わり合いへのコウルリッヂの注視を指摘する。公式化と固定された原理を求めたコウルリッヂが、同時にいかに相対主義精神の持主であったかということをも取り上げておくことは、ペイターの重要な義務であった。それは次のように語られる、「相対主義精神は事物のうつろいやすい状態或いは情況に絶えず思いをめぐらすことによって、幾多の大雑把で粗雑な分類を横断して硬直した原理に弾力性を与え、知的に洗煉されたものを生み出す。その倫理的結果として、人間生活を評するに精微にして繊細な妥当性がもたらされる」と。そしてこれに続いて、「このような精神でなされる批評によって、誰がコウルリッヂ以上に多くのことを得るであろうか」(同上 p. 103) とまで評したのである。

ii 合理化された怪奇

ゲルマン人の象徴思考は、その象徴物の裏側にある目に見えぬ物に対する疑心暗鬼から怪奇な空想を起こしやすい傾向を持っている。これに関聯してペイターは、シェイクスピアやスコット (Sir Walter Scott 一七七一〜一八三二) においてさえ、霊界から目に見える形で現世に現れた侵入者には粗雑なところがあるが、コウルリッヂによる怪異な物の表現力は精密にして繊細であり、それは『老水夫行』(*The Rhyme of the Ancient Mariner*) におけるように、人を夢心地にするギリシア的な優雅な趣を具えていると評価している (同上 pp.96-7 参照)。そこには理性に即したもっともらしさ、怪奇的表現にして自然さがあるというのである。

ゲルマン人は日の光の弱さ、雨や曇天、霧の発生の多さなど、その気象条件から古来ギリシア人とは対照的に、心象形成力が弱い。妖怪や亡霊など、実際にはあり得ない怪異な物をぼんやりとした雑な形で表現しただけであった。コウルリッヂはそれをもっともらしい形で表現するに至ったとペイターは言うのであるが、そもそもゲルマン人の思い描いたそのぼんやりとした亡霊たる物は、「人の心の状態にすぎないのである。少なくとも現代哲学の多くに潜んでいる懐疑論によれば、人の心にとって所謂現実の事物それ自体は、畢竟〈目の残像〉にすぎない」(同上 p. 98)と、怪異の本質をペイターは読み解いてみせる。外界の姿形の有様は人それぞれの心境次第であることは確かである。この懐疑論をゲルマン人に当てはめることの妥当性はさて措くとして、こうした観点から、やや強引ではあるが、ペイターはゲルマン人も現世を幻影と見ていたと言いたいのであろう。

ペイターは基本的にパルメニデースの絶対的一者論に立ち、存在は無であると考えている。元々仏教では知識の手段としては知覚しか認めず、その限界において判断を中止することを懐疑論と言う。アレクサンドロス大王の東征にピュローンも従軍し、インドからこの懐疑論をギリシアに持ち帰ったと推測されている(中村元『インド思想とギリシア思想との交流』二六九〜二七〇頁参照)。エピクーロスもこの懐疑論を受け継いでいる。ペイターはここで、現象は空であるという意味合いで懐疑論を持ち出し、現実の事物は幻影にすぎないことを述べている。このように言うことで、ゲルマン人特有の亡霊がパルメニデースの思想に通じるものであることを、ここで示唆しているかのように見える。これは多分に自分の身に引き寄せた受け容れ難い見解ではあるが、とまれコウルリッヂはギリシア的合理主義を導入することで、目の残像にすぎない粗雑で曖昧模糊たる怪異の形態に明確な形象ともっともらしさをもたらしたと、ペイターは認めるのである。

このようにしてペイターがコウルリッヂにこと寄せて導き出す、ゲルマン的象徴思考とギリシア思想の有機体論とを融合同化した合理主義的象徴思考という思考形態のあり方を見てみると、ペイターには単なる事実というものに対する不信感が根にあることがわかる。宇宙をひとつの生命体と見る宇宙観から乖離した物質的な経験論の立場は取らない。事実はあくまでも自然の理法と関聯づけられねばならない。古典古代においては、現象はそれ自体自然の働きの目に見える形そのものであったのであるが、十九世紀後半のイギリスにおいてなお、ゲルマン的象徴思考やキリスト教的物質主義は根強く、ペイターとしては自然の理法と人間の理性との一致という問題に取り組まねばならなかった。

自然の理法に根を持たぬ事実は、人それぞれの心境によっていかようにも変幻自在に姿を変える。単なる事実は幻想性を宿すことになる。象徴思考の危険性はこの単なる事実の本質をなすこの幻想性への憑依にある。

事実への執着には常に、知覚による認識を超えたところで生み出される臆見が付きものである。ペイターは、「すべてを、感覚にしたがってみるべきである」(「ヘロドトス宛の手紙」、『エピクロス』十一頁)という立場に立つエピクーロスの徒として、思考の過程で感覚で知り得ることとの限界に立ち至った時には判断の中止をした。この不可知論的立場は、ペイターに先立つダンテ・G・ロセッティやその弟ウィリアム・M・ロセッティらとともに、当時においては異色であったに違いない。

ペイターがゲルマン人の象徴思考にギリシア的な合理主義を取り込もうとしたことは、現象の原因究明や有機体論とは無縁であるばかりでなく、事実への執着を招くそのゲルマン的象徴思考の新たな再生を図ることであり、同時に有機体論を通して人と人或いは人とその環境との親密な関わりとその温もりを取り戻して魂の恢復をもくろむ革新的な試みであった。このゲルマン民族の魂の恢復を有効にするには、ギリシア的思考の補助を必要としたことは、「文体」論で文体の魂以上に文体の意(こころ)について多くを語っているところにも窺われ、意匠或いは構築性について強い関心が寄せられている。この批評家が文体の意を詳述し、藝術の構築性を強調したことから、美の本質は有機的な関係性にあるという美意識が見てとれる。単なる事実に取り憑かれていたイギリス社会に欠けていたことは、有機的関係性の観念であろう。

イギリスは一八三七年に官立デザイン学校を設立して、国を挙げて生活の美化に取り組んだが、美の本質がいかなるものかよく理解していたのは、ロセッティ、スウィンバーン、ホイッスラー、ペイター、ワイルドらの、ギリシア学者やジャポニザンであったことは偶然ではなく、必然であったと言える（伊藤勳『英国唯美主義と日本』、第一章参照）。

六　有機体論的全体性

「ワーヅワス」論でペイターはワーヅワスの非キリスト教的な自然との関わりについて語っている。人を自然の一部と見なし、永続する自然物を友とすることで人は人間性が高められ、自然の有様や家屋等のたたずまいも人との繋がりで深い感情を帯びて熱を持つようになると言う。これはペイター自身の自然観を語るものであり、自己を自然の有機的組織の一部位と見なすこのペイター流の有機体論は、日本の四時（しいじ）を友とする澹々としてこだわりのない自然との一致契合とは趣を異にして、先に述べたような官能性の強いものである。ゲルマン的象徴思考と、形だけを借りたキリスト教的憧憬とが入り交じったペイター流のこの有機体論にその藝術論も拠って立っている。事実感の観念もこれを拠り所としていることは言うまでもない。森羅万象を単なる物質と見なさないところに基礎を置くペイターの藝術論は、その点においてワイルドから共感を得ていることは確かであると言ってよい。

ワイルドは一八九〇年三月、『スピーカー』誌に寄稿したペイターの『鑑賞論集』の書評（"Mr. Pater's Last Volume〔*Appreciations*〕"）において、「本書に収められた評論の中で、最も興味をそそるものでありながら、最も出来が悪いとはっきり言えるのは、恐らく『文体』論であろう」（*The Artist as Critic*, p. 230）と言っている。この「文体」論についてはペイターはA・シモンズ（Arthur Symons 一八六五〜一九四五）に、自分が「書き上げようと取り組んで最も骨の折れた仕事は、『文体』論だと語った」（シモンズ『ワイルドとペイター』伊藤勳訳著、二二五頁）彫心鏤骨の作品であり、読む側としても刮目すべき内容を含んでいる。それだけにワイルドも一目を置いているのであろう。最も興味をそそる理由は、「思い描くものに気品があり、しかもそれを気品のある形で表出するところに由来する高い権威を以て語る人の作品」だからだと言う。一方、最も出来の悪い理由は、「主題があまりに抽象的すぎる」からだと言う（*The Artist as Critic*, p. 230）。確かにその通りであろう。しかしその美質は単に品位のある思想に品位のある表現形態を与えたことにあるだけではない。ワイルドがペイターのその思想そのものに共鳴しているという事実にもその證しを見出すことができる。その深甚な共鳴については一八八八年十二月に書き上げた「虚言の衰頽」の次のような一節にも明らかに窺い知れることである。曰く「現代の浅学者が浅薄で狭量な料簡でヘーロドトスの歴史を実證しようとしているにも拘わらず、まさしく『虚言の父』と言ってよいヘーロドトスの作品においては（中略）、事実は正当な従属的位置に置かれているか、さもなくば退屈な一般的な場に完全に閉め出されているのである」（*Works*, vol. IV, p. 87）と。

先にも述べたように、人間の理性が宇宙の原理に対して完全な形の共感を以て繋がること、即ち人間の理性がもたらす観念と自然界の理法とが精妙な共感の和を以て通じ合った時、初めて観察された事実は正当性を得るというのが、ペイターの事実というものに対する認識であった。これは言うまでもなくペイターの自己受容体論に基づく考え方である。完璧なる世界において事物の本質たる美とエネルギーが啓示される直観は、高度に高められた己の受容力によってもたらされるものであり、己を見そなわす神々への快き奉納物乃至供犠だとペイターは言う（*Marius*, II, p. 218 参照）。これは禅と同じく、己を空しくし受容体そのものと化して自然と一体化することで、己を宇宙の原理に繫ごうとするものである。要するに事実が事実たり得るには、個人の恣意的な認識を離れて自然或いは宇宙と有機的に繫がる霊的事実（soul-fact）とならねばならない情況を意味している。ワイルドが「文体」論に最も興味をそそられるのも、ペイターが「コウルリッヂの著作」以来一貫して持っているこの思想が、「文体」論において文体というものを文体の魂と文体の意（こころ）のふたつの要素に分解することによって更に詳述されているところにあるであろう。ワイルドはペイターのこの考え方に共鳴し受け継いでいるのである。

人間の理性と宇宙原理との共感的一致ということに、ペイターやワイルドらが、古代ギリシアや日本などとは異なり、かくまでに囚われてそれを論じなければならなかったのは、ゲルマン人の象徴思考やユダヤ教の一神教に拠って立つキリスト教においては、人間と宇宙とが二元論的に捉えられていたからに他ならない。ギリシア学者の両者はこれに反して、有機体論に即して自然と人間とを一元的に捉えようとしたところに、一般社会との葛藤が生じた。

事実というものの認識の絡みで、ヘーロドトスを「歴史の父」ならぬ、「虚言の父」と呼んだのはワイルドらしい逆説ではある。その意味するところのひとつは有機体論が関わっている。ギリシア神殿にしろ丸彫彫刻にしろ、三百六十度のどの位置から見ても美しく見せようとしたギリシア人の美意識は、どのような世界観に根ざしているのかと言えば、それは相反する物も同時にひとつに包み込んで一体化してしまう宇宙の有機体論的全体性の意識にある。ホメーロスの『イーリアス』においても、トロイエー戦争でのギリシア方とトロイエー方、どちらか一方が悪と決めつけられていないことは、神々も双方に分かれて加担していることからも、或いは両者の英雄的美質が等しく称讃を以て語られることからも知れることである。戦も単なる自然の相でしかなく、善悪の問題ではないことを示している。これは己の側だけを善とし他を悪とするヘブライ思想とは対照的な世界観である。

この有機体論的全体性の観念はギリシア文化一般に一貫する物の見方であり、ワイルドが取り上げたヘーロドトスの『歴史』も例外ではない。歴史の実相を善悪の二分法に委ねることは決してないのである。すべて三百六十度の観点から客観的に歴史の事象を見ている。例えば、キュロス（Kyros 前六〇〇頃～前五三〇、アケメネス朝ペルシアの創立者、在位前五五九～前五三〇）の生い立ちを扱った巻一において、夢占いで孫のキュロスによる身の危険を告げられたメディアの王アステュアゲース（Astyages 在位前五八五～前五五〇）は、側近のハルパゴス（Harpagos）にその孫を殺すように命じた。ハルパゴスは自ら手を下すことは避け、山の牛飼いにその役目を託した。その結果、牛飼いの妻はキュロスを生かす算段をし育て上げることになる。キュロスが生きていることがわかると、アステュアゲースは命令に背いたハルパゴスへの報復として、ハルパゴスを宴会に招き、ハルパゴスの一人息子を料理してその父親に食わせた。やがてハルパゴスはその復讐のために陰謀をめぐらし、キュロスによりメディアとペルシアとの立場を逆転させることになる。メディアの支配下にあったペルシアはメディアを支配下に置き、キュロスが王位に就いた。

ヘーロドトスはこのような経過を澹々と語り継いでゆく。歴史の実相が三百六十度から多面的に書き留められている。その語りの中で、自分ではいたいけないキュロスに手をかけることのできないハルパゴスのためらいと苦衷、山の牛飼いの妻の幼子に対する素朴にして情深い母性の際立つ慈悲の心と、それによってキュロスが死を免れたこと、招かれた宴会の席で一人息子の肉を食わされたハルパゴスの地獄の苦しみと悲しみ、そしてアステュアゲースの残忍無比が、澹然と書き流されている。感情移入することもなく、或いは誰かに与することもなく語られる。その客観的行為自体に、森羅万象は有機的に繋がり合っているという善悪を超越した認識が反映している。さはありながらも、他者への惻隠の情や共感、ギリシア的な憐れみの心がそれとなく反映として読者の心に伝わってくる。これがギリシア人の心である。このような形に至ることが、自己と宇宙との一体化、己を去って天に即く表現形態である。

ヘーロドトスの歴史書はその客観的描写故に、プラトーンが『国家』において、藝術それ自体の価値や目的ではないが、偶然の効用として藝術美がその周りにいる者に反映して自づと美的効果を及ぼすことを説いているのと同じ効用を持っている。プラトーンはこう言っている、「あたかもそよ風が健全な土地から健康を運んでくるように、美しい作品からの影響が彼らの視覚や聴覚にやってきて働きかけ、こうして彼らを早く子供のころから、知らず知らずのうちに、美しい言葉に相似た人間、美しい言葉を愛好しそれと調和するような人間へと、導いて行く」(『国家』藤沢令夫訳、第三巻、401C〜D)。

こうして見てくると、ワイルドがヘーロドトスを「虚言の父」と言うのであれば、虚言とは単なる事実には囚われず、己を去って有機的組織としての自然に随順する者の言葉ということになる。ワイルドは、歴史は単なる個々別々の単なる事実の集積ではなく、事実を元にして有機的に織り上げられた物語であるという意味において、ひとつの虚構でもあることを熟知していた。自然界は有機体論的全体性として善悪を超越しているという認識のもとに、それを全方位の位置から観察する自由闊達なギリシア精神の価値を認めたところに、「虚言の父」という言葉がある。そしてワイルドの対話体批評形式もこの精神を受け継ぐには打って付けの批評形式だった。

ヘーロドトスの歴史は、歴史を社会学の一領域として、個々の事実を単なる物として扱う立場と異なり、ギリシア藝術一般と同様にそれを全体との関わりの中で生命的観点から捉えているのである。ペイター風に言えば、ヘーロドトスの歴史は事実感の歴史なのである。その意味でワイルドは、ヘーロドトスを逆説的に「虚言の父」と呼んだのである。この言葉は有機体論に立って、事実ではなく、事実感の重要性と意義を主張したペイターの考え方を、ワイルド風に言いなしたものにすぎない。

ペイターは事実感を「霊的事実 (soul-fact)」とも言い換えている ("Style," *Appreciations*, p. 11 参照)。事実が人の霊魂と繋がるとは、同時にそれが宇宙生命と呼応していることを意味している。自己の身体は、その外側にある広範囲に及ぶ組織的な物質力、大地や空から合流してくる幾多の流れに決定づけられていると、ペイターは言っている (*Marius*, II, p. 68 参照)。されば、事実が人の魂と繋がることは、それが合理的な形で万象の有機的組織と繋がることである。端的に言えば、ペイターは事実は科学的な證しを立てられるものでなくてはならないと、当たり前のことを言っているにすぎない。證しを立てられなければ判断中止をし、欺瞞をもたらす臆見で物を言ってはならないと戒めているのである。

ペイターは想像力或いは藝術性の豊かな文学の内容となるものは、「単なる事実の転記ではなく、人の好みにより限りなく多様な形に変えられた事実を、限りない多様性を以て転記すること」("Style," 前掲書p. 10）であると言っているが、事実が人それぞれに応じて多様な形を取り得るのは、人がそれぞれに自然と繋がりを得ており、その繋がりを通して、自然は個々様々に変容した姿を見せるからである。「山河大地・日月星辰これ心なり」、「日月星辰人天の所見不同あるべし、諸類の所見同じからず」（『正法眼蔵』、「身心学道」）と道元は言う。人が見る自然が即ち心だからこそ、人それぞれに自然は別様に見えるという道元の禅的自然観は、ペイターの言わんとすることと、ほぼ一致している。ペイターは、人の心と自然との一体感の重要性の観点から、藝術における事実感即ち霊的事実の表現に社会の注意を惹きつけようとした。

科学の発展した十九世紀後半においてなお、ペイターやワイルドがかくまで有機体論を叫ばなくてはならなかったことは、それとは対蹠的なキリスト教思想の根がいかに広範且つ深かったかという現実を見せつけている。

七　文体の意と文体の魂

先に述べたように、ペイターの藝術論は己の生来的なゲルマン的象徴思考をギリシア的な有機体論と融合することにあった。ワイルドは基本的にはペイターの藝術思想を受け継ぐところが大きいと見てよいのであるが、ワイルドの場合はゲルマン的象徴思考からは、ペイターと比べると或る程度隔たったところにいるようである。それはアングロ・アイリッシュとしてのワイルドの出自に関係していることであろう。

ワイルドの父方の先祖であるオランダ人コロネル・デ・ウィルデ（Colonel de Wilde）はオランダ統領オレンヂ公ウィリアム（William of Orange 一六五〇〜一七〇二）、後の英国王ウィリアム三世に供奉してアイルランドに渡り、一六九〇年、アイルランドのボイン川（River Boyne）の戦いでの功績でコンノート（Connaught）の地に封土をウィリアム三世から下賜され、それがワイルド家の富と社会的地位の基礎となった（J. Pearce, *The Unmasking of Oscar Wilde*, p. 4 参照）。ワイルドの父方の先祖のゲルマン人の血には、その土着により地元の婦人達と婚姻を重ねることでケルト系の血が混合されていった。それのみならずワイルドの母親（Jane Francesca Wilde 一八二一〜一八九六）の血の元はイタリア系であると言い伝えられる。その旧姓エルジー（Elgee）家は、この一族の言い伝えによると元々アルジアーティ（Algiati）であり、これはアリギエーリ（Alighieri）の訛りだと言う。従って母レディ・ワイルド（Lady Wilde）は、ダンテ（Dante Alighieri 一二六五〜一三二一）は先祖の一人と思いなしていたようである（同上 p.2 参照）。

ただ、アイルランド愛国詩人レディ・ワイルドにはイタリア系やケルト系のみならず、一部アングロ・サクソンの血も混じっているようである、先祖の一人に名ばかりの職人がおり、その人はダラム州（County Durham）の煉瓦職人であったのが一七七〇年代にアイルランドに移住してきて、一八〇五年に亡くなったのだと言う（同上 p. 3）。

一方、ペイターの出自についてはその家系の記録が極めて乏しい。A・C・ベンソン（Arthur C. Benson 一八六二〜一九二五）はこの件に関して次のように述べるにとどまっている、「ペイターという名は英国では珍しいが、オランダでは全然そうではない。（中略）そういう名のオランダの海軍将官がオレンヂ公ウィリアムの時代に英国に住みついたといった事実があって、ペイター家の人々の中には、自分達は元々オランダ系だと思うようになった人達もいるが、このことが確かめられたことは一度もない」（『ウォルター・ペイター』伊藤勳訳、九頁）。拠るべき記録の闕如にも拘わらず、こうした言い伝えやペイター自身のゲルマン的感性、象徴思考などからして、ゲルマン系の血が極めて濃厚であることを疑う余地はないであろう。

こうした血に由来する気質の違いにより、ペイターのゲルマン的な重苦しい文体をワイルドは反転し、軽快な文体を生み出した。文体の反転には逆説という方法も一役を担ったことは確かだが、それにもましてゲルマン的象徴思考をできる限り排除しようとしたことは刮目に値する。浮世絵に触発されたかと覚しき次のような発言はそのことをよく窺わせるものである、「意味に損ねられず、一定の形態と繋がり合ってはいない単なる色は、様々な形で魂に話しかけてくる」。そして、「線と面との微妙な比率に存する調和は心に反映される」（"The Critic as Artist," *Works*, vol. IV, p. 195）と続けて、美を関係性に還元している。

先にも指摘したように、文体の魂と文体の意との調和は、ゲルマン精神とギリシア精神との融合をもくろむものであった。文体の意とは文体における知的精神と理解し得るものである。ギリシア建築の建築理念は機能性と構築性との一体化（村田数之亮『ギリシア美術』二十九頁参照）であるように、ペイターも文体の意の本質として一番注意したのは構築性である。しかも仏教哲学の縁起説に通じる有機的関係性としての構築性である。冒頭で既に一部を引用したが、ペイターはこの文体の意について次のように説明している、「無駄、手軽、剰余、どうしてこれらのものは真の文藝家にとって忌まわしいものなのであろうか。それは他のすべての藝術と同じく文学においても構築性は、それが意識されていようが、はなはだ思いの外になっていようが、あらゆるところで最重要事項であるからに他ならないからである。即ちあの作品の構築的概念である。その概念は初めにおいて結末を予見しそれを決して見失わず、あらゆる部分においてその他の部分すべてを意識の裡に収め、終には掉尾の文は活力を減じることなく冒頭の文の中を開いて見せ、そのあかしを立てるのである」（"Style," *Appreciations*, p. 21）と。

この文体の意の考えには明らかに仏教の根本義である「一即多、多即一」の思想と同様のものが見受けられる。勿論ペイターが仏教を勉強したわけではない。『プラトーンとプラトーン哲学』の、殊に第三章「数の学説」でピュータゴラースの「一と多」説を取り上げていることからわかるように、ペイターの「一即多」の考えはギリシア哲学に拠るものである。ヘーラクレイトス、エンペドクレース、アナクサゴラス、デーモクリトス、エピクーロスにインド哲学の影響が認められるように、ピュータゴラースにもインド哲学の影響があるという学説は、中村元により紹介されている（『インド思想とギリシア思想との交流』二六八頁参照）。従ってペイターは「一即多、多即一」における有機的関係性の思想を仏教哲学から間接的に受け継いでいると言える（詳しくは本書第一章、及び伊藤勳『英国唯美主義と日本』第三章参照）。

さて、マイケル・レヴィ（Michael Levey 一九二七〜二〇〇八）は、「ワイルドは決してペイターの弟子ではなかったが、深い尊崇の念を抱いていた」（*The Case of Walter Pater*, p. 20）と言い、ワイルドがペイターからオックスフォードで教えを受けたことはあったにせよ、弟子と言えるような近い関係にはなく、相手を客観的に見ることができるほどの距離を保っていたことを示唆している。ワイルドはその冷静な目でペイターの「文体の意」の藝術思想を受け継いでいることは確かであろう。ペイターに比べてゲルマンの血はさほど濃くはなく、同じくギリシア学者であったワイルドは、仏教の縁起説に間接的に関わる文体の意の藝術思想を発展させたと見てよい。

ゲルマン的なものとギリシア的なものとの調和を求めたペイターは文体の魂と文体の意との調和を求め、表向きにはその間に軽重を置いたわけではなかったが、藝術の内容が電撃的な親近性で恰も気脈が通じ合うかのように特殊な形と結びついた時に漂沸してくる文体の魂が、匂いや色となって「建築的意匠」を包み込む時、自づとペイター藝術は「感覚の美しい病」を思わせる中世的な趣を見せる。それに対してワイルドは、「単なる雰囲気の及ぼす効果に藝術の理想を見出すのではなく、寧ろ意匠の想像的な美と清らかな色の美しさ」("The Critic as Artist," *Works*, IV, p. 194) を求めて文体の意を表に出してきた。事物存在の有機的関係性の認識を拠り所として、表現における必然性を最優先にした理智的藝術を展開したのである。勿論ワイルドは文体の魂を等閑に附したわけではなく、文体の意を優先したにすぎない。

ペイター藝術は個性と完璧性とがぴたりと一致しており、想像的散文の分野では余人の及ばぬ高みに達しているという見解をワイルドは示している ("Mr. Pater's Last Volume," *The Artist as Critic*, p. 234 参照)。完璧性とはこの場合、個性と一体化した文体乃至藝術形態の完全性を指すものであろう。ペイターには常に二元論的に考える傾向があり、この文体論にしてもそうである。しかしワイルドにあっては文体の魂を文体の意の中に一元化する方向に動いたのである。完璧な作家とは文体の意の表現である「何よりもあの意識的で藝術的な構築性」(同上 p. 231) により評価されるものであり、批評家の側にとっても錯綜する文の中に「構築的知性の働き」を辿ることが、批評の喜びなのである (同上 p. 232 参照)。

ところで批評の形式に関して、ワイルドは「藝術家としての批評家」の中で、プラトーンやルーキアーノス (Lucianos 一二〇／一二五頃〜八〇頃) の対話形式と、ペイターの『想像の画像』に代表される物語形式とのふたつの例を挙げている。対話形式の利点として、ワイルドは次のように語る、「批評家は対象をあらゆる観点から示し、彫刻家と同じく、それを丸彫の形で見せることができる。そしてこの方法により、豊かで実際的な効果が得られる。あの諸々の派生的問題は、思いをめぐらしているその中心的観念にふと暗示されるとともに、その観念をはっきりと隈なく照らし出す。或いは又、適切な表現となって後になって思いつく考えは、中心をなす結構により完全な形を与え、しかもなお、何か偶然のそこはかとない魅力を伝えてくる。豊かで実際的な効果は、そういう派生的問題や後からの思いつきからもたらされるのである」(*Works*, IV, pp. 186-7)と。

ワイルドがこの全方位的観察を可能にする対話形式の批評形態を取ることには、ゲルマン的象徴思考に対する意識的な否定が窺われる。「事実、私達の生活で現代的なものはどんなものでもギリシア人のお蔭をこうむっているのです。時代錯誤であるのはどんなものでも中世精神のせいなのです」("The Critic as Artist" *Works*, vol. IV, p. 141)という言葉には、非合理的で渾沌としたゲルマン的象徴思考への否定的態度が滲み出ている。そのことがペイターに対する批判という形になって出てきてもいる。ペイターは現代作家の中では最も完璧な散文の書き手ではあるが、そのペイターの作品でさえ、「音楽の楽節というよりははるかにモザイクに似ていることがよくあり、言葉の真の律動的な生命、そしてそのような律動的な生命が生み出す上質の自由と豊かさに闕けるところが、あちこちにあるようだ」(同上p. 137)、とワイルドは言う。ごてごてと修飾過多の平面的に繰り広げられる息の長い文体は、まさにペイターのゲルマン的気質の現れに他ならない。しかしギリシア的思考とゲルマン的思考との融合を狙ったペイター藝術の価値を基本的には認めていることは、ワイルドが『鑑賞論集』の書評において、先の引用において示された対話形式の長所をほぼなぞるようにして、次のように言っていることからも諒解される。息の長いペイターの文が少々重苦しく、動きも鈍いのは、「あの諸々の派生的問題によるものである。それらの派生問題は、思いをめぐらしているその観念にふと暗示されるとともに、その観念をはっきりと余すところなく明らかにする。或いは又、あの適切な表現となって後になって思いつく考えによるものでもある。後からの思いつきは中心をなす結構により完全な形を与え、しかもなお、何か偶然の魅力を伝えてくる」("Mr. Pater's Last Volume," *The Artist as Critic* p. 231)。

思考の過程でふと現れてくる派生的問題や後から起こる思考の中枢に関わる思いつきにより、内容を効果的に豊かにし得るという点で、ワイルドは対話形式の批評と物語形式の批評とに共通する価値を認めているが、先の引用の後に続いてペイターの批評にしかない特徴を挙げている。即ち、「意味の副次的な陰影を重層的な効果を以て暗示したいという気持、更には、恐らくは、余りにも限定的で排他的な意見の激しさや厳しさを避けたいという思い」(同上 pp. 231-2) があることが又、ペイターの文体を重苦しく動きの鈍いものにしている一因でもあると言う。まことに肯綮に中った指摘である。

確かにペイターは若い頃、歯に衣着せず過激な言葉でキリスト教に対する否定的な態度を公然と見せたものであった (M. Levey, *The Case of Walter Pater*, pp. 82 & 121; T. Wright, *The Life of Walter Pater*, vol. I, pp. 169 & 202 参照)。『ルネサンス』初版で世間からその異教的姿勢が厳しく指弾され、ペイターはその後信念は枉げないものの、文章表現は韜晦の傾向を強めていった。そのこともあり、個々の箇所だけを見れば簡潔にして明快ではあっても、全体としてはぼんやりとして明確な輪廓は消え失せている文体を構成している。しかしワイルドの先の指摘はこの見方なんぞははるかに凌ぐ、もっと奥処にひそむペイター藝術の本質

パヴィーア修道院、教会堂正面（筆者撮影）

を抉剔しているようである。

ペイターは「北イタリア美術覚書」の中で、パヴィーア（Pavia）郊外にあるゴチック様式の修道院（Certosa di Pavia 一三九六年着工、一五〇七年完成）に触れている。ボルゴニョーネはこの修道院に『サンタンブロジオ（*Pala di Sant'Ambrogio*）』や『サン・シロ（*Pala di San Siro*）』などの名作を残しているが、そのボルゴニョーネが「チェルトーザの華麗な大理石の教会堂正面を飾る彫刻と象嵌の作業の手伝いをした」（"Art Notes in North Italy," *Miscellaneous Studies*, pp. 96-7）ことに言及している。ボルゴニョーネの絵がペイターの気質にしっくりと合うのみならず、そのボルゴニョーネが華麗なファサードに補助的にしろ関わりがあったということは、それだけそのファサードに親近感と親密な共感を感じていたことを窺わせる何気ない一節である。

しかしこの正面には雑多な意匠が施され、ギリシア的な一貫した精神性に統一された簡潔の美とは対蹠的な趣を見せている。ゴチック様式の建築は、一般的にゲルマン気質を具現して、重くれて鬱陶しい装飾過多の嫌いがある。その意味ではそのファサードの意匠は、ラヴェンナ（Ravenna）のサン・ヴィターレ聖堂（Basilica di San Vitale 五世紀前半創建）やガッラ・プラチディア霊廟（Mausoleo di Galla Placidia 五世紀創建）などが見せる東方系の、殊にビュザンティオン系の美質とは、大きく趣を異にする。それらのラヴェンナの建築物はローマの伝統技法も取り入れながら、簡素簡潔な様式を特徴とし、内部も精妙細緻にして優美なモザイクで装飾され、無駄のない整然たる美しさを見せている。畢竟そうした趣の違いの所以は、そのファサードにはゲルマン人特有の、殊にここではランゴバルド族の渾沌とした装飾性が、洗煉された形ではあるが表に出ているところにあるであろう。意匠に簡潔な一貫性を欠くゲルマン人の蕪雑な装飾性が、ここではイタリア的な感性により変容せられているのみならず、アンダルシアから東漸し南仏を経て北イタリアに香気の如く流れ込み、それらの諸都市に広く認められるアラビア風の繊細な趣向がそれとなく全体的に取り込まれている。アーチ工法は基本的には石材が乏しい地域でよく用いられた工法で、古代エヂプトや古代ギリシアでは石材が豊富だったので、この工法は知っていても表向きの建築には利用されなかった。しかし古代メソポタミアでは日乾煉瓦が建築材料の主要材料だったので、アーチ工法は広く一般的に用いられた。その関係でイスラム建築ではこの工法が多用されている。アンダルシアのアラビア文化が流れ込んだ南仏や北イタリアでは、イタリアの先住民族エトルリア人から学んだローマ人のアーチとは趣を異にする繊細優美なアーチが見られる。そしてパヴィーア修道院の教会堂正面で目を惹くアラビア風の意匠は、装飾化された連続アーチ、即ちアーケードである。

雪のサン・ヴィターレ聖堂、ラヴェンナ（筆者撮影）

　又このアーケードの意匠はチェルトーザ（Certosa チェルトーザとはカルトゥジオ修道会の修道院の意）の建築物本体を構成する一部として

パヴィーア修道院、修道士独居房と大廻廊（筆者撮影）

パヴィーア修道院の廻廊（筆者撮影）

も機能し、この修道院の律動的な美の中枢をなしている。廻廊にめぐらされたアーケードを見れば過目瞭然である。一体にファサードのゲルマン的渾沌はイタリア的感性と細緻なアラビア的意匠のふたつの要素により和らげられ洗煉された形を現出しているのである。

　さらに又、ペイターはローディ（Lodi）の聖母マリア戴冠教会（Tempio dell'Incoronata）のボルゴニョーネの描いた四枚の祭壇画、『受胎告知』（*l'Annunciazione*）、『聖母の訪問』（*la Visitazione*）、『マギの礼拝』（*l'Adorazione dei Magi*）、『主の奉献』（*la Presentazione di Gesù al Tempio*）のうち、とりわけ『主の奉献』について、極めて宗教的な気分において、恐らく最高の境地に達しているであろうと評価している（同上p. 97参照）。この絵に滲み出る重々しい宗教的な深みは、北方の地の環境が求める忍耐の精神によって醸し出されてきていると、ペイターは見ているのであろう。

　ワイルドが対話形式と物語形式との二種の批評形態に共通する長所を述べた時、ペイターについては遠慮がちに「少々重苦しく動きも鈍い」と言い添えて批判しているが、先に引用したようにその直後には一転して、そのようにならざるを得ない理由を挙げてその文体を擁護している。

しかしこの擁護はペイターに対する敬意からへりくだってなされたわけではない。それは「個性と完璧性との融合」、即ち個性が完璧な形で藝術に表出されて、余人の追随を許さず、「本質的に模倣が不可能なものがある」("Mr. Pater's Last Volume," *The Artist as Critic*, p. 234) からである。「重苦しく動きも鈍い」というのはペイターの意識的な藝術意志であることは、ワイルドにはわかっていたであろう。それはゲルマン的忍耐の表現の形だったのである。チェルトーザの教会堂ファサードへの言及にしろ、ボルゴニョーネの『主の奉献』への評価にしろ、そこにはペイターの藝術観の反映を見ることができる。

ボルゴニョーネ『主の奉献』、聖母マリア戴冠教会、ローディ(筆者撮影)

ワイルドの言う物語形式の批評形態を取ったペイターは、ひとつの物或いはひとつの事実の背後から沸き立ってくる渾沌とした想念、或いは下意識乃至無意識の領域から漂い出てくる民族の魂の幻影を、一なる文体の意を以て一貫性のある形に纏め上げていったと言ってよい。多様な形で現出するゲルマン人の気質をギリシア的合理主義による調整を経て多即一の藝術的な形に昇華した。

それに対してワイルドはギリシア的な対話形式を通してひとつの対象に多角的な観察を重ね、最終的にはそれを夢想として放擲することで判断の中止を守りつつ、対象への不即不離の立場を守る求心力のうちに、対象の多様な局面を一元化しようとする。永遠の今に生きようとするペイターは過去に立ち返ることを常とし、時は平面的な広がりを見せるが、時の流れと不可分な対話の特性を利用するワイルドには、その時流の中にありながら対象を引き付ける求心力を働かせ、中心を見失わぬ多様性の一元化への動きが常にある。その意味でワイルド藝術は形態としては一即多の形を取っている。人生を単なる虚構の形とし、「藝術を最高の現実として扱った」ワイルドにあっては、その藝術形態はその人生においても反映され一即多の形を取った。それ故にこそ、ワイルドは「私の時代の藝術や文化に対して象徴的関係に立つ男であった」(*De Profundis*, p. 77) のである。

ペイターはギリシア学者ではあるが、本質的には十八世紀半ばに始まるゴチック・リバイバル運動の系譜に繫がる中世主義者であり、ギリシア精神によるその運動の文藝上の大成者とも言い得る。ワイルドは『鑑賞論集』について、その諸論文は「輪廓線の純粋性と形の完璧性においてほぼギリシア風と言ってよいものもあれば、風変わりな色彩と熱情を帯びた暗示において中世風のものもある」(*The Artist as Critic*, p. 230) という見解を示している。この見解はペイターの思考のあり方をかなり的確に分析していると言える。しかしペイター藝術一般はこのように截然と二種類の形態に分けられるというよりも、ペイター自身は文体の意と文体の魂とが渾然と一体化しているところに文体の価値を認めたように、この藝術家の目的は己の、ひいてはアングロ・サクソンの魂の恢復を求めて、象徴思考に支えられたゲルマン精神や気質を筋の通った高度な藝術の形に生み返し、魂の拠り所として明確化することにあった。

ペイターはギリシア精神を塩として、ゲルマン的象徴思考を合理的象徴思考に変革しようとしたのである。先にも触れたように、ペイター藝術においては文体の魂はゲルマン精神、文体の意はギリシア精神に呼応している。ギリシア思想については特にエピクーロス哲学の思想がその藝術を支えていることは改めて言うまでもない（『英国唯美主義と日本』第三章参照）。

八　言葉の恢復

ワイルドは、ギリシア的合理主義により形を整えられたペイターのゲルマン的象徴思考に基づく藝術形態をそれなりに高く評価しながらも、「時代錯誤であるのはどんなものでも中世精神のせい」と、先の引用にも示されているように、己自身は中世精神には距離を置いた。ペイターが言うように、「出口の封印された熱情が神経の緊張」を生んだ「中世精神は自然物に対する深い意識を持っていたが、しかしその意識は客観的ではなく、外界へ逃げる真の手立てはなかった」（"*Æsthetic Poetry,*" *Sketches and Reviews*, p. 8）のである。そのような中世的世界は、ワイルドにとって、たとい「自分の人生にそのような不思議な影響を及ぼしてきた」（*De Profundis*, p. 85）『ルネサンス』の著者に近しい世界であっても、共感共鳴し得る領域ではなかった。

中世精神はゲルマン的象徴思考とキリスト教とが結び合った混合精神である。非現実の事柄や幻影を奇蹟としたり神の啓示として信じるところにキリスト教信仰の本質がある。自然の本質を探り、そこから人間の内面心理を解き明かそうとした仏教哲学とは対蹠的位置に立つ。或いは又、自然現象の原因を探るとともに、「汝自身を知れ」の格言に示された自己の内面深化を通して自然現象に惑わされぬ自己の確立に努めたギリシア人の自他の客観的識別に重きを置いたギリシア精神とも、キリスト教は折り合わない。ゲルマン的象徴思考とキリスト教とはその点ですこぶる相性がよいのである。

因みに、ゲルマン的象徴思考に限定されてはいないが、ヨーロッパとキリスト教徒の相性の良さについて、中村元がヨーロッパ或いは北アフリカから仏教が消滅してしまった理由として、次のように述べていることは大いに参考になる。即ち「ヨーロッパの風土に即した社會生活は、佛教的思惟よりもキリスト教的思惟のほうをより多く歡迎したといふことではなからうか。同じキリスト教神學のうちでも、佛教的思惟の影響を受けたであらうと思はれるものは、次第に排斥され、淘汰され、顯著に西歐的なものだけが残つた」（『インド思想とギリシア思想との交流』三六三〜四頁）。

ペイターにはゲルマン的象徴思考がその情緒的気質に合ったように、ワイルドにはギリシア的思考がその理智的な気質に合ったのである。

ペイターの二元論的調和の藝術観は、あの有名な言葉、「あらゆる藝術は絶えず音楽の状態に憧れる」に如実に示されているが、その二元論に同調できないワイルドはこの言葉に巧みにひねりを加えて一元論的藝術観に変容してみせる、曰く「藝術はそれ自身しか表現しない。これが新しい美学の原理なのです。ペイター氏が説く形態と内容とのあの生命的な繋がりにもまして、音楽をあらゆる藝術の典型にするのは、まさにこれなのです」（"Decay of Lying," *Works*, vol. IV, p. 96）と。ワイルドは、藝術は表現された形そのものであり、何かの象徴でも思想や感情の表出でもないと言っているわけであるが、形それ自体に藝術を一元化する手立ては、『サロメ』に典型的な形が見出せるように、対象の本質を抽き出すこと、即ち対象の抽象化である。ワイルドは殆ど古典期のギリシア彫刻に藝術の理想を見ていたと言ってよい。或いは又、禅精神を拠り所とする日本の伝統的藝術に通じる藝術観であるとも言い得る。精神は抽象的であり観念的なものであるが故に、藝術は結構それ自体、つまり文体乃至様式の意(こころ)それ自体に人や時代の精神や気質が自づと反映されると考えるのである。建築物や音楽を見れば、一国の国民性がわかるとワイルドが考える所以である（同上p. 97参照）。

そしてワイルドが言葉の音楽性、音の効果の重要性に鑑み、「私達は肉聲に戻らなくてはならない」（"The Critic as Artist" 同上p. 138）と、肉聲の恢復を唱えたのは、まさにこの藝術の一元化の一環であった。それは「当てはまる言葉や言い方が数ある中で、ただひとつのもの、ただひとつの思想に対して、ただひとつの言葉」（"Style," *Appreciations*, p. 29）しかないと、文体の問題として最適語を求めた二元論者のペイターとは対照的な考え方である。ペイター藝術は聲に出して読まれるのではなく、頭の中で漂う音楽として作られているので肉聲のことはむしろ埒外にあったからである。

言葉本来のあり方としての肉聲とは、人の魂によって生かされた、或いは日本風に言えば、言霊に生かされた生命体としての言葉のことであり、ワイルドはそのような言葉の恢復を求めたのである。対話的評論「虚言の衰頽」を「想像力の衰頽」と題することがなかったのは、ひとつには肉聲の恢復と関わるところでもある。ワイルドはペイターの『鑑賞論集』を評して、「現代性という言葉の真の意味において絶対的に現代的である」と言った。その訳は、「ペイター氏にとって現在は存在する唯一のものであり、自分の生きている時代について何も知らないからである」（"Mr. Pater's Last Volume," *The Artist as Critic* p. 230）と言う。ペイターにとって最適語の追求は、時代を経るにつれて不要な意味がこびりついた言葉を浄化して、ワイルドの言葉を借りれば「民族の集合的生命」（"The Critic as Artist," *Works*, vol. IV, p. 176）の力を宿した本来の言葉を恢復することであった。それにより得られた言葉の新鮮さこそ、文藝の現代性、或いは永遠の現代性と呼ぶべきものである。世俗の現実を離れたところに言葉の浄化がある限り、藝術の現代性は謂わば絶対的領域にある。その意味でペイターは「今、ここ」という時そのものである自己の意識の絶対的世界にあり、世俗的現実を離れているが故に己の生きている時代を知らないのだと、ワイルドは逆説的に言って見せた。肉聲の恢復に通う言葉の浄化という点で、ワイルドはペイターを評価しているのである。

民族の魂をギリシア的構築性に溶け込ませようとしたペイターにおいては最適語を見出すことが、そして対象の本質を抽き出し、時に随順しつつひとつの形象に一元化しようとしたワイルドにおいては、魂に直に訴えてゆく言葉の音楽性を調整し尽くした肉聲の恢復が、機械論的な事実崇拝に陥った時代にあって喫緊の要事であったに違いない。肉聲の恢復を訴えるワイルドは遺伝の法則を踏まえてその主張をしているのである。そしてペイターに倣って言挙げした観照的生活も自己を知ることを通して他の人々を知ること、即ち「民族の集合的生命」を知ることであった。「私達が生きているのは自分自身の命を生きているのではなく、死者の命を生きているのであり、私達の内部にある魂は単一に存在する精神ではない」("The Critic as Artist" 同上 p. 177)と語り、個人の魂は民族の無数の遺伝子の集合体であることに注意を喚起している。

ワイルドの求めた肉聲は、人間の魂という無意識の絶対的領域をその濫觴としており、それ故にこそ肉聲は時代を超えて民族の魂の聲を伝えてくるのである。その領域は目で見ることも手で触れることもできない、まさに虚の世界なのである。従ってワイルドが言う虚言(lying)とは、虚構の世界を形作る言葉という表面的な意味にとどまらず、目には見えない魂が発する言葉という意味をも含んでいる。虚言とは魂の言葉の謂でもある。

ワイルドはギリシア人が肉聲を重んじたことに関聯して、次のように言っている。ギリシア人は「最も完全なる藝術とは人間をその無限の多様性においてくまなく映し出す藝術である」と認識し、「その藝術〔文学のこと〕の材料そのものの観点から考察された言語批評に彫琢を尽くした」（"The Critic as Artist," 同上 p. 137）と、言葉の本質を見極めた批評の実践をしたと指摘した。肉聲恢復の標榜の後楯をなしている言葉である。この言語意識の流れからすれば、肉聲とは、人間の限りない多様性を抽象的な形の旋律的音聲のうちに一元的に反映させようとする媒体と見なければならない。ペイターの最適語の探求もワイルドの肉聲の恢復も共に、習慣化した現実を超えたところで、觀照を通して過去の人間の魂との交感を図ること、或いはその魂の聲を肉聲のうちに響かせることであった。一般社会が拘泥する単なる現象の断片的な事実にすぎない物へのこだわりを捨てたところに、この両者の言葉の恢復はあった。

九　文体の非個人性

ペイターは、「正しい認識のあらゆる色と強烈さを帯びているということで、文体は人であるとするならば、それは本当の意味においては『非個人的』なものである」（"Style," *Appreciations* p. 37）と言っている。文体は最終的には個人を超えたものとならなければならないというのは、文学が良い文学を超えて偉大なる文学になるには内容の質に加えて、いかなる形を取っているかというところに偉大なることの證しがあるからである。文体の魂の発する色彩と神秘的な匂い、文体の意のもたらす合理的構築性という特質に加えて、文学はその中に人類の魂をいくらか含んでいるが故に、人間生活という大きな構成物の中に論理的にして建築的な場を見出していなければ、それは偉大な文学とはならない（"Style" 同上 p. 38 参照）、とペイターは考えている。自己を捨て、更に民族の枠をも超えて人間生活全体の有機的組織の内に合理的な文体を構えたところに、文体の画竜点睛はあると見ている。

ペイターは文体即ち形の機能を、最終的にはそのような人類の普遍的価値にまで引き上げようとした。若き日に『ルネサンス』において、「詩の単なる内容は（中略）精神たる形なくして無であり」、「この形（中略）それ自体が目的となる」（*Renaissance*, p. 135）と言い、晩年に至ってなお、「〈形〉はその語の完全なる意味においてすべてであり、単なる内容は無である」（*Plato and Platonism*, p. 8）とペイターに言わしめた真意は、個は個でありながら、その文体の持つ生命の色と熱において個を超えて有機的全体性に繋がることにある。その典型としてペイターはダンテの『神曲』（*Divina Commedia*）、ミルトン（John Milton 一六〇八～七四）の『失楽園』（*Paradise Lost*）などを挙げている。かくまでに文体にこだわりその価値を高めようとした例は稀であろう。この執念は、自己の現世的利益にのみしがみつき、独自の文化的価値観も持たぬ中産階級が主体をなす渾沌とした英国社会の裏返しでもあろう。とまれ、この文体論が自己脱却という観念に立脚していることに刮目せねばなるまい。

ペイターが非個人的なる文体を言挙げした思想的背景としては、やはりパルメニデースの無の思想があるであろう。「ワーヅワス」論の中で、「人生の目的は行動ではなく、或る一定の心のあり方である観照――〈行為〉とは別物である〈存在〉である」（*Appreciations*, p. 62）と言う。この信条はそのままペイターの藝術家としての姿勢でもある。エピキュリーアンとしてのペイターの求めるアタラクシア、即ち心の平静或いは安祥三昧、パルメニデース的タブラ・ラーサなどの思想と密接に繋がっている。自我中心思想に立つヨーロッパにおいて、自我脱却の藝術を求めるペイターの拠り所はパルメニデースの静なる絶対一者論しかなかった。

クセノパネース（Xenophanēs 前五六〇頃～前四七八頃、イオニアのコロポンの人）からエレア学派の祖パルメニデースに受け継がれた、「あらゆる面が無心にそれ自身のうちに鎖され、固く透明な水晶の玉のように無の中空に浮いている」（"The Doctrine of Rest," *Plato and Platonism*, p. 35）という純粋存在の様態を、ペイターはパルメニデース的タブラ・ラーサと呼び、自己と藝術の在り方として理想としたのであった。ペイターはたまたま目を擦過するような何気ない物に注意した。例えば、「ふと差し込んだ日の光が、何気ない物、風見鶏、風車小屋、箕、納屋の戸口の塵の姿を変える。一瞬が過ぎる――すると物は消え去ってしまう。それは単なる効果にすぎなかったからである」（*Renaissance*, p. 176）。このような感覚はペイター藝術に一貫してあるものだが、これはパルメニデースの純粋存在是無の思想に薫習した結果と言ってよい。この点において、ペイターの思想は仏教の根本義である「色即是空、空即是色」と繋がってくるのである。

自己をパルメニデース的タブラ・ラーサという感覚的受容体にすることとは、自己は自己でありながら自己否定をした存在様態に置くことであった。実は、自己を透明な受容体にするというペイターの考えは、早くにあったことは注意しておいてよい。一八六四年七月、まさに二十五歳になんなんとする時にものした「透明性」（"Diaphaneitè"）に扱われており、「事物の既成秩序の中で本当に生気を与えくれるものだけを無意識のうちに通してしまうのは、まさしくこの種の本性がくまなく透明な人である」

(*Miscellaneous Studies*, p. 251) と語っている。

短篇「セバスティアン・ファン・ストーク」に語られているように、自己滅却に憧れたペイターは、自己と民族の魂の恢復を求めながら、窮極的には自己も民族も超えて人類全体を見据えようとする。更にはそれをも超えて、生命を有機的組織をなす宇宙全体の中で捉えようとした。ペイターが己をパルメニデースになぞらえようとする限り、ゲルマン的な自我の強さを残しながらも、藝術の根本たる文体に非個人性を求めたのは、当然の成り行きである。己を隠して藝術を見せるのが、ペイターの唯美主義の理想なのである。文体は非個人的なものであるという考えを支えているものは、元を辿れば、インド哲学との繋がりが推測されているパルメニデースやエピクーロスの哲学である。ペイターの藝術思想はキリスト教思想の埒外にある。

十　感覚的受容体論の淵源

第一章で触れたように、寂静乃至アタラクシア、判断中止の懐疑論などの思想は、アレクサンドロス大王のインド遠征に従軍したエーリスの人ピュローンが、裸の哲学者やマギと出会って教えられ、ギリシアに持ち帰ったと推測されている（中村元『インド思想とギリシア思想との交流』、一八七〜九頁、二六九〜七〇頁参照）。エピクーロスはピュローンの弟子であったナウシパネース（Nausiphanēs 前三二五年頃生きていた。テオスの人）を通してこれらの思想を知った。パルメニデースについても、中村元によれば「エレア學派の根本思想は、恐らくウパニシャッドからうけたのであらうと考へる」（『インド思想とギリシア思想との交流』二七四頁、註）学説があることを紹介し、インド哲学のパルメニデースへの影響の可能性を示唆している。ペイター自身もこの哲学者の絶対的一者について、「『一者』の学説は先に自己滅却という古いインドの夢想となって現れていた」（"The Doctrine of Rest," *Plato and Platonism*, p. 40）と、それがインド渡りの思想であることを述べている。これはペイターの単なる推測ではなく、何らかの典拠があっての発言であろう。

不生不滅を説き、現象世界を無とするパルメニデースの思想は、仏教を初めとするインド哲学の思想との偶然の一致であるとは考えにくい。先にも引用したこの哲学者の宇宙観、「純粋存在はあらゆる面が無心にそれ自身のうちに鎖され、固く透明な水晶の玉のように無の中空に浮いている」という心象は、次の円月相を思い起こさせる。龍樹尊者が円月相を体現したことを迦那提婆尊者は会衆に次のように告げる、「これは、尊者が仏性の姿を現じて、わたしどもに示しておられるのです。どうしてそうと判るかといえば、無相三昧はそのすがた満月のごとしとあります。仏性は廓然として虚明なものであるからです」（『正法眼蔵』、増谷文雄訳、「仏性」、原文「此是尊者現仏性相、以示我等、何以知之、蓋以無相三昧、形如満月、仏性之義、廓然虚明なり」）と。『涅槃経』に伝えられている釈迦牟尼の言葉を、道元は「仏性」の冒頭に引いている。即ち、「一切衆生、悉有仏性」。通常、「悉有」は「悉く有す」と読むが、道元の場合は、「悉有は仏性なり、悉有の一悉を衆生といふ」（同上）と言っていることからわかるように、悉有を全存在の意味に解釈している。それ故に、全存在とは何もなく透き通り（虚明）で、空虚（廓然）な有様であると理解される。

ところで、先に道元の言葉、「山河大地・日月星辰これ心なり」、「日月星辰は人天の所見不同あるべし」という言葉を引いたが、これに類したことをペイターも言っているので注意しておきたい。「純粋理性からすれば、事物はその本質において人の思いなしなのである——万象はどんなに相反する物でさえ、思考力という単一の力により様々に形を変えたものにすぎない」という意味で、「万象とは意識の働きをもった心にすぎない」("Sebastian van Storck," *Imaginary Portraits*, p. 105)と、目に映ずる物象は人それぞれの思いなしの幻影にすぎないことを、ペイターは示している。仏教でもペイターの思想においても、現象は心の風景として捉えられている。

仏教では自己とは何かの問いに、それを自己の中に求めない。「現成公案」に曰く、「仏道をならふとは、自己をならふ也。自己をならふといふは、自己をわするるなり。自己をわするるといふは、万法(ばんぽう)に証せらるるなり。万法に証せらるるといふは、自己の身心(しんじん)および他己(たこ)の身心をして脱落(だつらく)せしむるなり」(『正法眼蔵』)と。悟りに至るには己を知らねばならない。己を知るとは己を忘れることだと言う。己を忘れるとはよろずのことから教えられることであり、そのためには、己のみに関わる己の身心、他との関わりを持つ己の身心から脱却することだと言う。自己は万象を通して学ぶほかないのである。この思想と並行するかのように、エピクーロス哲学の上に立つペイターは万象は心であるが故に、自我離脱を図り己をして自然をあるがままに受け容れる受容体となすことで、己と万象の本質を明らめようとする。ペイターの思想に仏教思想と並行するところがあるのは、ギリシア哲学の研究の結果に他ならない。

己を静謐で澄んだ透明な受容体にするというペイターの考え方は、パルメニデースやエピクーロスの哲学に由来するものであれ、それが気質的にも合うところがあったのであろう。エピクーロス哲学の基盤がピュローンによって伝えられたインド哲学にあればこそ、仏教が感覚の限界を超えたところで臆測で物事を判断することは戒め、それを保留したその判断中止の懐疑論は、エピクーロス哲学においても要諦をなすものである。己を感覚的受容体となし直覚的把握を俟つエピクーロスの先蹤に倣うペイターの思想の淵源は、このような点に関する限り、間接的ながら最終的にインドの思想に辿ることができる。己を感覚の受容体にするということは、自己を忘れることによって初めて可能となる。

感覚的受容体論を語るペイターが自己滅却を説くのは当然の理である。不生不滅論、一切無常の認識、判断の中止の懐疑論等々、すべてこの受容体論の前提となるものである。従って、ギリシア的合理主義精神を介してゲルマン人の魂の恢復を図り、藝術においてその證しを立てんとしたペイターの試みは、実はパルメニデースやエピクーロスの哲学の背後にあるインドの思想に支えられていると見てよい。行為ではなく存在、即ち受容的様態に人生の拠り所を見出し、それをひとつの文体のうちに藝術として形に表したことは、キリスト教とは相容れざる原理から出来しただけに、十九世紀後半における劃期的成果と言わねばなるまい。

十一　受容的気質とニューヘレニズム

座談の名手で劇作家のワイルドも、ペイターの感覚的受容体論に倣い無為と観照の重要性を掲げる。ペイターと一部異なる点は、人生のあり方としては存在のみならず生成をも加えていることである。対話形式の批評を好み、話の多様な面を一元化してゆくという時間的生成過程に批評の真骨頂を見出すワイルドにとっては、生成という様態の変化は必要不可欠だからであろう。とまれ、ジャーナリズムを嫌い、事実崇拝を嗤い、「事実は人間を卑俗にしている」と言ったワイルドにとっては、感覚的受容体論は極めて有用な考え方であったであろう。事象の単なる偶然的個別相に囚われることなく、それを除去し、自己を忘れて対象をあるがままに受け容れられる自己への導きが、感覚的受容体論の趣旨と言えるからである。事実崇拝というのはまさに相対的関聯性を絶たれた事象の個別相に囚われることだと言ってよい。

ワイルドが、「行為ではなく存在、そして存在のみならず生成でもある」(“The Critic as Artist,” *Works*, vol. IV, p. 178)のが観照生活であり、それが批評精神のもたらし得る生活形態だと語った「藝術家としての批評家」が、『十九世紀』誌(*Nineteenth Century*)上に発表されたのは一八九〇年の七月と九月のことである〔加筆修正を加えて再録された『意向集』が出たのは一八九一年〕。それより早いが、前章でも触れたように、その同じ年の二月にワイルドは、ハーバート・A・ジャイルズが中国語から翻訳した『荘子』の書評を、「中国の聖人〔孔子〕」(“A Chinese Sage [Confucius]”)と題して、『スピーカー』誌上に寄稿している。荘子の無為の思想や、森羅万象を映す鏡としての荘子の深く鎮まる心によほど共感を寄せたものと思われる。

「何もせざれば、万事なされん」(“A Chinese Sage [Confucius],” *The Artist as Critic*, p. 222)と言う荘子の無為の思想、即ち自然にそのまま従う受動的存在の思想は見逃し難い魅力を持っていたようである。自意識を去ってより高い光明を無意識のうちに透過させる媒質としての森羅万象を映す明鏡に己の存在をなすことは、荘子の思想の要諦である。外物は外物に任せて関わらず、周りの動きや出来事に一切心を煩わされることなく平静を保つ。己を捨て己を忘れることがそのまま自己開発になる。「動いては水の如く、休らひては鏡の如し。そしてこだまの如く呼びかけがある時にのみ答ふるなり」(同上 p. 226)という自然に随順し自然に同化する「無の崇拝」乃至虚無主義に接して初めてワイルドは、一八七四年十一月の『隔週評論』に発表された「ワーヅワス論」（"On Wordsworth"）〔一八八九年の『鑑賞論集』に「ワーヅワス」（"Wordsworth"）として再録〕の中でペイターが語った、人生の目的は〈行為〉とは別物の〈存在〉であるという言葉の真意を、一層はっきりと悟ったことであろう。ここに見る荘子の思想は仏教思想と通じるところがあり、仏教思想はまたエピクーロス哲学と繋がっているからである。

　この書評と「藝術家としての批評家」が相次いで出た一八九〇年の翌年の二月には、「社会主義の下における人間の魂」が『隔週評論』（*Fortnightly Review*, February 1891）に発表された。この批評論文については西脇順三郎が、「この論文は短い論文ではあるが、ピカ一、ベストである。つまりオスカー・ワイルドとしては、頭が生んだベストの論文なのである」（「オスカー・ワイルドの機知」、『ペイタリアン西脇順三郎』、三〇〇頁）と評価した作品である。

「社会主義の下における人間の魂」においてワイルドが言いたかったことは、「所有物ではなく、ましてや行為なぞではなく、すべて自己の存在を通して己の完成に到達する」（"The Soul of Man," *Works*, vol. IV, p. 241）ことの人間的価値であり、デルポイの門に掲げられていた格言「汝自身を知れ」に代わって、「己自身になれ」という新個人主義であり、ニューヘレニズムである。そして、藝術を本当に受容できるのは「受容の気質」であることにワイルドは注意しながら（同上 p. 258 参照）、この受容の気質こそ新個人主義実現の要だと見ている。「新個人主義即受容的気質」の考えを、表向きには、利己的で他者に自己の主張を押しつけるイギリス社会の悪弊を批判し、人としてあるべき姿を示すために述べているのではあるが、西脇順三郎が、この「論文を見ないと、本当の藝術の精神はわからない」（『ペイタリアン西脇順三郎』二九七頁）と言っているように、藝術家のあるべき姿を述べたものでもある。ワイルドには生活の中の藝術への共感がある。「藝術についての真理は人生についても真理である」（"The Soul of Man," 前掲書 p. 263）というのは、イギリス社会への注意喚起であると同時に、ワイルドの理想的藝術観の訴えでもある。そして「想像力を介し、想像力に満ちた条件下で、新しく美しい印象を受容できる気質こそ、藝術作品を鑑賞し得る唯一の気質である」（同上 p. 258）という言葉は、生活の中の藝術を実現するための要諦を語るものである。受容的気質の涵養は、藝術の精神のみならず、物事の客観的認識と心の平静に缺かせない人間生活の基本的生活態度を養うことをも意味した。

このように、藝術家の側にもその受容者の側にも同じ受容の気質の必要性をワイルドは説いているが、藝術家と一般人との間に垣根を設けないこの種の受容性の一般化の主張は、ジャポニスムの運動の一環として生活の中の藝術を求める傾向と揆を一にしたものではある。さはれ、生活の中に藝術があった古代ギリシアや日本とは異なり、一般的にはヨーロッパでは藝術は専門職的な藝事であった。日本のように生活の中で一般生活者が詩人となり、和歌や俳諧・俳句を嗜むような伝統はなかった。ワイルドが藝術家と一般人との間に境を設けず、ニューヘレニズムと呼ぶ新個人主義を標榜する時、そこには古代ギリシアや日本におけるような生活の中の藝術を求める姿勢が透けて見える。日本の藝術に魅了されたワイルドはその刺戟をも受けながら、感覚的受容性を要とするギリシア精神を呼び込むことで民族を超えた普遍的な人類の魂の恢復を理想として抱いていたようである。

ワイルドはペイターに倣い、次いで荘子の蹤迹をも踏み、受容性を「己自身になれ」という新個人主義の条件としながらも、ペイターほどには自己滅却に通じてゆく感覚的受容体に徹することも、或いは荘子のように森羅万象を映す鏡になりきることまではしようとしない。その点では中途半端な受容体論ではある。しかし観照生活の要諦をワイルドが、「行為ではなく存在、そして存在のみならず生成でもある」と言っている以上、感覚的受容体論をワイルドは己の気質に合うように修正を加えたものと理解せねばならない。「赤い薔薇の花はそれが赤い薔薇の花になりたいと思っているから利己的ではない」(同上p. 264)というワイルドの言葉が示しているように、荘子と同じく外部は外部に任せて関わらない姿勢を貫くことで、この場合の薔薇は自分自身になることに徹しているのである。しかし一方、荘子にとって外部は外部に任せることは自己を忘れることでもあったが、この言葉は自己を忘れ切ることのできないワイルドの姿を示唆するものでもあろう。存在のみならず生成でもあるというところからのぞいているものは、自己を忘れ切ることができないままに、ひとつの場所に留まりおしゃべりを続ける、行動とは異なる座談を好む気質である。実際のところ一八九〇年、アルヒューゼン夫人(Mrs. Allhusen, Beatrice May, née Butt 一八五七〜一九一八)宛の手紙に『ドリアン・グレイの肖像』について次のように語っている、「この物語はいささか私自身の生活に似ているのではないかと思っています――会話ばかりで動きがないのです。私には動きが書けないのです。登場人物は椅子に坐っておしゃべりするだけです」(*The Letters of Oscar Wilde*, p. 255)。

ペイターのような「今、ここ」の時の観念に基づく観照生活はワイルドには不向きであった。仏教において時に関しては、「時は起」であり、「起る」とは「ある時の成立」であり、「起る時」とは「存在が起る」ことと考えるように(『正法眼蔵』、「海印三昧」)、エピクーロスも時を空間から切り離し、それは現象に伴って起こる特殊な偶発的事象と捉えていた(「ヘロドトス宛の手紙」、『エピクロス』三十三〜四頁参照)。

直覚的事実を時に関係づけて考察すべしというエピクーロス思想において、考察する主体にある時は常に今である。出来事に関わった時も主体の今に含まれる。禅の時間観念も、『いま』というのは、人々(にんにん)のいまである。たとい人が、いくたび過去を思い、未来を思い、現在を思おうとも、すべていまであり、今時である」(『正法眼蔵』、「大悟」、原文「今時は、人人(にんにん)の而今(にこん)なり。令ム三我ヲシテ念ゼ二過去未来現在ヲ一。いく千万なりとも、今時なり、而今なり。」)、と言う。こうした主観的時間意識からすると、ペイターの存在としての観照生活においては、時は絵画的な現在の平面の上にあった。それに対してワイルドの場合、時の意識をペイターとは異にする。批評精神のもたらす観照生活に、ワイルドが存在に生成をも加えた所以は、生来の座談好みにあったであろう。ワイルドにとって、刻々に変容する批評的対話の様態に藝術的価値がある以上、存在にして生成であるような観照生活においては、己が現象それ自体として時の流れに乗ることになり、その流れに呑み込まれないためには、自我を半ば露わにせざるを得なかった。

先に見たようにペイター藝術は個々の素材は細緻な描写を展開する文体のうちに抽象化され、ワイルドとは対照的に最後まで明確な輪廓が象られることはない。それが自己滅却の表現となっていると同時にペイターの自己の存在のありかを示す形でもあった。一方、「人は自ら語る時、一番自分を隠している。仮面を与えよ、されば人は真実を語る」("The Critic as Artist," *Works*, vol. IV, p. 185) とワイルドは言う。仮面は素顔の痕跡を残している。仮面とはワイルドにとって文体の比喩でもある。この仮面という存在の様態は、その観照生活が存在であると同時に生成であるという、自我が半ば入り込んだ受容体の本質をうまく暗示しているものと言ってよい。仮面とは自我の片割れなのである。

ペイターにしろワイルドにしろ、事実崇拝への堕落とそれに伴う精神的漂流の社会の中で、民族の或いは人類の魂の恢復に向けてそれぞれ独自の文体を生み出した。その文体の確立の上で、両者の共通するところは、万象の実相は関係性にすぎないという認識に立つ有機体論から、森羅万象を無と捉えることであった。ペイターは「一者のみが存在する。そしてそれ以外のすべては一過的な見せかけにすぎない」（"Sebastian van Storck" *Imaginary Portraits*, p. 107）と断じた。

一方、ワイルドは虚無性の認識を次のように語って見せる。「藝術家としての批評家」の掉尾でギルバートから話を長々と夜を徹して聞かされてきたアーネストが話の総纏めをした上で、「君は夢想家だね」と言えば、ギルバートもそれに呼応して、「そう、ぼくは夢想家なんだ。夢想家は月明りだけでしか道を辿ることのできない人のことなんだ。その罰は世間の人達よりも先に夜明けを迎えることなんだよ」（*Works*, vol. IV, p. 206）と答えた後には、その罰が即ち報酬だと言う。ギルバートはそれまで一晩語り明かしてきたことをすべて夢想の戯言として言い捨ててみせる。

月明りを頼りにした道行きの比喩は、自然と社会の観照を通して万象の実相を探りそれを知ることを意味するものであろう。その実相とは夢想即ち無だとワイルドは言い切ったのである。人より先に夜明けを迎えることの罰とは人より先に現実の虚無性を知ってしまったことではあるが、煌々と日の光に照らされた嘱目の光景の本質に関する無知から免れていることがその報酬と言えることなのであろう。

万象を無とする点で仏教思想に近いワイルドの世界観は、ペイターと同じく、仏教思想と関わるギリシア思想に由来するものであろうが、一即多の形を取る文体に支えられた対話的批評がその対話の果てに夢想として放擲されるのは、プラトーンの対話篇が最終的に断定的結論に至ることなく判断中止の形を取るのと、実質的には同じである。ピュローンによってインドからギリシアにもたらされた懐疑論は、ペイターに負けず劣らずワイルドの文体を成り立たせる条件となっている。

第一章で触れておいたように、エピクーロス的人生観は既に十六世紀にモンテーニュにより取り入れられてはいるが、ペイターはこのエピクーロスやパルメニデースの思想を他者に先駆けて藝術理念とすることにより、己を忘れ己を空しうする感覚的受容体という観照的存在の様態を藝術化した。それをまねることはワイルドが言うように、その精緻な文体故に余人の追随を許さなかった。しかし模倣が困難だったのは、遠くインド哲学の無の観念に繋がる特定のギリシア思想が含む特殊な機微を理解し得なかったからでもあろう。片や、ワイルドはペイターの藝術理念を、新個人主義と称して無理のない形に変えて、巧みに換骨奪胎した。両者共に独自の文体の確立を通して魂の恢復に与ったことは否定し難い。ペイターはゲルマン的象徴思考に、殊に仏教思想と繋がるエピクーロスを中心とするギリシア思想を導入し有機的秩序を構築することで民族の魂を、それに対してワイルドの場合は、同じくギリシア思想とその全方位的受容性とに拠りながら、民族を超えて普遍的人類の魂を恢復しようとした趣が見られる。両者に共通することは感覚的受容性を最も重要視したことである。加うるにワイルドは鎖されたペイターの観照的世界を開いてその流動化に道筋をつけた。その流れの先に西脇順三郎がいることは言うも更なり。

第六章　ペイターの中世ルネサンス

一　中世ルネサンス

i　ペイターの慧眼と反撥

十二世紀ルネサンスという言葉は、アメリカのチャールズ・ハスキンズ（Charles Haskins 一八七〇〜一九三七）が、一九二七年に『十二世紀ルネサンス』（*The Renaissance of the Twelfth Century*）という書物を公にしてから、徐々に認知されてきている。しかしそれよりずっと早くにペイターは「中世ルネサンス（medieval Renaissance）」（*Renaissance*, p. 24 参照）と自ら名付けてルネサンスの黎明を論じている。

ペイターが一八七三年に『ルネサンス』を江湖に送り出した時、知的渇望に悩む青年達に圧倒的称讃で迎えられたこの本の初版の正式表題は、『ルネサンスの歴史的研究』（*Studies in the History of the Renaissance*）であったが、一八七七年の第二版では『ルネサンス　美術と詩の研究』（*The Renaissance: Studies in Art and Poetry*）と題が改められた。その背景としては、例えばマーク・パティスン夫人（Mrs. Mark Pattison, Emilia Francis Strong, Lady Dilke 一八四〇〜一九〇四）が一八七三年四月号の『ウェストミンスター評論』（*Westminster Review*）に寄稿した無署名記事の次のような批判があったことにもよる、「表題は人を誤解させるものである。歴史的要素が厳密に見て闕如しており、その要素の不在が本書全体の弱点をなしている」（*Walter Pater: the Critical Heritage*, p. 71）と。この種の批判に配慮した改題であろうが、「フランスの古い二つの物語」は、内実において『ルネサンス』がいかに歴史的観点に即したものであるかを示している。

ペイターはルネサンスを定義して、「ルネサンスという言葉は実際、今日一般的には、十五世紀に起こり、その言葉が初めて当てはめられた古典古代の復活を意味するのみならず、複合的全体運動をも言い表すべく使われている。あの古典古代の復活はその複合的全体運動のひとつの要素乃至徴候にすぎなかったのである」（*Renaissance*, pp. 1-2）と言い、ルネサンスは十二世紀末と十三世紀初頭、即ち中世の時代の内にフランスに始まるという考えを、フランスの著作家達の考え方を拠り所として開陳する。その著作家達とはドナルド・ヒル（Donald Hill）によれば、ヴィクトール・ル・クレール（Joseph-Victor Le Clerc 一七八九〜一八六五）、ジュール・ミシュレ（Jules Michelet 一七九八〜一八七四）、エルネスト・ルナン（Ernest Renan 一八二三〜九二）、更にはエドガール・キネ（Edgar Quinet 一八〇三〜七五）やクロード・シャルル・フォーリエル（Claude Charles Fauriel 一七七二〜一八四四）である。殊にルネサンスの十二世紀起源説はミシュレに依拠し、「複合的全体運動」という見方もミシュレに負っている（D. Hill, ed., *The Renaissance*, pp. 303-4 参照）。ミシュレという慧眼の先蹤に倣ったにせよ、当時はまだ一般には取り沙汰されることもなかったこの種の歴史認識に、ペイターが逸早く着目しそれを中世ルネサンスと称して顕揚したことは、極めて重要な意義を持つ明察と言わねばなるまい。

実際、ペイターのその明察を理解できた人は少なかったようである。一例にサラ・ウィスター（Sarah Wister 一八三五〜一九〇八）もペイターの真の理解に及ばなかったひとりだった。この女性はピアニストであり言語学者であったが、ヘンリー・ジェイムズ（Henry James 一八四三〜一九一六）の親友でもあった。ウィスターは一八七五年七月号の『北米評論』（*North American Review*）でペイターを次のように批判している。「一般的合意として古典時代の感情のあの復活は十五、十六世紀に帰せられているのに、ペイター氏はそれを暗黒の時代に遡らせたがっている。その復活の最初の例は十三世紀後半乃至それよりもずっと遅い時期のプロヴァンス語で書かれた詩情豊かな物語である。それよりも古い起源のものは証拠として現存していないし、その頃にはダンテも現れ、更にはダンテに先立つ煌星の如き群小詩人達も登場し、その詩人達をD・G・ロセッティが私達に紹介してくれた。この年代に間違いはない。それよりも早い時期を起源とする可能性はしかとしたものではないが故に、この物語を十一世紀におけるヘレニズム回帰の證拠として使うには無理がある。しかもそうした可能性が示していることは、その物語の出所がギリシアではなく、アラビアだということである。ペイター氏はこの物語の、又はそれが見本となっている文学の説明をきちんとした或いは順序立てた形でしていない」（*Walter Pater: the Critical Heritage*, p. 100）。

ルネサンスに関して、当時としてはこの程度の理解が普通なのであり、ルネサンスとアラビア文明との繫がり或いは中世ルネサンスなどということは、思いも及ばなかった。ペイターの『ルネサンス』は、ハスキンズの『十二世紀ルネサンス』に先立つこと五十四年前のことである。

今日定義される十二世紀ルネサンスとは、ギリシアの学術をギリシア語原典やそのアラビア語訳から、或いはギリシアの学術を主流としつつ、バビロニアやエヂプトのオリエント文明、ペルシア文明、インド文明、中国文明の一部をも融合同化しながら発展し、十一世紀に頂点に達した高度な先進的アラビア学術をアラビア語原典からラテン語に翻訳し、西欧に取り入れた活動を言う（『イスラムとヨーロッパ』一三九頁、『十二世紀ルネサンス』一五三頁参照）。その翻訳の舞台となったところは、スペイン中央部のトレード、カタルーニャを含むスペイン北東部、パレルモを中心とするシチリア、ヴェネツィアやピサを含む北イタリアである。

『ルネサンス』が世に出た一八七三年の時点で、ペイターが「フランスの古い二つの物語」において、アラビアの文化との関わりを窺わせる作品、殊に『オーカッサンとニコレット』（*Aucassin and Nicolette*）を取り上げ、アラビアとの繫がりをわづかながらでも明示したのは見逃し難い。更にペイターは後年、一八八六年に「ドニ・ローセロワ」、そして一八九三年には「ピカルディのアポローン」の二篇の短篇を書いている。後者には十二世紀ルネサンスにおける新奇な学術が招いた知的困惑が描かれ、前者では、一般的に技術分野における変革を恐れ、自然科学的な知識も超自然的能力の魔術として警戒し、加えてキリスト教会も新奇なものを好む人間を断罪しようとした中世社会おける迫害の悲劇が語られた。

ii　心の自由と知性の自由

ペイターは「ピーコ・デッラ・ミランドラ」（"Pico della Mirandora"）と「ピカルディのアポローン」に

おいて、二度にわたってハイネの『流刑の神々』を引用して流謫の神々という様態への関心を示しているが、その作品に描かれているような、追われる身の上で変装して隠れて生きる胡散臭いギリシアの神々という観念を超えて、先の二篇においては、ディオニューソスとアポローンの二柱の神々の再来の形を借りて、ギリシア学術の流入とアラビアの仄かな影を肯定的に捉え、中世ルネサンスの曙光を見ている。

ペイターの言う中世ルネサンスは十二世紀末から十三世紀初頭を指し或る程度正確に捉えているが、今日ではギリシアとアラビアの学術を導入した十二世紀ルネサンスは、十二世紀を中心として十三世紀に及ぶものとされる。ただ十二世紀にはラテン語への翻訳だったが、十三世紀になると、重立った翻訳活動はスペインのレオン・カスティーリア王国におけるアルフォンソ十世（Alfonso X 一二二一〜八四）を初めとする君主らが保護して進めたアラビア語からカスティーリア語への翻訳となる。アルフォンソ十世はトレードにそのための施設を設け、キリスト教徒、ユダヤ人、アラビア人の学者を集めて翻訳活動を進めた。

十三世紀のようにレコンキスタ運動が進んでいくと、レオン・カスティリーア王国の場合のように、翻訳活動の中心となる人達は、キリスト教圏に残って文化の発展に貢献したムデーハル（mudéjar）と呼ばれる人々だった。ムデーハルとはキリスト教圏に「残留を許された人」という意味で、イスラム教徒である。十二世紀の翻訳活動の中心的な人々はモサーラベ（mozárabe）と呼ばれた。モサーラベとは「アラビア化した人々」を意味し、キリスト教徒達である。このように十三世紀になると活動主体がモサーラベからムデーハルに代わっていくという時代状況の変化がある。とまれギリシアやアラビアの学術翻訳の最盛期は十二世紀に集中している。

しかしここで注意しなければならないのは、十二世紀にアラビアから西欧に移転されたのはギリシアとアラビアの科学が主体なのであって藝術ではないが、ペイターはあの「フランスの著作家達」に倣い、中世ルネサンスの、殊にプロヴァンスの詩に「心の自由（the liberty of heart）」或いは「自由精神（spirit of freedom）」を見出したことである。十二世紀は知識人の登場で特徴付けられる時代で、アベラール（Pierre Abélard 一〇七九～一一四二）はその典型であるが、そのアベラールにペイターは中世ルネサンスの文藝にロマンティック・ラブと科学自由との結合の範型を見ている。即ちペイターは中世ルネサンスの文藝にロマンティック・ラブと科学的合理主義精神との融合及びその発露を見出した。そこに自づと盛期ルネサンスとの連続性が開けている。

ペイターが引き合いに出す知識人アベラールは聖職者ではなく、知識をキリスト教に従属するものとはせず、純粋に知のために知を求め真理の探求をした学者ではあったが、アベラールの哲学は旧論理学に依拠し、まだアラビアの自然学や形而上学の影響が見られないとされている（伊東俊太郎『十二世紀ルネサンス』一六四頁参照）。しかしペイターは理性と心と感覚の鋭敏な働き、宗教に囚われぬ知性の独立にこの哲学者の魅力を感じ取っている。

アベラールと同時代のバースのアデラード（Adelard of Bath 生没年不詳、十二世紀前半に活躍、伊東俊太郎は、一〇八〇年頃～一一五〇年頃という最近の説を紹介。『十二世紀ルネサンス』六十六頁参照）はアラビア学術を研究して、アラビア語訳のユークリッドの「原論」全十五巻をラテン語訳し、初めてヨーロッパにユークリッド幾何学を知らしめた。アデラードもキリスト教の縛りを離れて、自然をそれ自体の原因から理性的に探求しようとした科学的合理主義者の魁となり、自然から神の摂理の象徴しか見出そうとしないキリスト教的自然観に煩わされることのない知識人であった。

アデラードはシチリアのシラクーザでアラビア語を学んでから、オリエントへアラビア学術を学びに出かけ滞在は七年に及んだと言われる。アラビア学術を通して学んだギリシア的合理主義に依拠するアデラードの新しい学問探求の在り方は、十五世紀後半のピーコ・デッラ・ミランドラにまでその影響を及ぼしていると今日では見なされているが、ペイターは奇しくも『ルネサンス』でこの人文主義者を論じた。

ピーコはギリシアの神々とキリスト教の神との融和は可能だと信ずる立場を貫いたが、その根柢にある信念は、「この世に生きていた男や女の興味をそそったことのあるものは、その生命力を完全に失ってしまうことはない」(*"Pico della Mirandola," Renaissance*, p. 49) という言葉に示されているように、或る事物が時代を超えて人の心を惹きつけ得る原因を人間性の根源を辿ることで闡明しようとする態度であった。人の心が生み出したものは、それが生み出された時代と人々の観点から判断すると同時に、人間性の根源的本質を探るべきであるという歴史観や人間性探求の精神がピーコにはあったわけだが、まさにその姿勢こそアデラードと同じく、自然をあるがままに観察し、自然をそれ自体の原因から究明しようとするギリシア的合理主義に通ずるものであった。ペイターが十二世紀の代表的知識人アデラードの影響の及んだピーコを取り上げたのは、たといアデラードのことは意識の裡になかったにせよ、やはり隠れた必然性があったと考えるほかない。

ギリシア人と比較して中世人を考えてみるに、中世人は自然物の背後には高度で抽象的な何かがあり、目に見えるものはその具体的な顕現だと見なした。抽象的な実在としての神を自然物を通して認知し、その外的な現れを実在の象徴として説明しようとした。従ってキリスト教の神の具体的顕現としての自然物を離れて、或いは又神の観念を超えて、自然を自由に観察し思考することはあり得なかった。中世人は具体的な物に頼らないと思考が働かない傾向があり、例えば物を数えるにも指を使い、尺度も腕や足の長さ、親指と小指との間の長さを基準に用いた。ジャック・ル・ゴフが言う如く、「中世人の思考方法のなかで抽象的部分と具体的部分とを区別することが簡単でない」(『中世西欧文明』桐村泰次訳、五二八頁)ほどに、両者が混然としてあった。この傾向はゲルマン人の生来的な特質であろう。

一方、ギリシア人にとっては事物はそれ自体としてあるのであって、何かの象徴ではあり得なかった。第一章でも述べたように、英語のシンボルという語の語源であるギリシア語のシュンボロンにしても、友誼を結んだ二人の者がその約束の確認の方便として二分した板や硬貨や骰子などを双方が持ち合う割符を意味するのであって、象徴の意味はない。ギリシア人は、物はそれ自体としてしか存在しないということを前提にしており、中世人のような象徴思考の働きは持ち合わせていないが故に、現象の原因をその合理主義精神で探ったのである。

西欧の中世はゲルマン人の象徴思考を反映して、仕草や身振りに重きを置く社会だった。そのことに加えて、中世社会は通常、貴族であれ農民であれ文盲であり、十三世紀以前は約束の取り交わしも文書によることは稀であったと言われる。さればこそ、イスラム社会とは違い、貴族が詩歌に無知であることは何ら恥づべきことではなかった。騎士が挑戦の印に手袋を投げたり藁を折ったりする仕草、信仰心の證しとして十字を切ること、左手を相手の頭上において右手で十字を切って祝福の印とすることなども、仕草身振り社会の一端を示している。領主から家臣へ封地が授与される時には、旗と笏、指輪、鞭、短剣、手袋、藁等々の象徴物授与の儀式が執り行なわれた。このような象徴主義的な思考が支配する中世人の精神組織から人が離脱することは容易ではなく、ペイターがアベラールについてその苦悩を指摘しているところは、目的もなくただそれ自身のためにだけそのような精神組織にかかづらっている無知蒙昧の社会と、知の光明を追求せんとする個人との摩擦であった。

中世には近代的な意味における自由の観念はなかった。自由とは共同体の中における特権を意味した。共同体によって保障された自分の身分が自由の謂であった。英国のジョン王（John 一一六七頃〜一二一六、異名ジョン欠地王 John Lackland）が一二一五年に貴族達に迫られて承認を余儀なくされたマグナ・カルタは、貴族達が以前持っていた特権の回復を認めさせる憲章であったことを思い起こしてもわかる通り、共同体内における特権が自由を意味した。

ペイターはアベラールに、こういう意味での中世的自由ではなく、近代的な意味での自由として、その学問における「知性の自由」と、エロイーズ（Héloïse 一〇九八／一一〇一頃〜一一六四）との恋における「心の自由」との結合を見出した。そしてそのような自由の流露を、十三世紀初頭のフランスの古い二篇の物語に探り出したのである。

二　甘美の濫觴

i　新しい藝術感覚

中世ルネサンスにペイターが見るのは、知性の自由と心の自由であることは、今見た通りであるが、「フランスの古い二つの物語」で一層際立つのは後者であろう。『オーカッサンとニコレット』は歌と語りとが交互する形で構成されているが、歌の部分はこの物語が作られた十二世紀末から十三世紀初頭においては既に流行遅れの武勲詩の半諧音〔押韻に至る前段階の韻の踏み方で、最後の音節の強勢母音だけを一致させる母音韻のこと〕が意図的に使われていると言われる。内容面ではオーカッサンが禁じられた恋ゆえに、敵から包囲攻撃を受けているさなかでさえも恋の悲嘆に暮れて戦に出ようとしない、或いはニコレットを忍んで女々しくも涙を流して己が身を嘆くというおよそ騎士の武勇とは裏腹な態度が描かれたり、或いは架空の国のトルロール城では男たる国王が産褥に就き、妃が戦に出ているという、逆さまの世界が語られる。そもそも表題となっている名前自体が逆さまにしてある。ニコレットはムルシアはカルタヘーナのアラビア人の王女だったが、攫われて奴隷となった。アラビア人であるにもかかわらず、ニコールというフランス風の名前の愛称ニコレットと名付けられ、反対にフランス人のオーカッサンの名はアラビア風にしてある。この名はアラビア語でアル＝カシーム（Al-Kasīm）という。ここに描かれるのは、時に荒唐無稽に思われもする宮廷騎士道をからかうようなもぢりの世界でもある。

『オーカッサンとニコレット』におけるこのような表現形態について、神沢栄三によれば、「作者が当時の文学作品に精通し、文学的なほのめかしの網の目を作り上げ、ある種の効果をねらった高度に知的な遊びから生まれた作品」（『フランス中世文学集』第三巻、一二〇頁参照）であるという。未だ研究の進んでいなかった当時において、ペイターの見方は現代のこのような評価からすると素朴に見えるかもしれないが、笑いの文学の中に、表向きのそうした趣向とは異なる鮮烈な感情の発露を見出していることは重要である。実際にはわざと当時としては古い半諧音が用いられた歌について、極めて素朴で技巧も稚拙ではあるが、本格的な押韻詩への過渡期にあるとペイターは見た。新たな藝術、新たな音楽を生み出すべく、「新しい藝術感覚」が形成されつつあったのだと、その作品を評価した（*Renaissance*, p. 17 参照）。「高度に知的な遊び」という捉え方には至らなかったにせよ、この瑞々しい藝術感覚に逸早く目を留め、その物語が古い文学でありながら、いつの世にも通用する、直に訴えかけてくる魅力的な美を具えていることに注目していることが大事なのである。尚古趣味においては、対象を歴史の相関関係の中に置いて見ることによって、古い文学から受ける魅力も一段と増すことが多い。その対象自体が単に古いというだけの興味の対象ではなく、美しさが直に迫ってくるような魅力を具えていることが、その相関的な見方をした時の第一条件でなくてはならない。これがペイターの唯美主義的立場である。半諧音という古い詩形の採用が意図的であろうとなかろうと、それとは関わりなく、今日なお訴えかけてくる感覚的美質があることをペイターは訴えたかったのである。

ペイターは『オーカッサンとニコレット』から一節を引いている。ニコレットは軟禁されている部屋から、敷布やタオルを繋ぎ合わせて綱となし、窓から外へと逃れ出で、月の光を浴びながらオーカッサンが幽閉されているボーケールの町の塔の下にまでやってくる。この間（かん）の描写は瑞々しい感覚の横溢する誠に印象深い一節である。女々しいオーカッサンとは対照的なニコレットの男性的な行動が却ってこの瑞々しさを弥増しにしている。思いを募らせる二人の恋心とこの瑞々しい感覚との結合は、ペイターの指摘通り、単に古いという歴史的興味を超えた美的魅力としての「純粋藝術効果」を生じ、ロマンティック・ラブの本領に与するものを見せている。

ii　力強さと甘美性の融合

ペイターは時代の道徳的宗教的観念に対する反抗の精神としての道徳律廃棄論を中世の一番の特徴と見なし、これがキリスト教の理想を超えてウェヌスの回帰となって現象したと見る。そして中世という言葉をペイターは限定的に用いていることに注意しておかねばならない。中世時代は行政的にはゲルマン人の侵略による四七六年の西ローマ帝国の滅亡から、そして宗教及び文化的には五二九年、プラトーンが前三八七年頃に創設したアテネのアカデーメイアが東ローマ帝国皇帝ユスティニアヌス一世(Justinianus I 四八三〜五六五、在位五二七〜五六五)により、異教徒が教壇に立っていることを理由に閉鎖された時の古典古代の終焉から始まるが、ギリシアの学術も殆ど知らず、旧帝国内のローマの街道も破壊され、町や村が孤立して交易も廃れた暗黒の中世をペイターは指しているのではなく、ギリシアとアラビアの学術が大量に導入された十二世紀以降の中世を「真の中世」と見なしている。ペイターは言う、「この反抗的且つ道徳律廃棄論の要素、これを認知することで、フランスのロマン派作家達は、例えばヴィクトル・ユゴー(Victor Hugo 一八〇二〜八五)は暗示に富み心を掻き立ててやまぬ『ノートル＝ダム・ド・パリ』(*Notre-Dame de Paris* 一八三一年)において、中世を描いたのである。この要素はアベラールの事件にもタンホイザー伝説にも共に見出せるものである」(*Renaissance*, p. 25)。この一節にもその定義の一端が窺われる。タンホイザーはエリザーベトとの清らかな愛を離れてウェーヌスベルク(Venusberg)で官能的な愛に耽る騎士であるが、十三世紀初めの実在のミンネジンガー(minnesinger)だと言われる。後でも触れるが、ミンネジンガーはアンダルシアのアラビア文化由来のロマンティック・ラブに影響を受けて登場したトゥルバドゥール(troubadour)の流れを汲むドイツの吟遊詩人である。ペイターの先の言葉は中世を十二世紀から十三世紀に限定していることを示している。

この批評家はD・G・ロセッティのことを意識してのことかどうか、感覚と想像力の喜びの追求、美の愛好や肉体崇拝から生まれるアプロディーテー的な愛が、キリスト教に対峙する宗教、即ち愛の宗教を形作ったと見ている。「フランスの古い二つの物語」の要諦はここにある。

基本的にペイターは力強さと甘美性との融合という観点でルネサンスを捉えようとする。『ルネサンス』においてミケランジェロ藝術を「甘美性と力強さとのあの風変わりな融合」(*Renaissance*, p. 97)と見なした。フランス初期の物語についても、『アミとアミルの友情』(*Amis and Amile*)の場合は、友愛の甘美性を湛えつつ、チュートン人的な北方由来の力強さを見せるものとし、『オーカッサンとニコレット』に関しても、トゥルバドゥールに代表されるプロヴァンス詩の官能的にして深遠で精力に満ちた精神、即ち張りのある精神に横溢する南方由来の甘美性を見出している。

ペイターがこのように力強さと甘美性それぞれの典型を提示し、畢竟するにミケランジェロ藝術におけるようなその両者の融合の理想形態に執心を見せるのは、十九世紀の時代状況に対するペイター自身の反応と願望の反映に他ならない。この時代の魂の喪失感に対する魂の恢復の手立てとして、ペイターは粗豪なゲルマン的特質にギリシア的特質を取り込み融合することを目論んだ。その自分の思いの型にルネサンスを嵌め込んだのである、或いはそのような見地からルネサンスを見ようとしたのである。ゲルマン人のペイターとしては、自づとギリシア的特質をどのように取り込むかが主要な関心事となる。そしてこの場合は、甘美性に焦点が絞られたのである。

ペイターは言う、「ルネサンスには古典世界に由来する甘美性のみならず、真の中世時代にその大きな資源があるあの不思議な力強さもある」（同上p. 15）。基本的には甘美性はギリシア由来のもの、力強さはゲルマン由来のものという認識がペイターにはある。しかし〈不思議な力強さ〉が「真の中世時代」を出所に力強さの変容として出来したと言う。不思議な力強さとは何か。ペイターはこうも言っている、「あちこちで稀なる幸運な条件の下で、尖頭式建築、ロマンティック・ラブの信条やプロヴァンス詩などにおいて、中世の粗野な力強さが甘美性に変わった。そこに生み出された甘美性への好みが、中世における古典復活の種となり、その復活を促して絶えずギリシア世界の完璧なる甘美性の源泉を求めるようになった」（同上p. 2）。不思議な力強さとは甘美な形に変容した力強さのことであり、洗煉され優雅な和みを含む力強さで、ここに見る甘美性はギリシアとは別系統の由来を持つものであることを暗示しているが、変容をもたらしたその甘美性の原因は語られていない。ミケランジェロの藝術は中世藝術の特徴を総括していると論じるペイターは、「風変わりであることはまた甘美でなくてはならない」（同上p. 73）と条件付けるように、不思議な力強さは風変わりな甘美の情致を帯びている。原因は語らずもそれが「稀なる幸運な条件の下で」フランスにおいて、殊にプロヴァンスあたりに発生したとだけ、ペイターは言った。とまれ、ペイターが甘美性の濫觴として、ギリシア以外の別系統として南仏に着目していることは重要である。

iii　原因探求に関わるペイターの抑制

しかしそれにしても、中世ルネサンスの風変わりな甘美性が呼び水となって、完全なる甘美性をギリシアに求めたというのは、果たして当を得ているであろうか。ペイターは『オーカッサンとニコレット』をフォーリエルに倣い、その話の元をアラビアに辿っている。物語がアラビア起源であることの認識を示した上で更に、ニコレットに薬草や医療知識があることに取り立てて注意しているのは、ニコレットがアラビア系の人であることを強調したいためであろう。アラビア医学は中世に最尖端の医術を見た。ヨーロッパにおけるアラビア研究が衰頽し始めるのは、一五三〇年から五〇年にかけてだと言われるが、それでも薬学については十九世紀初めまで権威を誇ったからである（前嶋信次『イスラムとヨーロッパ』一四八頁参照）。加えてニコレットにはまことに相応しい雰囲気を持つその幽閉された部屋の謎めいた彩色が醸し出す静かな東洋的な快味を語ってみせる。かくまで異国的情調を引き出しながら、甘美性の源泉をアラビア文化に探ろうとせず、ただ単にプロヴァンスを以て打ち切りにしてしまっているのは不自然である。ペイターは『オーカッサンとニコレット』をただ単にプロヴァンス文学に属しその甘美性の良き見本としか見ようとせず、プロヴァンスを以て甘美性の発生源として、その甘美性の発生の原因を尋ねることは避けているような印象を与える。甘美性の由来をアラビア文化に認めたくないという微妙な心理が、ここには働いているように見える。

実際、西欧人、殊にゲルマン系の人々にはヨーロッパ人以外の民族を認めたくないという心理が微妙に働くところがある。冒頭に引用したサラ・ウィスターのペイターに対する批判も学問的に検証をした結果と言うよりも、『オーカッサンとニコレット』をペイターがルネサンスの昧爽の位置に据え、しかもアラビア起源であると言ったことに対して迸り出た生理的な強い反撥が根にあると見た方が自然である。結婚についても、男が非ヨーロッパ人と結婚することを忌避した。小泉節と結婚したラフカディオ・ハーンは長らく西洋では疎まれた。平川祐弘は、「イギリス人はつい近年にいたるまで、非西洋で土地の女と正式に結婚することを go native といって忌み嫌った」（『小泉八雲 西洋脱出の夢』、四十一頁）と指摘している。或いは又、日本藝術の本質的なところにおいて評価したワイルドやホイッスラー（James McNeill Whistler 一八三四〜一九〇三）とは異なり、ペイターは日本藝術から暗示を受けていると覚しき重要な点については日本の名を挙げず、一方、日本に言及する場合は、比較的重要度の低い事柄に限られる傾向が見られる（*Greek Studies*, pp. 221-2 & 256, *Renaissance*, p. 133 参照）。日本の名を挙げることには抑制的なっているのは否定し難い事実のように思われる。

ウィリアム・モリス（William Morris 一八三四〜九六）についても言っておけば、ロンドンの日本美術工藝品店「リバティ」（Liberty's）の顧客の一人であり（E. Aslin, *The Aesthetic Movement*, p. 81 参照）、モリスの意匠には明らかに日本美術の影響が見て取れるにも拘わらず、日本にはまともな藝術は不在であり、今後とも世界の藝術において際立った役割を果たすこともない。藝術の視野が狭く、部分にしか目が届かず、印象深さばかりを狙って構図の広がりがなく、小手先の器用さはあっても制作に幅の広さがない（A. Vallance, *William Morris: His Art and His Writings and His Public Life*, pp. 433-5 参照）、と言ってのけたのがモリスである。

伊東俊太郎も、「それまで閉ざされた地方的一文化圏にすぎなかった西欧世界が、ここではじめて、アラビアの先進的な文明に接し、そこからギリシアやアラビアの進んだ学術・文化をとり入れ、自己の文明形態を一新した」にも拘わらず、「欧米において十二世紀ルネサンスが論じられる場合、この事実が無視されないまでも、なにかこのルネサンスが西欧世界の内部的事件として捉えられている傾きがあります」(『十二世紀ルネサンス』五頁)と言っている。要するに西欧の人々には一般的に非ヨーロッパの国や地域から文化的、文明的恩恵をこうむったとは認めたくないという心理があり、学問の世界にもその傾向が出てくるということである。

ペイターにもこのような傾向が認められ、プロヴァンス文学の甘美性の由来については否定的な意味での判断中止の形を取った可能性がある。そしてプロヴァンス文学の甘美性をきっかけにして、ルネサンスにおいては「ギリシア世界の完璧な甘美性の源泉」に目を差し向けるようになったのだと、本質のすり替えを行なったように見受けられる。

iv　愛情表現の諸形態

ペイターが目に留めた風変わりにして甘美な情趣は、実際にはアラビア文化との接触によって醸し出されてきたものには違いない。西欧がアラビア文明と接触し始めたのは十世紀半ば、戸口となったのはカタルーニャで、そこからアラビア系のアンダルシア文化は西欧に流れていった。トゥルバドゥールは十二世紀に登場するが、愛の抒情詩を詠うこの詩人達は勿論突如として現れたのではない。先づは十一世紀初頭にアンダルシア地方に伝統的なアラビア語の詩とは異なる詩形を持ち、主として恋愛を歌うムワッシャハと呼ばれる詩が現れた。次いでスペインで使われていたアラビア語方言を自在に取り込んだ民謡の一種のザジャルが出てくる。前嶋信次は『イスラムとヨーロッパ』の中で、このムワッシャハとザジャルとが、そのスタイルとリズムとともに、トゥルバドゥールの詩に影響を及ぼしたことを述べている（一六五頁参照）。この二つの詩形の代表的詩人はコルドバ出身で南スペインを放浪して愛を歌ったイブン・クズマーン（Ibn Quzmān ?～一一六〇）で、トゥルバドゥール詩の押韻に影響を与えたと言われる。十世紀以来アラビア文化は西欧に滲透してゆき、ラングドックやリムーザン、プロヴァンスではその流れの中で十二世紀にトゥルバドゥールが登場した。トゥルバドゥールという言葉の語源自体がアラビア語であり、トゥルバドゥールが吟唱の伴奏に用いたリュート（lute）と呼ばれる楽器も又その名も、アラビアの楽器ウード（al-ʿūd）に由来すると伊東俊太郎は指摘している（『十二世紀ルネサンス』一三四～五頁、及び前嶋信次『イスラムとヨーロッパ』一二四～五頁参照）。

　ペイターはロマンティック・ラブに見る甘美性をウェヌスの回帰と言うが、ギリシアの愛の基本は男同士の親密な友愛、或いは少年の愛情である。『イーリアス』にはアキレウスとパトロクロスの深い友情が扱われているし、プラトーンも「少年のうちは大人の男たちを愛して、その人々といっしょに横になりまつわり付いているのを悦ぶ」（『饗宴』191E-192、鈴木照雄訳）と語り、成人男子に対する少年の愛情を最も優れたものとしている。ギリシアでは男女の心身共に深まった親密な恋愛感情の機微を歌う習慣は一般的にはなかった。通常、男女間の愛を歌うものは、遊女を相手にした戯れの性愛である。例えばエロティカという愛を主題とするエピグラム詩を創始したアスクレーピアデース（Asklēpiadēs 生没年不詳、前二八〇年頃の生まれ、サモス島の人）に、遊女との戯れを歌う次のような詩があるが、精神的な深みを必要とする甘美性とはほど遠い、婀娜なる戯歌である。

男心をそそってやまぬヘルミオネとあそんでみたら、パポスの女神さま、
浮かれ女の腰にからむは、色華やかな縫い取りの帯。黄金の糸もて
縫い取る文字は、「いついつとても愛してたもれ、されど妾が他人に抱か
れていたら、赦してたもれ、恨まずに」とぞ読まれける。

(『ギリシア詞華集』1、沓掛良彦訳、第五巻一五八)

或いは又、性の快楽を次のように歌っている。

楽しきは、炎暑に渇く人が飲む雪の飲み物、
楽しきは、冬の嵐去って後、船乗りが身に受ける春の西風、
それにもまして楽しきは、愛し合う二人がひとつの
外套にくるまって、ともにキュプリスを讃えるとき。

(同上一六九)

ギリシアの愛の本領は同性愛にあり、サッポー(Sapphō 前七世紀後半~前六世紀前半、レスボスの人)は言うまでもなく、アルカイオス(Alkaios 前六二五/二〇頃~前五八〇以降、レスボスの人)も少年愛を歌い、ア

ナクレオーン（Anakreōn 前五八二頃〜前四八五頃、テオスの人）の愛の詩も対象は少年であり、ピンダロス（Pindaros 前五二二頃〜四四三頃、テーバイ近郊のキュノスケパライの人）も愛した少年テオクセノスの腕に抱かれてアルゴスの競技場でこの世を去り、ヘレニズム期のカリマコス（Kallimachos 前三一〇／〇五〜前二四〇頃、エヂプトのキュレーネーの人）に二十篇あまりの性愛の歌があるが、その内、異性愛の歌はわづか二篇しかない。メレアグロス（Meleagros 前一四〇頃〜前七〇頃、シリアのガダラの人）は異性愛、同性愛の詩を数多く書いているが、寧ろ数としては同性愛の詩の方が多いという（沓掛良彦『ギリシアの抒情詩人たち』三三九、四三七頁参照）。

一方、ラテン世界の愛の主体は官能性と恋愛術にある。「誰にもせよこの民のうちで愛する術を知らぬ者あらば、これを読むがよい」（沓掛良彦訳）という冒頭で始まるオウィディウス（Publius Ovidius 前四三〜後一七頃）の『恋愛指南』（*Ars Amatoria*）も、ギリシア・ローマ神話或いは時にギリシア詩人を巧みに援用しながら、気に入った女の心を捉える手管や官能的な愛欲を語って余念がない。「たわむれの愛を楽しむがいい。ただし罪深い行為は、うまいことと細工して隠しておくように」（『恋愛指南』第二巻、七十五頁）と、自由奔放な恋愛術を披瀝するものである。

オウィディウスは皇帝アウグストゥス（Gaius Julius Caesar Octavianus; Caesar Augustus 前六三〜後一四、在位前二七〜後一四）の怒りを買い、トミス〔トミスは元来小アジアのミレートスのギリシア人植民都市で、現ルーマニアのコンスタンツア〕へ流竄の身となって生涯を閉じた。流謫の理由はオウィディウスが『悲しみの歌』第二巻二〇七行目に、「二つの罪——詩と過ち——が私を破滅に陥れた」（木村健治訳）と言っているように、「詩」とはオウィディウスが四十歳頃に書いた『恋愛指南』であることははっきりしているが、「過ち」は何であるか、諸説紛々として今日なお不明である。

アウグストゥスは社会風俗の紊乱を粛正するために、前十八年に「ユリウス姦通罪・婚外交渉罪法」と「ユリウス正式婚姻法」を制定したほどだった。それにも拘わらず、自らの娘ユリア（Julia Caesaris 前三九〜後一四）までもが自由奔放な不貞行為を繰返した。アウグストゥスは「娘と孫娘のユリアは、あらゆるふしだらで穢(けが)れたとして島に流した」（『ローマ皇帝伝』(上)国原吉之助訳、一六〇頁）と、スエトニウス（Gaius Suetonius Tranquillus 六九頃〜一二二以降）は伝えている。前二年にナポリの遥か沖合にあるパンダテリア島（Pandateria 現ヴェントテーネ島 Ventotene）へ流罪に処さざるを得なかった。とは言え、五年後にはイタリア本土に移されたが（同上一六二頁）。ユリアのみならず父親のアウグストゥス自身、夫婦仲を引き裂いてまでも人の妻を奪うことをするなどして幾度か離婚再婚を繰返したことなども鑑みると、こうした有様はローマの社会情況をよく示唆するものでもあろう。

少し時代が下るが、クラウディウス帝（Claudius 前一〇〜後五四、在位四一〜五四）の妃メッサリナ（Valeria Messalina 二〇〜四八）は、「その他の多くの破廉恥(はれんち)や不行跡を重ねた末、ガイウス・シリウスと結婚までしてしまった」が故に、「クラウディウスは、彼女を死刑に処し」たと、スエトニウスは伝えているが（『ローマ皇帝伝』(下)一一二頁）、后妃の身でありながら多くの男と交わるだけでは満たされず、更には街にまで出て行って下層の男達を相手に売春をしていたことで知られている。

オウィディウスの『恋愛指南』という詩が、愛を性的な戯れとして扱っているのは、まさにローマの世相を反映するものであり、『恋愛指南』が出て十年ほども経っているのに、後八年にそれが咎められていきなりトミスに流される事態となるのは不自然でもあり、今なおその真相が不明の「過ち」がアウグストゥスの逆鱗に触れる男女関係に関わる何かがあったのではないかと推測されもする。とまれ流竄の表向き理由は『恋愛指南』の公序良俗に反する猥褻性である。オウィディウスの事例を見てわかるように、ラテン世界における男女関係に関わる詩の本領は基本的にその官能性にあるのであって、日本の万葉集以降の相聞歌に見られるような、恋愛感情の機微を歌い親愛の情にこもる甘美性とは対蹠的である。

では西欧中世はどうだったか。一例として、シャルルマーニュ（Charlesmagne 七四二〜八一四）が七七八年に行なったスペイン遠征を題材にした『ロランの歌』（*La Chanson de Roland*）を見てみる。この叙事詩は十一世紀末に現れた。荒々しい武勇のみが語られているのはいかにもゲルマン的である。シャルルマーニュはサラゴーサを攻囲中に、ザクセンに反乱が起こったことを聞き及び、攻囲を解いて退却することになった。その軍勢がピレネー山中のロンスヴォー峡谷を退却中、ロランとオリヴィエの二人がしんがりを務める中、サラセンの追手〔史実としてはその地方の住人であるバスク人とイスラム教徒〕に攻められて窮境を脱すべく、ロランは角笛を吹いてシャルルマーニュを呼び戻そうとする。それに対してオリヴィエは「強者にあるまじき振舞」と難じ、自分の妹が許嫁となっているロランに向かって、「この髭にかけて、わが愛のオードに再び相見ゆることあらば、妹が腕を枕にして二度と寝かせはしまいぞ」（一三〇節、神沢栄三訳）と言う。妹は兄の意志にすべて委ねられた存在として見なされている。或いは又、ロンスヴォーで戦死したロランをそれとは知らずに恋人の安否を問う乙女オードに対して、シャルルマーニュは、「わが妹よ、愛し子よ、そちは亡き人の消息を尋ぬるなり。替には、一段とすぐれたる者を取らすべし」（二六八節）と答える。ギリシアやローマの愛情形態とも無縁の西欧中世には粗野な武勇とともに、ただ即物的な性愛だけが支配的傾向としてあった。

ついでながら、その意味では日本の場合とは極めて対蹠的な男女関係と言ってよい。例えば、相武の野で火攻めにあった倭建命はそのさなか、弟橘比賣の安否を気遣って声をかけた。向火を以て敵を焼き退けた後間もなく、走水の海〔浦賀水道〕を渡り上総に行かんとした時、荒れ狂う海を鎮めるために、入水する弟橘比賣は、「さねさし　相武の小野に　燃ゆる火の　火中に立ちて　問ひし君はも」と辞世の歌を詠んだ。弟橘比賣の安否を気遣う倭建命のわづかな言葉のうちに深い愛情を感じ取り、死に臨んでその愛情に呼応して感謝の気持をこめつつ、しっくり相寄り添う深々とした愛情の染みわたる言葉を返している。倭建命の武勇とともにきめ細やかな情愛の機微が語られている。

この種の内面性とは無縁の即物性がゲルマン人のひとつの特徴となっていた。近親相姦はフランク族の間で広く行なわれた習慣だったこともその證しであり、シャルルマーニュの近親相姦伝説は早い頃から伝えられ、実のところロランはシャルルマーニュの甥ではなく、妹ジルとの子だと言われる（新倉俊一『ヨーロッパ中世人の世界』一〇九～一一二頁参照）。

実際、シャルルマーニュが報復戦のためにロンスヴォーに引き返し、ロランの遺体を探し求めて、それを見つけた時のシャルルマーニュの嘆きようは尋常ならざる悲嘆であり、それはまさに我が子の死に直面した時の親の嘆きであって、甥に対するものではない。「やがて二本の樹木の下に来給えば、（中略）／緑なす草の上、甥の倒れ伏したるを見つけたり。／シャルル悲痛し給うも理なりけり。／馬上より下に降り立ち、急ぎ傍に馳せ寄りて、／両の腕に（かき抱く）〔括弧内、訳者による不明箇所の補正〕／御悩のあまりに深ければ、正念失いロランの上に倒れ伏す」（二一〇五節）。ここには明らかに近親相姦伝説が反映している。

V　情濃やかなる愛

これに対して、官能性と共に内面的な心と心の親密な繋がりが主体となる情の濃やかなる愛は、アラビアのものである。コルドバに生を享けたイスラムの詩人・法学者・哲学者・神学者イブン・ハズム（Ibn Hazm 九九四〜一〇六四）には、誠に繊細にして情愛濃やかなる愛の種々相を語り尽くした『鳩の頸飾り』があり、この書物はトゥルバドゥールに少なからぬ影響を及ぼしたと言われる。新倉俊一も『ヨーロッパ中世人の世界』で、『鳩の頸飾り』を「筆頭とするアラビヤのエロチックが、トルバドゥール芸術の生みの親ではないにしても、その形成と精練の過程において、かなり重要な役割を果たした可能性は否定できない」（二九一頁）と述べている。伊東俊太郎も「十二世紀のトゥルバドゥールの思想に、何らかの仕方で、少なからぬ影響を与えた」（『十二世紀ルネサンス』二六〇頁）と指摘している。

イブン・ハズムは先づは愛の精神的な崇高性を次のように語る、「愛が内に含む種々相はきわめて崇高であり、筆舌に尽くし難いほど繊細である。したがってその真実は、自ら体験する以外には理解されない。また愛は宗教により否定もされず、法によって禁じられているわけでもない」（第一章「愛の本質について」）と。ここには愛が宗教によって干渉されることがないことも明言されている。

イブン・ハズムの説く愛は、単に男女間の愛にとどまらず、親族関係の愛、同性同士の友愛をも含む。情の濃やかにして繊細極まりない親密な愛情とはいかなるものか、イブン・ハズム自身の、或いは篤い友情を分かち合った友人の詩を一篇づつ見るだけで、それは自づと明らかになる。イブン・ハズムは夭折した恋人を次のように歌っている。

ひっそりとあたりが静まりかえると　ヌウムの幻が臥床を訪れる
清らかな夜が支配しものみなが　あやめも分たぬ闇に包まれる時
確かにあの女はこの世を去り　今はとこしえに帰らぬ黄泉のひと
だがあの女の幻は夜私を訪れる　昔私がしげしげと通ったように
私たちは夢の中で　満ち足りて幸多いかつての生活をとりもどす
ありし日に誓ったように時は戻るが　夢はうつつより遙かに豊か

（第二十五章「満足」、黒田壽郎訳）

もう一篇は友人アブー・アブドゥ＝ラーフがイブン・ハズムに宛てた詩である。

君と私とを結ぶ友愛の絆はいまだに新しく
すり切れていないかどうか知りたいものだ
そして私は想ういつの日に君をこの目で見
バラート・ムギースの館で語り合えるかと
かりに友情で宏壮な館を建てうるならば
床（バラート）のタイルは君を慕ってやってくるだろう
またひとの心がひとり歩きができるならば

私の心はいますぐにでも君の許に慕いよる
君は君で勝手にするがよいだが私は変らぬ
君の友人で語る言葉もただ君のことばかり
君が忘れたふりをしても私には心の奥に
絶ち難い友愛の誓いが住みつづけている

（第二十八章「死別」、黒田壽郎訳）

［バラート・ムギースの館とは、コルドバにあったイブン・ハズムの邸のこと。］

『鳩の頸飾り』がトゥルバドゥール詩と類似点が多いことについて、先の新倉俊一は同書で、第四章の「噂に始まる愛」はジャウフレ・リュデル（Jaufré Rudel）の場合を想起させると言っている（二九〇頁参照）。十三世紀の『トゥルバドゥール評伝』（*Biographies des troubadours*）のリュデルの項によれば、リュデルはアンティオキアから帰って来た巡礼者からトリポリ伯夫人の高い評判を聞いただけで、その人の姿も見ずして懸想し、夫人を恋うる歌をあまた作った。募る思いについに十字軍に加わってトリポリに向かうも、船中病を得、トリポリの宿で臨終の床に就いていた。このいきさつを伝え聞いたトリポリ夫人はリュデルの病牀に赴き、感覚が恢復して夫人と認めたリュデルは、その胸に抱かれてみまかったという（『トルバドゥール恋愛詩選』沓掛良彦編訳、二十五頁「古伝」参照）。

更に新倉は、第十二章「愛の秘匿」は恋人の名を絶対に口外しないというトゥルバドゥール愛の戒律と一致し、第十八章「監視者」と第十九章「中傷者」は「さながらトルバドゥール愛の解説書の趣きを呈する」（二九〇頁）と指摘する。

前嶋信次は、「預言者マホメットの言葉の中に『人を恋し、その恋を包みかくしてひとに告げず、純潔を守って死に至るものは殉教者の死をとげるもの』という意味のものがあり、イスラム世界でプラトニック・ラヴを尊重する基本となっている」（『イスラムとヨーロッパ』一七八～九頁）と言っている。恋の秘匿はその内面化によって精神性を高め、ロマンティック・ラブを一層高揚させる重要な働きをする。

西欧におけるロマンティック・ラブの濫觴がアラビアにあることを確認するに当たって、アラビア文学ではイスラム以前から愛が主要な主題のひとつだったこと、また、「アラビア世界には古くから『愛のために死ぬのは甘美で高貴なこと』」（『十二世紀ルネサンス』二五五頁）という伝統があったことにも注意しておく必要がある。イブン・ハズムも「激しく愛し、清く生きて死んだ者は殉教者である」（第二十八章「死別」二五〇頁）というイスラムの有名な格言を引用している。

先に触れたように、中世ルネサンス以前に、十世紀半ばからアンダルシア文化が東漸し、カタルーニャを窓口にしてラングドックやリムーザン、プロヴァンス、イタリア北部へと連なるアラビア文化の薫染を受けた文化圏が形成された。加えて言えば、アンダルシア文化東漸の余波は、プロヴァンスの北に位置するローヌ・アルプ地方の更に北の丘陵地帯に広袤（こうぼう）を開く、ゲルマン人の一派ブルグント族の居住地、ブルゴーニュ地方にまで及んでいる。ディジョンの北方の山間に一一三九年に創建されたフォントネー修道院（Abbaye Fontenay）の廻廊は、ゲルマン人の重くれる無骨な本体にアラビア風の雅致を漂わせている。

このような時代情況の中からトゥルバドゥールも生まれ、そのロマンティック・ラブの観念と精神が

フォントネー修道院、廻廊（筆者撮影）

継承されて十二、十三世紀のフランス北部には宮廷風恋愛詩や騎士道物語詩を歌うトゥルヴェール（trouvère）、ドイツに至ってはミンネジンガーと呼ばれる吟遊詩人達が輩出した。

こうした状況を踏まえると、ペイターはロマンティック・ラブの発生を飽くまでフランスに限定し、その原因をイスラム・スペインにまで辿れなかったか、或いは意図的に辿ることをせず、ただ単にかすかにそれを暗示するにとどまった。十世紀半ば以降、アンダルシア文化の東漸伝播に伴ってロマンティック・ラブの観念が南仏や北イタリアに徐々に醸し出され、それは時宜よろしく十二世紀のギリシア・アラビアの学術翻訳時代と相俟って、それらの地域一帯に甘美というそれまでにない雰囲気を生み出し、十二、三世紀の中世を彩ることになる。因みに、この甘美な要素の本来のありかを敢えてギリシアに求めたペイターは、アラビア由来の甘美な感覚をギリシア藝術に見ようとした。ペイターのギリシア藝術観が多分に中世味がかっているのはそのためである。その意味ではワイルドのギリシア藝術観の方がそのような色づけがなく透明である。

vi　力強さの変容

『アミとアミルの友情』に表現された友情、即ち瓜二つの二人の子供がローマで法王から洗礼を受けた時、それぞれに授与された全く同じ形の木杯の取り持つ不思議な縁を仲立ちにして展開する男同士の自己犠牲的な友愛に、ルネサンス的な力強さをペイターは見る。しかしその力強さは単に西欧中世的なものではなく、何か異質のものが滲透して和らげられた力強さと言った方がいいであろう。

アミとアミルの伝説は、これに類した民話が近東からヨーロッパまで広く分布し、元々が異教的な伝説である。十一世紀頃には武勲詩伝説のひとつになり、十二世紀前半に北イタリアのロンバルディーア州パヴィーア県にあるモルターラ（Mortara）近郊の聖アルバン教会〔サンタルビーノ修道院 Abbazia di Sant'Albino を指すものと思われる〕の縁起物語として、そこの僧侶によってラテン語聖者伝として成立し、そのフランス語訳は十三世紀初頭にできたと言われる（『フランス中世文学集』3、八頁、「アミとアミルの友情」神沢栄三解題参照）。

ペイターは『アミとアミルの友情』の一部分をフランス語から訳して「フランスの古い二つの物語」に引用している（*Renaissance*, pp. 13-5 参照）。ラフカディオ・ハーンはその部分訳を「美しく感動的である」と褒揚して、「中世のロマンス」論（"A Romance of the Middle Ages"）にそのまま引用している（*Life and Literature*, pp. 349-50 参照）。ハーンが名訳としたペイターの部分訳を読んでみると、その文章の肌理には瑞々しい感覚が滲透し、二人の友愛には凛とした張りとともに甘美な情がたゆたうているのが感じられる。

異教の伝説が受難の物語に書き換えられた『アミとアミルの友情』は、その後十七世紀末に誤りの判明から殉教録から除外されたが、武勲詩としてのこの物語にはペイターの言う通り、チュートン人的な、もっと広くはゲルマン的な趣も窺える。アミルに代わってアミが決闘に臨むということもそんな一例である。中世西欧においては、決闘に代理人を立てることが認められていた。決闘の代理が職業とさえなっていた時代である。アミルに対してなされた非難についてアミは無実であったから、アミがアミルの代わりになるのは当時としては正当行為であり、卑劣な手段とは言えない。そんな中世的な趣を持つこの物語にもかかわらず、この物語には心の自由に促され、濃やかな情の滲透を仄かに感じさせる瑞々しい甘美な感情の流露があることに、ペイターは感じ入っている。「真の中世時代」における「あの不思議な力強さ」を持つ典型としてこの物語が提示されている。

ペイターはアミとアミルの物語を、聖者伝説への興味ではなく、古典的主題であるポリュデウケース（Polydeukēs）とカストール（Kastōr）の双生児、即ちディオスクーロイ（Dioskūroi）に始まるドッペルゲンガ（doppelgänger）への関心に結びつけている。片割れ或いは分身というギリシアの伝統的な考え方は、プラトーンが『饗宴』で語っている通りである。要するに、元の人間は球形だったものを驕慢の懲罰としてゼウスによって二つに分割され、割符となった己の片割れを探し求めることになった。分割される前に同性同士で対をなしていた片割れは同性の片割れを求め、男女の両性を具していた場合は異性の片割れを追い求める。この一体化の欲求をエロスと言う。そして男の片割れがもう一方の男の片割れを求めるのが最も男らしく優れていると考えられていた。ペイターはアミとアミルの物語にこのギリシアの伝統的な人間観の反映と同時に、甘美な形に変容した中世の力強さを見ている。

vii　ギリシア的ディオスクーロイの観念とアラビア的情念

イブン・ハズムは「愛とは現世において切り離された魂の諸部分の、魂本来の高貴な要素における結合である」（第一章「愛の本質について」）と、プラトーン的な思想を反響させている。更にはイブン・ハズムは『鳩の頸飾り』に先行する愛の論攷『花の書』を書いたムハンマド・ブン・ダーウード（八六八〜九一〇）に言及しているが、黒田壽郎はその言及箇所と覚しき一節を第一章の訳注において次のように訳出している。「ある哲学者たちの意見によれば、称讃尽きせぬ至高のアッラーは、魂を丸く球形に創られた。そしてそれを半分に分割され、肉体の中に置かれたのである。あらゆる肉体はかつて一つであった魂の他の半分を備えた肉体に出会うと、その古い絆が機縁となって強い愛情を覚える」（十九〜二十頁）。ムハンマド・ブン・ダーウードにもイブン・ハズムにも、『饗宴』に示されたエロスの観念の反映が窺える。イブン・ハズムは『鳩の頸飾り』で直接プラトーンの名を挙げて言及している。

ギリシア学術のアラビア語への翻訳は、七世紀中頃から始まるとも言われるが、八、九世紀に活潑に行なわれた。それは十世紀後半に及んだとも言われる。数学、天文学、自然学などが主流をなし、詩や戯曲、史書には殆ど手をつけなかった。そしてそれらを元に発展した学術がイベリアへどのように伝播したかを見ておかねばなるまい。前嶋信次によると、バクダードを都とする東方イスラム世界に比べて、コルドバを都とする西方イスラム世界は当初、文化的にかなり遅れていた。対立するバクダードとコルドバとの文化的交流は積極的ではなかったとは言え、西方イスラム世界から東方イスラム世界に多くの学徒が留学し、イベリアへイスラム文化の粋を持ち帰った。一番多くの留学生を送り出したのはコルドバで、次いでセヴィーリアである。時代的に見ると、十一、二世紀が一番多く、八、九世紀がそれに次ぐ。

逆に東方イスラム世界から西方イスラム世界へは学術、文学、藝術を教える人々が赴いた。かくしてコルドバの後ウマイヤ朝第八代アミール、アブド＝アッラフマーン三世（Abd al-Rahmān 八八九〜九六一、在位九一二〜九六一）の治世に全盛期を迎えた。東のバグダードに対して西のコルドバが西欧随一の文化都市に発展した。学術、藝術すべてが一流で、図書館も七十箇所を数えたと言う（『イスラムとヨーロッパ』一〇四〜九参照）。

九世紀後半から十世紀初頭に生きたムハンマド・ブン・ダーウードも、十一世紀前半を主に生きたイブン・ハズムもそういう空気を吸って生きていた。ロマンス語とアラビア語のバイリンガルの環境にあったアンダルシアの文化の中で、分身或いはディオスクーロイのギリシア的観念に、先に見たようなアラビア的な甘美な友情や愛情の情念が融合していったと見るのは、あながち不自然ではあるまい。先に述べたように、アンダルシア、カタルーニャ、リムーザン、ラングドック、プロヴァンス、ロンバルディーアは帯状に連なる一つの文化圏を成していた。『アミとアミルの友情』のラテン語原典がそのロンバルディーアにあるモルターラ近郊の聖アルバン教会で成立したというのは、単なる偶然ではなく、寧ろ必然的な流れであったと思われる。

これに関聯して、ダンテの場合を思い合わせても参考になるだろう。「ダンテの『神曲』に、マホメット昇天の伝説の影響が、きわめて濃厚にあらわれていることは、イスパニアの卓越したアラビザン〔アラビア語研究者、アラビスト〕であったアシン＝パラシオスがその名著『神曲中のイスラム終末論』の中で委曲にわたって論じつくしたところである」（同上一三五頁）という。又、『鳩の頸飾り』の第二十章「愛の成就」の冒頭に使われている「新たな生」という表現について、黒田壽郎は同章の訳注で、ソ連の学者ペトロフが同書の手稿本を一九一三年に公刊して以来、ダンテの『新生』をめぐって、ダンテは『鳩の頸飾り』から新生という言葉を引いてきたのではないかという議論がなされてきていることを伝えている。こうした議論が出てくるほどに、アンダルシア文化は北イタリアにまで深く薫染を広げていた。

ペイターは『アミとアミルの友情』を中世ゲルマン的な力強さの表現としつつ、同時にアベラールとエロイーズとの愛に通う人間的な愛情の自由な働きを、その純粋で寛大な友情の中に認めた。ペイターにとっては、死をも賭し或いは自分の子供の犠牲さえも決断した友情は、中世的な力強さに加えて、「感覚や想像力の喜びの追求、美の愛好、肉体の崇拝」という意味での、「あの古代のウェヌスの回帰」(*Renaissance*, p. 24)の機縁に関わる中世独自の甘美な含みや、ディオスクーロイ的な結合、或いは同じ形の木杯を一種のシュンボロンとする片割れ同士の幸福な一致として、捉え得るものなのかもしれないが、しかし畢竟、濃やかで親密な情の自由な動きを見せるところには、それ以上にイブン・ハズムに通じるアラビア的な甘美な情感がこもっている。『アミとアミルの友情』には中世ゲルマン的な要素にアラビア的な情操が溶け込んで、甘美な趣を湛える片割れ同士の魂の一体化の表現を見た方が自然であろう。ここにはゲルマーニアとアラビアとギリシアとが複合的に融合している。

viii　ゲルマン的象徴思考に基づく批評主義

ペイターは「フランスの古い二つの物語」において、ロマンティック・ラブの特質たる風変わりな甘美の情がギリシアとは別系統の由来を持つことを示唆したが、甘美性豊かな『オーカッサンとニコレット』にアラビア起源の痕跡を見ながらその敷居を超えて奥にまで、敢えて踏み込むことは寧ろ避けたように見える。トゥルバドゥール詩がアンダルシアのアラブ歌謡の影響下にあったという説は十六世紀に起こり、十九世紀中頃まではこの説が圧倒的優勢だったと前嶋信次は伝えている(同上一五六、一五八頁参照)。それにも拘わらず、その辺の事情にペイターが通じていたとは、「フランスの古い二つの物語」を読む限り見えてこない。実際にそれに精通していなかったのか、或いは等閑に附したのか、それを断定することは難しい。

しかし、南方のプロヴァンスに生まれたと言うその甘美性の由来を曖昧にしたまま、「完璧な甘美性の源泉」はギリシアにあり、としたのは、いささか牽強附会の感を否めない。クリストファー・リックスが、「ペイターは繰返し〔作者の〕内容を私用に供し、彫琢を凝らした己の文をそこに組み込んで正しくない引用をした」(*The Force of Poetry*, p. 402) と、ペイター藝術の本質の一端を抉剔してみせたように、他者に自分の思うところを当てはめる。他者をあるがままに捉えるのではなく、飽くまで対象は自分にとって何であるかの立場を不動のものとし、自分の形に対象を変形して取り込んでしまうのが、ペイターの批評主義であった。ゲルマン的特質とギリシア的特質との融合を通して、自己のひいては民族の魂の恢復を求めようとしたペイターは、ギリシア本来の特質ではない甘美性をギリシアのものと恐らくは恣意的に見なして、甘美性と力強さとの融合の型にルネサンスを嵌め込んで見ようとしたのではあるまいか。

ギリシア的なものの見方としてマシュー・アーノルドが掲げた、「対象を真にそのもの本来のあるがままの姿で見ること」という批評姿勢を、「自己の印象をそれが真にあるがままに知ること」だと、『ルネサンス』の「序論」で言い換えたところには、ゲルマン的象徴思考に基づくペイターの姿が躍如としている。ペイターは自分の夢の世界に忠実であることをその批評主義の本旨としたのである。「完璧な甘美性の源泉」はギリシアにありとしたのは、ペイターの批評主義が基盤とするゲルマン的象徴思考に由来する本質撓曲（どうきょく）の可能性がある。

甘美性の本源をギリシアに置くとしても、別系統としてアラビア由来の甘美性があることを否定できない事実として、或る程度の認識がペイターにはあったのではないかと思われる。しかし、ゲルマン人の魂をギリシア的合理主義の精神を取り込んで立て直したいペイターにとって、甘美性がアラビア由来ということは不都合な、或いは等閑に附したい要素であったのであろう。アラビア由来の事実を曖昧にするという意味でも、ルネサンスを全体的複合運動と称することはペイターにとって好都合であるのみならず、肯綮に中った言い回しでもあった。ともあれ、『オーカッサンとニコレット』においてアラビア文化の影響を或る程度認めつつ、そこに新たな藝術感覚と時代を超えた唯美的美質を認め、ルネサンスの始まりを中世フランスに踏み込んで捉えたことは、その見方に反撥を買うほどだっただけに、当時としては瞠目すべきことであった。

第七章　管窺素描

第一節　荷風『江戸藝術論』と英国唯美主義者

永井荷風（明治十二年［一八七九］～昭和三十四年［一九五九］）の『江戸藝術論』は、英国唯美主義との関わりで頗る興味をそそられるところがある。日本の開国と明治維新により、日本が瞬く間に西欧文明に席捲されるとともに、軽んぜられた日本美術品もおびただしく海外に流出した。歴史と伝統の軽視の気風が日本人の特性の一面としてあることは、現代日本を顧みてもそれは歴然たる事実であり、真の歴史の保持と尊重を願う者は、荷風同様、切歯扼腕し、時として諦めの境地をかこちながらも、別の形でそれを実現する術を探るほかない。

時代を違えて生まれてきた者には、常に癒し難い疎外感がつきまとう。漢文脈の齎らす引締めを受けながら、深く流れる音楽的情調と滑らかな感触の際立つその流麗な荷風の文体に、ほのかな「仏教的哀愁」（『荷風全集』第十巻、『江戸藝術論』二五六頁、漢字は旧字体に戻した、以下同様）としての無常の思いが低く響きわたっているのは、それ故のことか。時に庶民藝術が政治的圧迫を受けながらも異物に犯されぬ純粋な藝術世界を構築した失われた時代への郷愁がその音楽を生み出している。時代に違和感を覚える者は、失われた時代を新たに生み返すことで古びぬ現代性を獲得する。そのような藝術家には一つの傾向があるようだ。浮世絵は「宗教の如き精神的慰藉を感ぜしむるなり」（同上一四六頁）と言う荷風の言葉には、一種の藝術の宗教化の傾きが窺われる。

同様のことはもっと鮮烈な形で英国唯美主義者達の間にも起こった。その鼻祖たるダンテ・G・ロセッティは、ラフカディオ・ハーンも指摘するように、十三世紀人が十九世紀に生まれ変わってきたような藝術家であった（*Pre-Raphaelite and Other Poets*, p. 1参照）。しかしロセッティはそうあることで極めて革新的な現代性を己のものとした。その詩文は科学の発展とその影響によって生じた単なる事実の僕たる写実主義に陥るのを避け、ひとつの観念に貫かれた想像的な写実を生み、理智に抑制された輪廓を持つ形象を喚起する。それでいながら、その輪廓線は写実的な生硬さはなく、限定されぬたおやかさを持っている。そしてキリスト教の屋台骨が揺らいだこの時代に、ロセッティは愛を神となし美を宗教と化したのである。荷風の言う宗教的な慰めに比べると、宗教的に厳格な英国のキリスト教社会にあっては、これは劃期的な出来事だった。ロセッティには荷風の疎外者的な郷愁とも似通う、遠いものへの、或いは天上的な愛への憧憬の情調が旋律をなして詩にも絵にも漂う。神の啓示を求める個人の情念が立ち勝り合理的信念は超越されてゆくキリスト教信仰の形を借りて、愛の神格化は愛と美への強い憧憬の念で作品を潤している。

あまつさえ、憧憬の念は絵においては色彩調和の音楽性の形に向かう。浮世絵を以てロセッティの注意を日本美術へと導いたのは、米人画家ホイッスラーである。一八六三年中頃からはロセッティの家テューダー・ハウス（Tudor House）は日本熱の中心となった。荷風はとりわけ鈴木春信（享保十年［一七二五］～明和七年［一七七〇］）の浮世絵を鍾愛し、その音楽性の美質を言挙げしたが、ロセッティが色の取合せの生む色彩調和の音楽性を学んだのは、浮世絵からだった。その代表的作例が『花嫁』（*The Beloved* 一八六五～六六年）である。しかしその色彩調和の音楽性は絵画作品に徴して見る限り、なおも意識の表層に留まる。

それに対して荷風が春信の「布局設色」に見出だす音楽性は、意識の深層へ誘う力を持つ音楽性ではあるまいか。単なる色の取合せは華であり、最終的にそれを超えるものではなかろう。芭蕉も取合せの重要性を説きながらも、そこから絞り出されてくるような奥深いものを求めた。荷風も春信の事物の配置と色彩調和に、「看者の空想を動(かんしゃ)(くうそう)(うご)か」（同上一五七頁）し、この世の理や事物の本質の認識にその思いを至らしめる音楽性を認めたのである。春信は対象表現を模様のように単純化し抽象化することによって、写実から遠ざかった。浮世絵は風俗画でありながら、春信の場合は抽象化、典型への変容により、風俗性を超えた何物かが生まれ、荷風の言うように、宗教的な慰めさえ持つに至る。見る者の意識をその深層へと引き込み、存在自体の観照へと導くような色彩の音楽は、ほどよい対象表現の典型化と抽象化の下に生まれることを荷風は示唆する。

春信による容貌の画一化、男女の区別の見え分かぬ曖昧さは、寧ろ絵師の直観と認識の深さに関わることであろう。ロセッティの系譜に繋がるペイターは、ギリシア彫刻の美は無性の美であり、性の痕跡が極めて乏しいと言った。それらは写実を超えた写実、対象の実体のみを引き出した主観的写実性なのである。そこに典型というものが生まれる。これに類したものを荷風は春信に見ているのではないか。ギリシア藝術が神の美への限りない接近であったように、春信の浮世絵は風俗画でありながら、永遠をほのめかす何かがあることを荷風は明察する。副次的なものや個性を取り去って写実を離れた春信の藝術の幽婉さは気品のある単純さであり、荷風がいみじくも指摘するように、「稚気と未完成」と見えるものは、実は「春信独特の技倆」（同上一六一頁）なのであり、ひとつの藝術意志である。荷風自身小説において必要に応じて細緻な迫真的表現をしても、たゆたう名残惜しさの音楽的情調がその描写を幾分遠目にし、生硬さを和らげる。

英国唯美主義者も、細叙しながら写実からは遠ざかった。ペイターは細緻な描写をしながらも、その官能性は常に理智と隣合せで、描写は抽象性を帯び、三島由紀夫が言うように、「物象の明瞭な輪郭は、最後まであきらかにされずに終る」（「貴顕」、『三島由紀夫全集』第十巻五一四頁）。更にペイターも典型という永遠の形を描こうとしたことにも注意していいだろう。ただしその典型は『ルネサンス』において、モナ・リザをその頭（かしら）にはこの世の末端がすべて集まり、この世のありとあらゆる思想と経験がそこに象られているとか、或いはミケランジェロをダンテやジオットーが体現していたフィレンツェ情緒の伝統の最後にして最高の代表者だと見るが如き類のものである。荷風が春信に見るものは、微妙に見る者の空想を誘う男女相愛、即ち生そのものの典型であった。このような典型への収斂と昇華は単なる写実を超えて、見る者や読者の「空想（くうさう）を音樂（おんがく）の中（うち）に投（とう）」（『江戸藝術論』一五八頁）ずるのに必要な手立てであったに違いない。

因みにペイターも時代に疎外感を持ち中世的な世界に憧れを抱いた藝術家で、その作品には疲れを帯びた郷愁が緩慢な流れとなって漂っている。『モナ・リザ』を論じて、「そのまぶたは少し疲れている」（*Renaissance*, pp. 124-5）と言った。そして荷風も、春信の描く人物の纏う衣服に「つかれたる線（せん）」（『江戸藝術論』一六二頁）を認める。それは疎外感を持つ者にありがちな疲労感の投影であろう。郷愁や哀愁は一種の疲れであり、特殊な物の布置配色に鋭く反応する弦琴である。

ロセッティには早くから詩と絵との一体化の考えがあり、例えばジョルジョーネ（Giorgione 一四七八頃～一五一〇）の『田園の合奏』（*Fête Champêtre*）から受けた感動を元に書いた『ヴェネツィア牧歌に寄せて』（*For a Venetian Pastoral, by Giorgione* 一八四九年）がある。浮世絵を知ることで色彩調和の音楽性に保障された描かれた詩といふ絵画観を深めていったことは、『プロセルピナ』（*Proserpine* 一八七三年。ロセッティは絵を修正してW・A・ターナーに売り渡す際には一八七七年と書き換えている）の画面に浮世絵の画讃をまねたと覚しきソネットが添えられたことからも知れる。一方それに先立つ一八六五年に、ホイッスラーの『白のシンフォニー第二番　白衣の少女』（*Symphony in White No. 2: The Little White Girl* 一八六四年）に触発されて書き上げたスウィンバーンの詩『鏡の前で』（*Before the Mirror*）は、これもまた画讃の類の如くこの絵の額に貼り付けられて展示された。ペイターもロセッティやスウィンバーンの先蹤に倣い、殊に『モナ・リザ』描写は優れた散文詩となった。詩と絵との一体化は浮世絵との出合いから一層音楽性を強めた。

荷風も浮世絵に浸りながら詩を綴った。「愛惜（あいじやく）の詩情（しじやう）を吐露（とろ）せんとする叙情詩（じよじやうし）の代用（だいよう）として」、『江戸藝術論』に含まれる「浮世繪と江戸演劇」の一文「を草した」（同上二三三頁）と言うが、『江戸藝術論』

それ自体がさかりゆく江戸藝術精神を生み返した散文詩である。

第二節　近代のナルキッソス

i　個と全体との接点を探る

世紀末藝術は綜合を目指した藝術であり、魂の全一性を求めた藝術運動であった。その魁としてのペイターが寄与したものは、世紀末を越えて二十世紀全体に及び、日本では殊に詩人西脇順三郎の詩藝術の本質の形成に与ったことは見逃し難い点である。ペイターは「透明性」論で理想的性格を描いて見せたように、それは色彩の広がりで衆目を集めるのではなく、「我々の道徳的本質を成す要素が磨きたてられて発火点に達する光のあの鋭い刃」であり、「世界生命の本流に乗るというよりも、寧ろそれを横切る」（*Miscellaneous Studies*, p. 248）藝術家としての存在形態であった。このような藝術家は排他性が強く、広範に受け容れられる一般性とは縁遠いが、限られた人達に対しては、見てそれとわかるような露わな形というより、寧ろ憑依にも似た深甚な影響を及ぼすのである。

近代科学は善美を等閑に附して技術知として形成され、哲学も宗教を離れて学問知として自立していった近代産業社会においては、実用性と外面性が重視されたのは言うまでもないが、そうした時代と社会に対して、中世に現れた異教神、「ドニ・ローセルワ」の主人公ドニの如く、ペイターは近代のナルキッソスとなった。あの直線主義的な〈進歩〉が信じられた時代に、ペイターはひとり、人の流れをよけて路傍に佇みながら、、身辺の何気ないものに己の姿を写しては、人の来し方に思いを馳せた。オスカー・ワイルドの『ドリアン・グレイの肖像』の主人公ドリアンにとって、バジルの描いた肖像画が、ドリアンの悪徳に応じて醜く変化する醜悪を映す鏡だったように、鏡はそれを覗く者に、普段は世間向けのペルソナによって隠された素顔を忠実に映してくれる。しかしペイターの場合は、それは己の姿に恋い焦がれる自己陶酔ではなく、冷厳な観察眼による己の像の観察であった。それは少なくともペイターにとってはヨーロッパの近代人の義務であった。

ペイターは『ルネサンス』の序文で言う、「この歌或いはこの絵は、人生で出会ったり、本の中に出て来たこの魅力的な人物は、〈自分〉にとって何であるのか。それは私に実際どんな効果を及ぼすのか。それは私に喜びを与えるのか、もしそうであれば、どんな種類の或いはどの程度の喜びなのか。それがあることにより、又その影響下にあって、私の性質がどれほどの変化をこうむるのか」と。〈自分〉にとって、その対象は何であるのか、この問いがペイターの批評の根本的な姿勢であった。対象との関係を通して己の内奥に精妙に探りを入れたのがペイターだった。その関係を通して対象の中に自己を観察し、更には自己の魂の領域、或いは無意識の領域にさえ踏み込もうとした。対象の自己に対する関係を測ることによって自己認識に達した時、そこに開ける世界は個の境をくぐり抜け、民族の、ひいては人類の魂の領域に踏み込むものであった。禁欲乃至自己抑制の徹底を通して、個における偶然的なものが排除され、実質のみがその抽象的な光沢を見せる領域である。

但し、ペイター流の自己滅却の下における自己と対象との関係を測る内面的対話は、東洋的観点からすれば、それが飽くまでも自己が基軸となっているが故に、その自己抑制は不完全であることを免れない。ペイターの批評姿勢がゲルマン人の自己普遍化と無縁ではないことは、先にも挙げたように、引用を自己に都合のよいように変更を加えたり、対象を自分の都合に合わせることからも諒解されるであろう。

それに対して、日本文化の基盤をなす禅思想においては、自己を基軸にするのではなく、自己を空しうして鏡となし、或いは自然そのものを己を映す鏡となしている。道元はこう言っている、「人を鏡とするというのは、鏡を鏡とすることであり、自己を鏡とすることであり、天地のうごきを鏡とするのであり、人の道のありようを鏡とするのである」（『正法眼蔵』、「古鏡」、原文「人を鏡とすといふは、鏡を鏡とするなり、己を鏡とするなり。五行を鏡とするなり、五常を鏡とするなり」）と。

人間中心主義に立つ近代科学的合理主義は、自然と人間とを分断し、魂の全体性の喪失を招く要因であった。分断されざる全体性の恢復を大きな目的としていたペイターにとって、個と全体との接点を見出すことは、常に大きな関心事であった。個をくぐり抜けて人類の魂に立ち至った時、ペイターの自己は他であり、他は自己であり、内は外であり、外は内であることを知ったはずである。そのような領域に生まれた意想こそ、ペイターの言う「内的幻影（vision within）」（"Style," *Appreciations*, pp. 23 &29）の謂であり、客体化された主体を反映する心象であろう。

ii　感覚的受容体

「個性というあの厚い壁があるために、本当の聲は私達のもとに伝わることもなければ、私達から外にあると覚しきものに伝わってゆくこともない」（"Conclusion," *Renaissance*, p. 235）。ペイターが己を凝視したのは、その厚い壁の内側に籠もり、己の夢の世界を紡ぐ孤独な囚人になるためではなく、人間が宇宙の連続的な有機的組織から分断されている状況においては、先づは古来の教えに倣って己を知り、己を通じて全体に帰一する他なかったからである。そして、この橋渡しをしてくれるものが感覚であった。「すべてを、感覚にしたがってみるべきである」と言うエピクーロスに倣い、「感覚に関しては感覚は絶対我々を欺くことはないし、感覚に関してだけは、我々は決して自分を欺くことができない」(*Marius*, I, p. 139) というのが、ペイターの絶対的信念だったのである。例えば、「薔薇の花びらの色あるいは曲線 (the colour or curve of a roseleaf)」("Coleridge," *Appreciations*, p. 68)、或いは又、「花と石の上へのその影 (the flower and its shadow on the stone)」("Wordswroth" 同上 p. 44) の簡潔を極めた心象は、生命のもつ本質的悲哀を直観的に捉えている。個人の感覚を一挙に飛び越えて人類の魂の域に達し、馥郁たる連続する宇宙の有機的生命の香気を漂わせているのである。

個が感覚的受容体として禁欲的に自己を自然に委ね、自己滅却の境地に至ることにより、個人は客体化される。ここに主客の反転が起こり、先述したように、自己は他であり、他は自己であり、内であると同時に外であるような境地に至る。ここに逆説や仮面の藝術手法が用意されることになる。「あまりに長い慣用のために、すでに肉の一部、彼の肉体の急所になっていた」(「仮面の文学」、工藤好美『ことばと文学』一二七頁) ワイルドの仮面と逆説、「対象を求める心情」であると同時に、「同類のみが知る慰藉」である肉慾でワイルドと結び付き (三島由紀夫「オスカア・ワイルド」、『三島由紀夫文学論集』四六四頁参照)、『假面』を身につけることによって一個の『他者』を自分のなかにつくり出した」(村松剛『三島由紀夫の世界』一四九頁) 三島由紀夫の仮面と逆説も、深くにペイターの思想と繋がるものがある。

ペイターにとって、現象と自己との関係を測ることがその対象を知り、自己自身の秘密を引き出すことに繋がった。それが己を環境が映す鏡となる所以である。「理智は様々に分かれたあらゆる文化形態の法則、働き、知的な見返りを見抜かねばならない。しかしそれは、理智が自己と文化形態との関係を測ることだけが目的である。理智はそうした様々な文化形態と組み討ちをした末に、それぞれからその秘密を獲得し、その後、最高の藝術的人生観に立って、それらを各々の場所に戻すのである。そういう性質をもつ人々には情熱的な冷たさと言ってよいものがあり、以前の自己から離れ去ることを喜びとする」（"Winckelmann," *Renaissance*, p. 229）と、ペイターは「ヴィンケルマン」論の中で言っている。目を向けた対象を自己観察の鏡にしているのである。自己離脱を図って外界と一体化し、自己は自己でありながら客体化され自然に帰一している。自己は自己であって自己でなくなる、ペイター好みのことばを使えば、タブラ・ラーサというインディファレントな心の白紙状態である。

対象を通して自己を客体化したところに姿を現した「内的幻影」を描いたペイターは、『享楽主義者マリウス』の主人公マリウスであると同時に、マリウスではなく、また一方、マリウスが深く関わり合ったフラウィアヌス、マルクス・アウレリウス、コルネリウス、あまつさえ女である母やケキリアも、マリウスの魂の軌跡を映すものであり、それぞれ独立した人物でありながら、同時にマリウス自身、即ち分身でもあった。ペイターの自己は、それらすべての人物を貫く共通の普遍的生命となっているのだ。こうした考え方が、万象を有機的に繋ぐ「世界霊というあの古い夢」（"Wordsworth," *Appreciations*, p. 56）と相似形を成していることは、言を俟たない。

ⅲ　気質と己を映す鏡

ペイターにおける自己と他者との有機的な繋がりについては、もう少し仔細に見ておかねばなるまい。自己と他者との相互滲透的な繋がりは、ペイター特有の有機体論を示すものである。その前提に先づ、自己の生命であろうと外界の事物であろうと、同じ天然の元素が集合離散して生滅を繰返しているにすぎないという、エピクーロス的原子論に基づく唯物論がある。その唯物論に即して、人間も自然の一部ではあるのだが、心が物と繋がり得る媒体を求めることで、自然に対して生命的な温かみをもつ関係を結ぼうとしてペイターが導き入れたのが、人それぞれに具わる気質であった。ギリシア人は神話に見るように、自然を擬人化するという人間主義を通して人と自然とが緊密に繋がり合っていた。夜空の星座に神々や英雄や動物を象って神話の世界を物語ることで、無限の宇宙空間も心の安まる限られた人間的世界になった。一方、ペイターはそれとは異なる方法を取った。ゲルマン人特有の気質を持つペイターは自づと他者と気質により繋がる方向に向かった。それ故にその有機体論の特殊性はこの気質の導入にある。

外界の事物との関わりにおいて、自己を魅了するものだけを厳選し、その魅力の本質を探ることで、対象との間に気質的な繋がりを見出し、他者は自己であり、自己は他者であるような全一的な存在形態を得ようとしたのである。そこにペイター藝術特有の親密性と官能性が生じる所以がある。

対象をゲルマン的な象徴として形骸化することなく、対象の本質を見極めることによってそれを自己認識の鏡にしたということは、感覚を外界に全面的に開放し自己を完全な受容体にした上で、濾過されて自己の気質に順応するものがもたらす直観的認識にペイター藝術が支えられていることを示している。

こうして自然を自己との親密な関係に置くことにより、ペイターは自然を単なる材料として、或いは手段として扱うことに潜む危険性を回避しているのである。そういう危険を冒したのは、他ならぬ技術知として形成された近代科学であった。その還元主義が人間を含む自然の全体性を破ったのである。

因みにペイターのこの自然主義は日本の場合とはやや趣を異にする。日本の自然観は気質を関わらせることはない。人間を枯れては生うる植物に見立て、自我を無に帰したところに、自然と人間との一体化を見出しているのが日本の自然観である。エピクーロス思想に立つペイターは日本の自然観に接近はしたが、西洋的な人間意識は残しており、殊にこの場合は気質が絡んでいる。この点の両者の違いを区別しておく必要がある。

自分を惹きつけるものが自分にとって何であるのかと、個人の気質を介して外的対象を仔細に観察してそれを己を映す鏡とすることは、対象を通して内面深化を図ることで自己恢復を試みる行為ではあったが、「ヨオロッパが見失われ」「ヨオロッパ人が排他的に自分がヨオロッパ人であるのを意識したことはなかった」（吉田健一『ヨオロッパの世紀末』一四九、八十四頁）時代であったと言われる十九世紀において、それは時代に背いた椿事であった。とまれ、自己と外的世界との間のこの破れざる有機的循環性がペイターの言挙げする親密性の謂である。

iv　美のありか

ところが近代科学は、その機械論や還元論が、キリスト教思想の岩根となっている自然を人間が支配すべき物と見る唯物論とも相俟って、自然を単なる物質的材料として扱った。キリスト教の科学への関わりについては一例に、次のような事例が挙げられる。エピクーロスの原子論を十七世紀に掘り起こしたフランスのピェール・ガッサンディは、エピクーロスの原子論をキリスト教と調和させようと試み、自然界の調和は神の存在によるものとし、原子も神が創造したものとした。ペイターがわざわざ人間は自然の一部だと言わねばならなかったのは（"Wordsworth," *Appreciations*, p.50 参照）、近代科学はなおキリスト教による縛りがあったからである。一八五九年に出版されたダーウィンの『種の起原』に対する激しい反撥が宗教界を初めとして起こったことも周知の事実である。ワーヅワスと同じく、「自然物には生命があるという意識」（"Wordsworth" 同上 p. 46）をもつペイターには、自然の有機的全体性を顧みない、機械論的で還元主義的な自然観が流布する社会に対する危機感と不安があった。

古来、どの民族も天地開闢という渾沌を宇宙的秩序に変える創造神話を持っていたのは、無辺際の宇宙空間に寄る辺のないままに置かれていることの、人間が等しく持つ不安と死の恐れが、その動機である。人は無限と形なき物を恐れる。わけのわからない物、即ち渾沌が齎す不安と恐れは、目で以て理解できる形に整え、加えて個々命名することによって和らげられる。どの民族もそれなりの儀礼文化を持っているのは、渾沌を宇宙的秩序に変えた神の業に儀礼を通して倣うことで、物や土地の供用が神の許しを得た證しとなり、人は動物として持つ本能的な不安と恐れを鎮めることができたからである。ギリシア人が美を競って求めたのは、それが神の持つ理想形態に近づくことであったからであるように、様式は美であり、渾沌は醜である。儀式の美しさ、或いは形式美即ち神の美の模倣は、裏を返せば、死の恐れである。

ペイターは「審美詩」（"Aesthetic Poetry"）の掉尾を、「死の意識と美の欲求、死の意識によって強められる美の欲求」(*Sketches and Reviews*, p. 19)という言葉で締めくくっている。一方、短篇「家の中の子」("The Child in the House")では教会の祭壇の美しさを語り、『マリウス』でも異教、キリスト教を問わず、厳かな宗教儀式や祭礼を好んで描写している。これを単なる感覚的な美しさへの陶酔と評するのは、正鵠を得ているとは言えない。ペイターの美と儀礼に対する欲求は、死の恐れや神的存在に対する畏敬の裏返しに他ならなかった。人間は宇宙の根本原理たる神的存在に倣うこと、即ち宇宙化により、宇宙との繋がりを得て、それに対する恐れと不安を解消しようとする。その宇宙化こそが儀礼であり様式である。審美主義は、本質的にはそうした宇宙化という人間の最も素朴な行為に基づいているものであろう。ペイターにとって、美とは自然と人間とを繋ぐ霊界の界(さかい)に生まれるものであり、「畢竟、美しく形が整えられた真理、即ち所謂表現であり、言葉が洗煉された形であの意想にぴたりと一致調和することである」("Style," *Appreciations*, p. 10)。外界は気質を反映する意想、即ちペイターの言う内的幻影と一致した言葉で捉えられることで初めて、美的形象として立ち現れる。自然を単なる物質的材料として人間から分断した時、美即ち善は失われ、恢復しようがない。

v　自然主義と神話的世界

自然の全体性の分断に関わったのは、キリスト教思想と機械論的な近代科学的理智であった。この科学の時代にペイターが拠り所としようとしたのは、この種の理智ではなく、寧ろ自然に服従することを旨とし、目的論的世界観も含むエピクーロスの科学的理智であった。丁度マシュー・アーノルドがヘブライズムとヘレニズムとの兼合に苦慮したように、ペイターは自然主義的な科学的理智と、それとは相容れないキリスト教信仰との狭間で呻吟したのである。エピクーロス哲学のように、感覚で認識できる範囲を越えて臆見の領域に立ち入ることを控える懐疑論の立場は、キリスト教信仰との間に軋轢を生む。ペイターより早くに、ダンテ・G・ロセッティとその弟ウィリアム・M・ロセッティも感覚と理智によって認識できる宇宙を窮極原因としてそれに即いて離れず、それ以上のことは不可知論的立場を守り、判断中止の立場を貫いた（ダンテ・G・ロセッティ『いのちの家』収載、伊藤勳「美の宗教とその背景」参照）。

ペイターはこの機械論的科学的理智優位の時代に、魂に関わる神話的世界を取り戻すべく、「想像的理性」（Arnold, *On the Study of Celtic Literature and Other Essays*, p. 114）という言葉をアーノルドから借用して、それを自身の藝術様式を構成する本質的要素のひとつとした。この想像的理性を掲げた上で、知的好奇心を満たす観察という自然科学的姿勢を重視した。近代科学的理智から距離を置き、自然全体を関係性において観察しその本質を捉えようとするところに、初めてペイターの求める想像的理性は機能する。気質を介して自然の関係性と繋がることで、宇宙と自己の魂との一致という神話的世界が展開することが可能になってくるのである。この神話的世界の恢復はまさに、エピクーロスが言うように「自然に服従すべきである」という自然主義に立つ科学者的態度、現象への飽くなき好奇心を通してなし得ることであった。

この自然全体の関係性の観察に関聯してペイターは、藝術上の構想に関して最初から最後まで見通す理智の明晰を重んじている。作品の各部位が一なる自己の意想に即し、部位相互の関わりの中で全体が生かされ、同時に全体はその意想に収斂しているという、ゲルマン的象徴思考を絡めたギリシア的な有機的構築性を確保することを文藝の条件とした。これをペイターは文体の意（こころ）と呼んだ。魂の本質である有機性と理智の構築性とを一致させようとしたその腐心が窺われる。

ペイターの言う構築的理智は想像力のひとつの形であり（"Style," *Appreciations*, p. 25参照）、自己でありながらも自己を超脱した意匠を生む。その意匠こそ客体化された自己である。「透明性」の中で、理想的性格は事物の既成秩序の中で活力になるものだけを知らぬ間に通す透明な受容体であると同時に、和らげられ調和のとれた革命主義を具えていると言ったように（*Miscellaneous Studies*, pp. 251 & 252参照）、文体には意匠の静的側面とともに力動的側面がある。この後者を文体の魂と呼んだ。文体の魂とは、作品の色香となるものである。それは形態と内容とが、相互の「電撃的な親近性」を以て一致契合した時に発現する効果のことだとペイターは言う（"Style," *Appreciations*, p. 26参照）。作者の霊妙な気息によって形態と内容とが貫かれて果たされる相互滲透的な生命循環を成すものがこれであり、作者の自己を自己たらしめる主観的要素である。しかし一方それは客観性を保障するものでもある。ギリシア学者としてペイターには、「〈自分で自分を動かすもの〉というのが、すなわち魂にほかならないとすれば、魂は必然的に、不生不死のものということになる」（『パイドロス』246A、藤沢令夫訳）というプラトーンの魂の定義は念頭にあったことであろう。こうした観点からすると、文体の魂とは、藝術として表現された世界の永遠性に与るものであると同時に、藝術作品の力動的生命そのものを意味するものでもある。

vi　人類の魂と繫がる時

藝術の世界のみならず、自己と自然との関係についてもまた、ペイターは同様に考えている。自分を魅了する対象の中にその原因を探り当てた時、自己と対象との関係を客観的に認識するのみならず、自己の閾下意識の領域に潜む、太古から連綿と受け継がれてきた人類の根源的な何物かに自己が繋がっているのを見出すのである。魅力を通して繋がれた自己と対象とは、更に大きく、人類の魂と生命的な永遠循環を形作っているのを知る。それが、「かつて人間の心の興味をそそったことのあるものは、その活力を全く失ってしまうようなことはない」（*Renaissance*, p. 35）という言葉となって発せられている。

魅力とは類似性から来る牽引力のことであり、個人が或るものに惹かれるということは、自己の中に太古の時代から連綿と引き継がれてきた人類の魂の一面がそれと呼応し合っていることでもある。ペイターは、人間と自然とを共通する世界生命の糸で結びつけている世界霊という「古い夢」に取り憑かれながらも、魂をめぐってこれを新しい夢になし得たのは、目を明晰な理智で研ぎ澄まし、自己と自然との関係の綿密な観察をしたからである。「レオナルド・ダ・ヴィンチ」論（"Leonardo da Vinci"）の中で、レオナルドの藝術の本質的要素を好奇心と美の欲求とに分析したが、言うまでもなく、好奇心は観察的態度であり、美の欲求は死の恐れと無限に対する不安を和らげるために、形なき物を神に倣う秩序ある形に形象化することで、己の魂の寄る辺にしようとする欲求である。ペイターはこの相反する両者をうまく融合すると、「玄妙にして奇を含んだ雅致の様式」（*Renaissance*, p. 109）を生み出すと言っている。

ペイターは好奇心という言葉を用いて、自然科学的な観察態度の重要性を示しつつ、近代科学が等閑視する宇宙の有機的全体性を恢復するには、気質を介した事物との親密な霊的な交わりがいかに大切かを主張しているのである。神々しい幻影を己の魂の拠り所とした魂の詩人ブレイクのように、ペイターは人類の魂を反影する内的幻影を披瀝し、地霊と親しく交わりをもったワーヅワスのように、自己と環境との間に、霊的な絆を結ぶことの重要性を意識していた。

vii　アポローンとアポリュオン

人間が単なる理智に走った時の危険性は、「ピカルディのアポローン」にも示唆されている。理智と光明の神であるアポローンは、ギリシアでも怒ると恐ろしい神と考えられていたが、ここではアポリュオンとも呼ばれ、「底知れぬ所の御使い」（「ヨハネの黙示録」9:11）の名と重ね合わされ、悪魔と見なされている。中世に現れたこの異教神は、確かに恵みと暴威の自然の二面性を表すものでもあるが、一方、理智の恵みとともに、アポリュオンが見せる残忍性に理智に潜む危険性も暗示していると解釈し得る。ペイターは人間について、常にアポローンとディオニューソスとのふたつの型に分けた。勿論その両者の融合体が理想形態と見ている。ディオニューソスの表す有機的生命体、始原の時から流れ続けてきている、樹液の如き生命という流体の淵に潜り、刮目してつぶさに観察することを通して、生命を有機的全体性において見る生命観を恢復することは、少なくともペイターにとっては、焦眉の急を要することであったと思われる。理性や理智の働きの価値の重要性に意を注ぎながらも、「ピカルディのアポローン」を通して、かつての自然学にはあった宇宙における形相因と目的因を投げ捨てた近代科学的合理主義の裏面をアポリュオンに投影しないではいられなかったのである。

ペイターは「文体」論で、「作家の目的が、その意識如何に拘わらず、この世のこと、単なる事実の記述ではなく、その事実感の記述になるに従って、作家は藝術家となり、その作品は藝術となる」（"Style," *Appreciations*, pp. 9-10）、と言った。近代科学における機械論は対立と反撥を特徴としており、有機体論における融和と連続性とは対蹠的である。自己と事物とを截然と切り離し、事実を単なる事実としてしか扱わない時、先に述べたように、美は顕現せず、人間を含め生命を単なる物質としてしか扱わない残忍性と環境破壊の危険性が生じることを、ペイターは示唆している。物質と人間とを対立ではなく、その両者に対する冷徹な認識を支えとして、共通の糸で結ぶ融和と連続性の関係に置いた時に初めて、現世が宇宙に対する人間の本源的な恐れと不安の土壌でありながらも、理智に貫かれた藝術の善美が泥濘から蓮の如くに花開く。これが、事実感の記述が藝術であるというペイターの主張の謂である。

viii　構築性

「目に見える美しいものを殆ど何ひとつ暗示することのない全く装飾を排除した構成」（"Style" 前掲書 p. 19）において、文体そのものの本質を成す唯一の美が極上の光沢を放って現れ得る、とペイターは見る。これは有機体論に即したギリシア藝術の根本を成す構築性の美の蹤迹に倣うものである。人間と自然との有機的な関わり方或いはその有様それ自体の認識が、ギリシアにおいて構築性という方式の美意識を育んだ。自然を見ると言っても、その見え方は個々人によって異なる。それ故に自然を見ることは自分自身を見ることに他ならない。構築性とは人間と自然との関係性の表現であり、人間がその一部として自然に融合一体化し、同時に自己が自己たる主体性、即ち己の魂を確保したその全体性の表現形態なのである。そしてこの関係性の表出は余剰の徹底的な排除があって初めて、その形の澄んだ輪廓と光沢が現出する。ただし、ペイター藝術においては明らかな輪廓線は結ぶことなく、途切れて霧消するように仕組まれていることは既に述べた。

この文体観はそのままペイター自身の自然観である。エピクーロスの先蹤に倣い、自己を感覚受容体にして外界を通して自己を客体として見つめて自己を知り、そうして自己の拠って立つところを明らめ、構築性という方式を以て自己と自然との有機的全体性の確保への道筋をつけることで、新しい文学形態の魁になったことは、ペイターの重要な功績である。

第三節　失われた言葉――サロメ

ワイルドの作品で『サロメ』ほどこの世の虚無性の認識の深さを見せてくれるものはない。宝石や目もあやな様々な品々の列挙は、却って背後に潜む暗黒の空虚を折節に暗示し、劇空間に不安な影を忍びこませてくる。そうした列挙と表現の繰返しは、一種の幻覚作用を生み、無い物もまなかいに現前するかの如き効果を齎す。不安に駆られたヘロデの饒舌は現実のこの虚構性を一層高めてゆく。

ジャーナリズム嫌いのワイルドにとって事実崇拝は現代の悪徳であった。現実の虚構性と事実なるもののいかがわしさ、視覚の欺瞞性を『サロメ』は読む者の心にひしひしと訴えかけてくる。「あらゆることは頭の中で生起する」（*De Profundis*, p. 104）と言うワイルドにとって、存在はすべて意識の世界の出来事にすぎない。世界は言葉によって分節化され秩序づけられた言葉の構築物である。言葉という実体のないものによって築かれた虚構でしかない。「周知の如く私達は目で見、耳で聞いているわけではない。それらの器官は実際には、その伝達が十分であろうとなかろうと、感覚の印象を伝える経路」（同上）でしかない。つまり人間が感覚で捉えているものは、幻影にすぎないのである。ワイルドが「人生を単なる虚構の一様式にすぎない」（同上 p. 77）としたのも、言葉によって構築された現実は虚妄であるという深い認識があったからである。

無限の宇宙空間に限りない不安を覚える人間は生の営みを儀礼化し、渾沌（カオス）を宇宙（コズモス）という秩序ある姿に変えてこの不安から逃れた。儀礼即ち事物を形式化して初めて真の現実が生まれる。形式という虚構によってしか現実は生まれないのである。「藝術を最高の現実として扱った」（同上）というワイルドの言葉は、この意味で言っている。古来人間は拠って立つべき形式においてのみ真理を見出した。そしてワイルドは形式化という人間の根源的欲求の重要性をその藝術において示したのである。

「見る」ということは、視覚器官を通して言葉でものを見ているのだということを、ワイルドは私たちに喚起してやまない。サロメの悲劇の主要な原因は、目という単なる伝達経路にすぎないものへの過剰な信頼と依存と没入にあった。ヨカナーンの聲に魅せられその肉体に囚われたサロメは、言葉でものを見るが故に物質の彼岸にある神を見ることのできるヨカナーンをまじまじと見据えながら、その目には何も見えていなかった。物質に囚われた時、人は盲になるほかない。肉体への、物質への欲望に囚われたサロメは、一切人の話を聞く耳を持たない。水溜の牢獄からヨカナーンを連れ出し来てほしいとせがむサロメは、誰が何と言おうが、その聴覚器官は鎖されている。ヘロデがヨカナーンの首以外なら何でも取らせようと、どれほどサロメの翻意を求めても、その耳は石となり、ただ自分の欲望だけを呪文の如く唱えるばかりである。サロメは自分自身の肉体に埋没して自意識の鏡がなく自分が見えない。サロメは言葉を失っているが故に魔性の女なのである。

サロメにとってヨカナーンは紛れもない眼前の事実であった。しかし人は言葉で生きている。人間に必要なものは事実そのものではなく、事実よって触発される「事実感」なのである。事実それ自体は形をもたない単なる材料にすぎない。その材料に形を附与するのは自分自身の言葉であり、それによって醸し出される事実感はやがて形を整えて明確な表現として生まれ変わる。事実感の抱懐から表現に至るまで、その過程で支配的に機能しているのはすべて言葉である。生首にしてまでも接吻を我がものにしようとするサロメのこの物質的欲望に呪縛された所有への飽くなき欲求は、存在と生成というワイルドが理想とする生のあり方の要諦とは対蹠的態度と言うほかない。物質の虜になったサロメは己の肉体の中に鉛の如く沈みこみ、言葉を喪失して物質という形なき渾沌に身を委ねている。ヨカナーンの肉体を見てはいても、自己と対象とを繋ぐ言葉の糸はなく、両者の間は物理的にどれほど近づいても、断絶した永遠の乖離である。言葉を失った時、物質世界は虚無の暗黒に姿を変える。サロメはそこに墜落し破滅に至るほかなかったのである。

そしてヘロデもサロメを見ながらサロメが見えていなかった。しかしサロメほど物質の虜になることなく、「何を見てもならぬのだ。物も人も見てはならんのだ。見てもよいのは鏡だけだ。鏡は仮面しか見せないからな」(*Salome*, ll. 852-4, *Works*, vol. V, p. 727) と、ついには自分がサロメを実際には見ておらず、その結果却ってサロメの如き小娘に言質を取られるという失態を自ら招いたことに、気付くだけの自意識の目はもっていた。しかしそれはなおも不完全であった。鏡に映る物質的反映は、魂なき、現実を装った虚像としての仮面、即ちヴィクトリア朝的偽善の仮面に通じ合うものに他ならないからである。真に求めるべき仮面は、素顔と、それに触発されて自分の言葉で形作られたその幻影とが密接に有機的に繋がり合ってできた肉化した仮面、謂わば藝術形態としての仮面だったのである。「目の欲望」に囚われた登場人物達の中で、ヨカナーン唯一人、言葉で物を見、暗い牢獄の中にありながら、明察を我がものとしていた。その明察も言葉なき目の欲望に呑まれる他なかった情景に、ワイルドは己の時代とその行く末を見ている。

使用参考文献

はしがき

『言語文学芸術』、河口真一教授還暦記念論文集刊行会、昭和三十七年
『古事記　祝詞』日本古典文學大系1、岩波書店、昭和三十三年
ダーウィン著『種の起原』(下)、八杉竜一訳、岩波文庫、昭和四十六年
道元著『正法眼蔵』(一)、(二)、(三)、増谷文雄全訳注、講談社学術文庫、平成十六年
中村元著『インド思想とギリシア思想との交流』、春秋社、昭和三十四年
『日本の名著』第二十九巻、「藤田東湖」、責任編集・訳橋川文三、中央公論社、昭和四十九年
『仏教辞典』第二版、中村元他編、岩波書店、平成十四年
吉田健一著『ヨオロッパの世紀末』、岩波文庫、平成六年
D・G・ロセッティ著『いのちの家』、伊藤勳訳、書肆山田、平成二十四年

第一章　西脇的アタラクシア——永遠、その思想的背景

Arnold, Matthew. *The Complete Works of Matthew Arnold*. Vol. V, *Culture and Anarchy*. Ed. R. H. Super. Ann Arbor: the University of Michigan Press, 1969.
Myers, Frederic W. H. *Rossetti and the Religion of Beauty*. Portland, Maine: The Moshier Books, 1902.
Pater, Walter. *The Works of Walter Pater*. Oxford: Basil Blackwell & New York: Johnson Reprint, 1967. Reprint of Library Edition of 1910, London: Macmillan.

Swinburne, Algernon Charles. *Notes on Poems and Reviews.* London: John Camden Hotten, Piccadilly, 1866.
Wilde, Oscar. *The Complete Works of Oscar Wilde,* vol. IV. Ed. Ian Small and others. Oxford: Oxford University Press, 2007.
Wordsworth, William and Coleridge, S. T. *Lyrical Ballads.* Ed. R. L. Brett and A. R. Jones. London: Methuen, 1971.

『エピクロス』、出隆・岩崎允胤訳、岩波文庫、平成十四年
『幻影』、西脇順三郎を偲ぶ会会報、第十号、平成四年十二月発行
『幻影』、西脇順三郎を偲ぶ会会報、第十七号、平成十二年六月発行
ジャック・ル・ゴフ著『中世西欧文明』、桐村泰次訳、論創社、平成十九年
ジャン・ブラン著『エピクロス哲学』、有田潤訳、白水社、昭和三十五年
『初期ギリシア哲学者断片集』、山本光雄訳編、岩波書店、昭和三十三年
鈴木大拙著『禅と日本文化』北川桃雄訳、岩波新書、昭和三十九年
中村元著『インド思想とギリシア思想との交流』、春秋社、昭和三十四年
西脇順三郎著『超現實主義詩論』、厚生閣書店、昭和四年
西脇順三郎著『ヨーロッパ文學』、第一書房、昭和八年
西脇順三郎著『旅人かへらず』、東京出版、昭和二十二年
西脇順三郎著『古代文學序說』、好學社、昭和二十三年
西脇順三郎著『梨の女』、宝文館、昭和三十年
西脇順三郎著『斜塔の迷信』、研究社、昭和三十二年
西脇順三郎著『失われた時』、政治公論社、『無限』編集部、昭和三十五年
西脇順三郎著『西脇順三郎詩論集』、思潮社、昭和四十二年
西脇順三郎著『西脇順三郎対談集』、薔薇十字社、昭和四十七年
『定本西脇順三郎全詩集』、筑摩書房、昭和五十六年

『萩原朔太郎全集』第一巻、新潮社、昭和三十四年
『般若心経　金剛般若経』、中村元・紀野一義訳注、岩波文庫、昭和三十五年
『仏教辞典』第二版、中村元他編、岩波書店、平成十四年
宮元啓一著『インド哲学七つの難問』、講談社、平成十四年
『ミリンダ王の問い』1、中村元・早島鏡正訳、平凡社、昭和三十八年

第二章　ペイターとギリシア――西脇順三郎の藝術思想を暗示するもの

Bacon, Francis. *The Advancement of Learning*. London: J. M. Dent & Sons Ltd., 1973.
Coleridge, S. T. *Biographia Literaria*. 1907. London: Oxford University Press, 1969.
Johnson, Samuel. *Lives of the English Poets*, vol. I. Ed. George Birkbeck Hill. New York: Octagon Books, Inc., 1967.
Levey, Michael. *The Case of Walter Pater*. London: Thames and Hudson, 1978.
Pater, Walter. *The Works of Walter Pater*. Oxford: Basil Blackwell & New York: Johnson Reprint, 1967. Reprint of Library Edition of 1910, London: Macmillan.
Ricks, Christopher. *The Force of Poetry*. Oxford: Oxford University Press, 1984.
Wilde, Oscar. *De Profundis*. Ed. Vyvyan Holland. 1949. London: Methuen, 1961.
——. *The Complete Works of Oscar Wilde*, vol. IV. Ed. Josephine M. Guy. Oxford: Oxford University Press, 2007.
伊藤勲著『ペイタリアン西脇順三郎』、小沢書店、平成十一年
伊藤勲著『英国唯美主義と日本』、論創社、平成二十九年
伊東俊太郎著『十二世紀ルネサンス』、岩波書店、平成五年
井上忠著『パルメニデス』、青土社、平成八年

『エピクロス』、出隆・岩崎允胤訳、岩波文庫、平成十四年
ジャック・ル・ゴフ著『中世西欧文明』、桐村泰次訳、論創社、平成十九年
『初期ギリシア哲学者断片集』、山本光雄訳編、岩波書店、昭和三十三年
道元著『正法眼蔵』(一)、増谷文雄訳注、講談社学術文庫、平成十六年
中村元著『インド思想とギリシア思想との交流』、春秋社、昭和三十四年
西脇順三郎著『*Ambarvalia*』、椎の木社、昭和八年
西脇順三郎著『旅人かへらず』、東京出版、昭和二十二年
西脇順三郎著『梨の女』、宝文館、昭和三十年
西脇順三郎著『斜塔の迷信』、研究社、昭和三十二年
西脇順三郎著『あざみの衣』、大修館、昭和三十六年
西脇順三郎著『禮記』、筑摩書房、昭和四十二年
『西脇順三郎対談集』、薔薇十字社、昭和四十七年
西脇順三郎著『ギリシア語と漢語の比較研究ノート』、西脇順三郎先生の米寿を祝う会発行、開明書院発売、昭和五十七年
『ファン・ゴッホの手紙』(中)、硲伊之助訳、岩波文庫、昭和三十六年
前嶋信次著『イスラムとヨーロッパ』、平凡社、平成十二年
『三島由紀夫文学論集』、講談社、昭和四十五年
村田数之亮著『ギリシア美術』、新潮社、昭和四十九年
『憂国忌』、三島由紀夫研究会編集、憂国忌実行委員会、平成十二年
吉田健一著『ヨーロッパの世紀末』、岩波文庫、平成六年

第三章　ペイターと現代日本とを繋ぐもの――西脇順三郎の場合

Arnold, Matthew. *The Complete Works of Matthew Arnold*. Vol. V, *Culture and Anarchy*. Ed. R. H. Super. Ann Arbor: the University of Michigan Press, 1965.

Bacon, Francis. *The Advancement of Learning*. Ed. G. W. Kitchin. London: J. M. Dent & Sons Ltd, 1973.

Coleridge, S. T. *Biographia Lireraria*. Ed. J. Shawcross. Oxford: Oxford Univerity Press, 1969.

Davies, Paul. *The Cosmic Blueprint*. London: Penguin Books, 1995.

Eliot, T. S. *Selected Essays*. London: Faber and Faber Limited, 1969.

Ellmann, Richard, ed. *The Artist as Critic*. New York: Random House, 1968.

――. *Oscar Wilde*. London: Hamish Hamilton, 1987.

Houghton, Walter E. *The Victorian Frame of Mind*. New Haven: Yale University Press, 1966.

Keats, John. *Keats: Poetical Works*. Ed. H. W. Garrod. London: Oxford University Press, 1973.

Levey, Michael. *The Case of Walter Pater*. London: Thames and Hudson, 1978.

"Museum admits 'scandal' of Elgin Marbles." BBC NEWS, 1 December, 1999（http://news.bbc.co.uk/2/hi/uk/543077.stm）.

Pater, Walter. *The Works of Walter Pater*. Oxford: Basil Blackwell & New York: Johnson Reprint Corporation, 1967. Reprint of Library Edition of 1910, London: Macmillan.

――. *Letters of Walter Pater*. Ed. Lawrence Evans. Oxford: Oxford University Press, 1970.

――. *The Renaissance*. Ed. Kenneth Clark. London & Glasgow: The Fontana Library-Collins, 1961.

――. *The Renaissance*. Ed. Donald L. Hill. Berkeley, Los Angeles, London: University of California Press, 1980.

Swinburne, Algernon Charles. *Poems and Ballads*（Second Series）. London: Chatto and Windus, Piccadilly, 1878.

The New Encyclopædia Britanica. Chicago: Encyclopædia Britanica, Inc., 1994.

Wilde, Oscar. *De Profundis*. Ed. Vyvyan Holland. 1949. London: Methuen, 1961.

――. *The Complete Works of Oscar Wilde*, vol. IV. Ed. Josephine M. Guy. Oxford: Oxford University Press, 2007.

『アリストテレス全集』、出隆監修・山本光雄編集、第十二巻「形而上学」、出隆訳、岩波書店、昭和四十三年

伊藤勲著『ペイタリアン西脇順三郎』、小沢書店、平成十一年

伊藤勲著「福田陸太郎先生のこと」、詩誌『未開』第六十九号、未開出版社、平成十八年十月発行

伊藤勲著『英国唯美主義と日本』、論創社、平成二十九年

『ウェルギリウス／ルクレティウス』、泉井久之助訳／岩田義一・藤沢令夫訳、世界古典文学全集第二十一巻、筑摩書房、昭和四十年

『ウパニシャッド』、岩本裕編訳、ちくま学芸文庫、平成二十五年

『エピクロス』、出隆・岩崎允胤訳、岩波文庫、平成十四年

ジャン・ブラン著『エピクロス哲学』、有田潤訳、白水社、昭和三十五年

加藤郁乎著『坐職の読むや』、みすず書房、平成十八年

『幻影』、「西脇順三郎先生を偲ぶ会」会報、第十号、平成四年十二月発行

近藤史人著『藤田嗣治「異邦人」の生涯』、講談社文庫、平成十八年

篠田一士著『現代詩髄脳』、集英社、昭和五十七年

ダーウィン著『種の起原』(下)、八杉竜一訳、岩波文庫、昭和三十八年～四十六年

道元著『正法眼蔵』(一)、(四)、増谷文雄訳注、講談社学術文庫、平成十六年

中村元著『インド思想とギリシア思想との交流』、昭和三十四年、春秋社

西脇順三郎著『*Ambarvalia*』、椎の木社、昭和八年

西脇順三郎著『旅人かへらず』、東京出版、昭和二十二年

西脇順三郎著『斜塔の迷信』、研究社、昭和三十二年

西脇順三郎著『えてるにたす』、昭森社、昭和三十七年

西脇順三郎著『禮記』、筑摩書房、昭和四十二年
西脇順三郎著『詩学』、筑摩書房、昭和四十三年
西脇順三郎著『壌歌』、筑摩書房、昭和四十四年
西脇順三郎著『西脇順三郎対談集』、薔薇十字社、昭和四十七年
『定本西脇順三郎全集』第十二巻、筑摩書房、平成六年
ハインリヒ・ハイネ著『流刑の神々・精霊物語』、小沢俊夫訳、岩波文庫、昭和五十五年
福田陸太郎著「自分と出会う」、平成十二年八月十四日付『朝日新聞』夕刊
『プラトン全集』、田中美知太郎・藤沢令夫編集、第四巻「パルメニデス／ピレボス」、田中美知太郎訳、第十二巻「ティマイオス　クリティアス」、種山恭子／田之頭安彦訳、岩波書店、昭和五十年
『三島由紀夫全集』、石川淳他監修・佐伯彰一他編、新潮社、第十七巻、昭和四十八年。第三十四巻、昭和五十一年
宮元啓一著『インド哲学七つの難問』、講談社、平成十四年
山本光雄訳編『初期ギリシア哲学者断片集』、岩波書店、昭和三十三年
吉田健一著『英国に就て』、ちくま文庫、平成六年
渡辺久義著『意識の再編』、勁草書房、平成四年

第四章　ワイルド「社会主義の下における人間の魂」とニューヘレニズム——西脇順三郎、その評価の所以

Ellmann, Richard. *Oscar Wilde*. London: Hamish Hamilton, 1987.
Levey, Michael. *The Case of Walter Pater*. London: Thames and Hudson, 1978.
Page, Norman. *An Oscar Wilde Chronology*. Boston: G. K. Hall & Co., 1991.
Pater, Walter. *The Works of Walter Pater*. Oxford: Basil Blackwell & New York: Johnson Reprint Corporation, 1967. Reprint of Library Edition of 1910, London: Macmillan.

Wilde, Oscar. *The Complete Works of Oscar Wilde*, vol. IV. Ed. Josephine M. Guy. Oxford: Oxford University Press, 2007.

——. *De Profundis*. Ed. Vyvyan Holland. 1949. London: Methuen & Co. Ltd., 1961.

——. *Selected Essays and Poems*. Introduction by Hesketh Pearson. Harmondsworth: Penguin Books, 1954.

——. *The Soul of Man, De Profundis, The Ballad of Reading Gaol*. Ed. Isobel Murray. Oxford: Oxford University Press, 1998.

『アリストテレス全集』4、「生成消滅論」、戸塚七郎訳、岩波書店、昭和四十三年

伊藤勳著『ペイタリアン西脇順三郎』、小沢書店、平成十一年

『ウェルギリウス　ルクレティウス』、泉井久之助／岩田義一・藤沢令夫訳、世界古典文学全集第二十一巻、筑摩書房、昭和四十年

工藤好美著『ことばと文学』、南雲堂、昭和六十三年

『古事記　祝詞』、日本古典文學大系1、岩波書店、昭和三十三年

平井博著『オスカー・ワイルドの生涯』、松柏社、昭和三十五年

ジャン・ブラン著『エピクロス哲学』、有田潤訳、文庫クセジュ、白水社、昭和三十五年

シラー著『美学芸術論集』、石原達二訳、冨山房百科文庫、昭和五十二年

吉田健一『英国の文学』、岩波文庫、平成六年

第五章　民族の魂と文体――ペイターとワイルド

Arnold, Matthew. *The Complete Works of Matthew Arnold*. Vol. V, *Culture and Anarchy*. Ed. R. H. Super. Ann Arbor: the University of Michigan Press, 1965.

——. *On the Study of Celtic Literature and Other Essays*. London: Everyman's Library, 1976.

Ellmann, Richard, ed. *The Artist as Critic*. New York: Random House, 1968.

——. *Oscar Wilde*. London: Hamish Hamilton, 1987.

The Oxford Illustrated History of English Literature. Ed. Pat Rogers. Oxford: Oxford University Press, 1987.

Levey, Michael. *The Case of Walter Pater*. London: Thames and Hudson, 1978.

Page, Norman. *An Oscar Wilde Chronology*. Boston: G. K. Hall & Co., 1991.

Pater, Walter. "Coleridge's Writings." *The Westminster Review*, vol. 29, January 1866.

——. *Sketches and Reviews*. Folcroft Library Editions, 1970. Reprint of New York: Boni and Liveright, 1919.

——. *The Works of Walter Pater*. Oxford: Basil Blackwell & New York: Johnson Reprint Corporation, 1967. Reprint of Library Edition of 1910, London: Macmillan.

Wilde, Oscar. *The Complete Works of Oscar Wilde*, vol. IV. Oxford: Oxford University Press, 2007.

——. *The Letters of Oscar Wilde*. Ed. Rupert Hart-Davis. London: Hart-Davis Ltd, 1962.

——. *De Profundis*. Ed. Vyvyan Holland. 1949. London: Methuen, 1961.

Pearce, Joseph. *The Unmasking of Oscar Wilde*. London: HarperCollins*Publishers*.

Wright, Thomas. *The Life of Walter Pater*, vol. I. New York: Haskell House Publishers Ltd., 1969.

『エピクロス』、出隆・岩崎允胤訳、岩波文庫、平成十四年

伊藤勲著『英国唯美主義と日本』、論創社、平成二十九年

伊藤勲著『ペイタリアン西脇順三郎』、小沢書店、平成十一年

ジャック・ル・ゴフ著『中世西欧文明』、桐村泰次訳、論創社、平成十九年

ジャック・ル・ゴフ、他三名著『フランス文化史』、桐村泰次訳、論創社、平成二十四年

アーサー・シモンズ著『ワイルドとペイター』、伊藤勲訳著、沖積舎、平成十三年

J・A・シュモル編『芸術における未完成』、中村二柄、他訳、岩崎美術社、昭和四十六年

アンリ・スチールラン著『イスラムの建築文化』、神谷武夫訳、原書房、昭和六十二年

『世界大百科事典』第一巻、平凡社、昭和六十三年
『チョーサー　ラブレー』、西脇順三郎・渡辺一夫訳、筑摩世界文學大系12、筑摩書房、昭和四十七年
道元著『正法眼蔵』㈠、㈡、㈢、㈣、増谷文雄訳注、講談社学術文庫、平成十六年
中村元著『インド思想とギリシア思想との交流』、春秋社、昭和三十四年
西脇順三郎著『古代文學序説』、好學社、昭和二十三年
『プラトン全集』第十一巻、「クレイトポン　国家」、田中美知太郎・藤沢令夫訳、岩波書店、昭和五十一年
ヘロドトス著『歴史』上、松平千秋訳、岩波文庫、昭和四十六年
A・C・ベンソン著『ウォルター・ペイター』、伊藤勳訳、沖積舍、平成十五年
『三島由紀夫全集』第十巻、新潮社、昭和四十八年
村田数之亮著『ギリシア美術』、新潮社、昭和四十九年
吉田健一著『英国の文学』、岩波文庫、平成六年

第六章　ペイターの中世ルネサンス

Aslin, Elizabeth. *The Aesthetic Movement*. London: Erek, 1969.
Bustacchini, Gianfranco. *Ravenna*. Revised and updated by Franco Gàbici. Ravenna: Salbaroli Publishers, 2014.
Haskins, Charles Homer. *The Renaissance of the Twelfth Century*. Cambridge, Massachusetts: Harvard University Press, 1927.
Hearn, Lafcadio. *Life and Literature*. Ed. John Erskine. New York: Dodd, Mead and Company, 1921.
Seiler, R. M., ed. *Walter Pater: the Critical Heritage*. London: Routledge & Kegan Paul, 1980.
Pater, Walter. *The Works of Walter Pater*. Oxford:basil Blackwell & New York: Johnson Reprint,1967. Reprint of Library Edition of 1910, London: Macmillan.
——. *The Renaissance*. Ed. Donald Hill. Berkeley and Los Angeles: University of California Press, 1980.

Ricks, Christopher. The Force of Poetry. Oxford: Oxford University Press, 1984.
Vallance, Aymer. *William Morris: His Art and His Writings and His Public Life*. London: George Bell and Sons, 1909.
『アベラールとエロイーズ』、畠中尚志訳、岩波文庫、昭和三十九年
伊東俊太郎著『十二世紀ルネサンス』、岩波書店、平成五年
イブン・ハズム著『鳩の頸飾り』、黒田壽郎訳、岩波書店、昭和五十三年
オウィディウス著『悲しみの歌／黒海からの手紙』、木村健治訳、京都大学学術出版会、平成十年
オウィディウス著『恋愛指南』、沓掛良彦訳、岩波書店、平成二十年
『ギリシア詞華集』1、沓掛良彦訳、京都大学学術出版会、平成二十七年
沓掛良彦著『ギリシアの抒情詩人たち』、京都大学学術出版会、平成三十年
『古事記　祝詞』、日本古典文學大系1、岩波書店、昭和三十三年
ジャック・ル・ゴフ著『中世西欧文明』、桐村泰次訳、論創社、平成十九年
スエトニウス著『ローマ皇帝伝』(上)(下)、国原吉之助訳、岩波文庫、昭和六十一年
『トルバドゥール恋愛詩選』、沓掛良彦編訳、平凡社、平成八年
新倉俊一著『ヨーロッパ中世人の世界』、筑摩書房、昭和五十八年
平川祐弘著『小泉八雲 西洋脱出の夢』、新潮社、昭和五十六年
『フランス中世文学集』第一巻、第三巻、新倉俊一・神沢栄三・天沢退二郎訳、白水社、平成二年、平成三年
『プラトン全集』第五巻、「饗宴　パイドロス」、鈴木照雄・藤沢令夫訳、岩波書店、昭和四十九年
ホメーロス『イーリアス』、高津春繁訳、筑摩書房、昭和四十四年
前嶋信次著『イスラムとヨーロッパ』、平凡社、平成十二年
前嶋信次著『千夜一夜物語と中東文化』、平凡社、平成十二年

第七章　管窺素描

第一節　荷風『江戸藝術論』と英国唯美主義者

Hearn, Lafcadio. *Pre-Raphaelite and Other Poets*. London: William Heinemann, 1923.

Pater, Walter. *The Renaissance* in *The Works of Walter Pater*. Oxford: Basil Blackwell & New York: Johnson Reprint Corporation, 1967. Reprint of Library Edition of 1910, London: Macmillan.

Surtees, Virginia. *The Paintings and Drawings of Dante Gabriel Rossetti 1828-1882*. London: Oxford University Press, 1971.

『荷風全集』第十巻、稲垣達郎他二名編、岩波書店、平成四年

『三島由紀夫全集』第十巻、石川淳、川端康成他監修、新潮社、昭和四十八年

第二節　近代のナルキッソス

Arnold, Matthew. *On the Study of Celtic Literature and Other Essays*. London: Everyman's Library, 1976.

The New Encyclopædia Britanica, vol. 5. 15th Edition. Chicago: Encyclopædia Britanica, Inc., 1994.

Pater, Walter. *The Works of Walter Pater*. Oxford: Basil Blackwell & New York: Johnson Reprint Corporation, 1967. Reprint of Library Edition of 1910, London: Macmillan.

——. *Sketches and Reviews*. Folcroft Library Editions, 1970. Reprint of the 1919 edition, New York: Boni and Liveright.

エリアーデ著『永遠回帰の神話』、堀一郎訳、未来社、昭和三十八年

工藤好美著『ことばと文学』、南雲堂、昭和六十三年

『世界大百科事典』第五巻、平凡社、昭和六十三年

ダンテ・G・ロセッティ著『いのちの家』、伊藤勳訳、書肆山田、平成二十四年

道元著『正法眼蔵』(二)、(四)、全訳注増谷文雄、講談社学術文庫、平成十六年
『プラトン全集』第五巻、「饗宴　パイドロス」鈴木照雄・藤沢令夫訳、岩波書店、昭和四十九年
三島由紀夫著『三島由紀夫文学論集』、昭和四十五年、講談社
村松剛著『三島由紀夫の世界』、新潮社、平成二年
吉田健一著『ヨオロッパの世紀末』、岩波文庫、平成六年

第三節　失われた言葉——サロメ

Wilde, Oscar. *The Complete Works of Oscar Wilde*, vol. V. Oxford: Oxford University Press, 2013.
——. *De Profundis*. Ed. Vyvyan Holland. 1949. London: Methuen, 1961.

あとがき

令和という新たな御代を迎え、江湖に本書を送り出すことは、偶然のこととは言え、昧爽に立つ清冽な息吹に触れるような思いがする。

本書は二年前、平成二十九年一月に出た『英国唯美主義と日本』の姉妹篇とも言うべきものではあるが、又同時に平成十一年に世に問うた『ペイタリアン西脇順三郎』の続篇の意味をも併せ持っている。ゲルマン民族の魂の恢復を求めて、ゲルマン的象徴思考をギリシア合理主義思考で以て調整することに意を奉じたペイターから、青年時代に深く薫染を受けた西脇順三郎の伝統的な日本的思考に、その象徴思考から漏れ出てくる煙霞の如きものがかがようているのは、必然の理である。

第一章の掉尾で、「西脇藝術は絶えず無に憧れる」と書いたこととも関わってくるが、順三郎には無常の意識が強く働いており、その藝術表現は物の消えなんとするまさにそのあわいを描かんとするものである。この詩人の絵画も同様で、それは曲線や濃淡のある淡いぼんやりとした彩色や、周囲に溶け込んでゆくような対象物の半ば薄らいだ輪廓線は、現象とその消滅とのあわいを巧みに捉えており、寂寥感を含んでいる。その意味では西脇藝術は日本の滅びの美学の系譜に繋がりもする。しかし順三郎の場合、それだけに終わらない何かがある。表現対象は表現それ自体でありながら、なおも何か奥に含みを感じさせる。太古の時代から遺伝子により伝えられてきた人間の根源的情念のあえかな現れを、ゲルマン風に象徴的な形で捉えて表現しようとしたところに順三郎の本領があった。しかしそれはゲルマン的な荒唐無稽な空想とは一線を画すものである。ゲルマン的象徴思考の形だけを寸借しているにすぎない。これはペイターの合理的象徴主義よりも遥かに合理的で、日本的美意識にかなった様式を順三郎は生み出したのである。本書では、ゲルマン的象徴思考をギリシア的合理思考を以て有機的構築性に立て直すことで民族の魂の恢復をもくろんだペイター藝術、その藝術思想を換骨奪胎したワイルド藝術、双方それぞれの本質を見極めながら、同時にその流れの中で、エピクーロス哲学から仏教へと繋ってゆく西脇藝術の様式の成り立ちを闡明することに狙いがある。

かつて二十代前半に、わづか一年にすぎなかったが、西脇順三郎先生のヨーロッパ文学に関する講義を私のほかに二人ほどの院生と共に受けた。まさに西脇先生の膝下で親しく教えを受けたと言ってよいような授業であった。かつて西脇先生の授業を受けたことのある人達からは、非常に眠気を誘うものであったという話を聞く。それも無理からぬことかもしれない。先生の肉聲は教室を詩的脳髄の世界に変えたからである。そういう世界になじめない人もいるが、その肉聲はこぢんまりとした部屋を張り詰めた空気で満たした。

教えを受けるということは、ただ単に話された内容だけを受け取るものではなく、語る人の醸し出す、五感では捉えきれない霊気のようなものを通しても教えを享受している。それは通常薫陶とも呼ばれるが、その言葉には収まりきれない何かがある。講義内容のみならず、西脇先生が古今東西の文学遍歴を通して形作られた文学的思考の世界の何かが言外に、その存在と肉聲を介しても伝わってきたことは、その後の研究に資するところがあり幸いなことであった。

西脇先生には授業のほかにも、個別に詩や文学一般についての教示や助言をいただいた。戦後の現代詩には渾沌としたところがあった。昭和四十年代の商業詩誌を賑わわせていた詩の多くは、人心に訴えかけるだけの力がなかった。当時イギリス・ロマン派とヴィクトリア朝の詩人達を主に読み続けてきた私にとって、それらの現代詩は受け容れ難いものであった。学部時代の或る日、神田の古本屋の棚に西脇順三郎詩集『鹿門』を見出し手に取った。それは驚きの目を瞠らせる詩であった。これなら読めると思い買った思い出がある。現代詩に失望していた私はこの詩集に救われる思いがした。本文の第三章でも触れたように、羽咋の砂丘から日本海を眺めていた福田陸太郎氏は昭和十五年に順三郎の詩「夏の日」を、たまたま東京文理科大學の文藝部の雑誌『學藝』に見出し、その詩が「田舎出の私にもよく判った」(本文一四一頁参照)ことで、それ以降、自信を得て詩作に乗り出していった。西脇詩にはそのような力がある。

或る日、授業が終わった直後、西脇先生に商業詩誌に出ているような現代詩をどう思われるか、訊いたことがある。先生は言下に、「今の詩には調和がないから、だめだ」と切り捨てられた。また或る時には、「詩には人生観がなくてはいけない」とも言われた。思想性が薄弱で奇異なる形だけが先行していることを戒められたのである。戦後の現代詩に顕著な缺陥の指摘であった。今日なおその奇を衒う傾向は見られ、調和と人生観の深みを湛えた詩は表に出にくくなっている。例えば、東日本大地震の後、一種の絶叫調の詩が出て、もてはやされたりもしたが、それは詩と呼べるものではない。同じ主題を扱うにしても、加藤郁乎最後の句集『了見』に収められた

ながらへておのおのもに春の海

と詠んだ句ほど、死者の御霊を鎮め、被災者の心に寄り添う心情が、読む者の心にしんしんと染みこんでくるものはなく、これほど秀逸な作品を私は寡聞にして知らない。

俳諧・俳句と言うと、滑稽、おかしみ、風流等々、それが生み出されてきた背景に関わる独特の趣向があり、抒情性などというと機智を重んじる俳句になじまないように見えるが、郁乎の俳句は、殊に晩年に至る句には共感に満ちた深い人生観に裏打ちされた抒情性の豊かな句が多い。この句もそのような句のひとつである。静謐にして引き締まった主体性を内に秘めつつ、これほど平易なことばでこれほど玄妙な境地に達し得た詩歌は稀である。

ペイターは音楽的調和を藝術の絶対条件としたが、それは言うべき深い内容を持った上でなおも形がすべてであるという意味での主張であった。この藝術原則を遵奉していることが、順三郎の詩を読む人々がそれに魅了される所以である。

西脇順三郎はペイター藝術の精髄を己の藝術の中に生かした謫仙（たくせん）である。もう一方のペイター研究の泰山北斗工藤好美は明治三十一年生まれで、明治二十七年生まれの順三郎とは同世代である。二人の耆宿（きしゅく）は昭和時代を代表するペイター学の両雄であった。この両者は昭和三十七年に、田部重治、河口真一、西崎一郎、武田勝彦らと共に、芝公園の「音羽」に集まって日本ペイター協会を立ち上げた。

私は執筆したペイター論はすべて工藤好美先生に読んでいただいた。工藤先生は実に誠実で、拙論を丹念に読み通し、必ず丁寧に手紙を書いて批評をして下さった。それは私にとってはかけがえのない指導であった。やがて工藤先生から、自宅に文学仲間が集まるから来るようにとお招きを受けるようになった。その最初が昭和五十七年七月二十四日であった。このような集まりが年二度ほど開かれ、先づ先生が二時間ほど講話をされた。話す内容は必ず原稿用紙にまとめられており、言い忘れや表現の不備がなきように用意周到であった。先にも書いたように、言葉で話された以上の馥郁たる何かが聞く者には伝わってくる。

工藤先生は元々歌人である。大分県佐伯(さいき)町(現佐伯市)の生まれである先生は、旧制佐伯中学校を卒業後、旧制第五高等学校医科(現熊本大学)に進学された。父親の勧めで医師を目指していたからである。しかし五高在学中に俳人種田山頭火と出会い、歌の道を志すべく、父親の意に叛いて五高をやめ、早稲田大学予科に入学し、次いで同大学文学科英文学専攻科に進んだ。五高をやめるにあたっては、五高を「二年つづけて落第することで退学になった」(大原千代子「土居光知先生と父」、風呂本武敏編『土居光知 工藤好美 書簡集』巻頭)という。早稲田に入ったのは、山頭火が在籍していたことのある大学だったからだと先生から聞いている。

歌の道に工藤先生が足掛かりを得たのは、山頭火に出会う前のことである。戦後、第二代佐伯市長となった阿南卓(あなんたかし)は早稲田大学在学中、若山牧水らと共に文学活動をしていたが、卒業後佐伯に帰り、私塾「同人隊」を創設し、そこで小中学生に読書や野外活動の指導をしていた。中学生になったばかりの工藤先生もこの同人隊に参加し、そこで初めて阿南から短歌の手ほどきを受けたのである。更には盲目の詩人加藤勘助らが大正元年に創刊した同人誌『金仙花』に投稿し、次いで同人になった。五高入学後は高木市之助教授が主宰する五高を中心とした短歌会に属し、歌誌『極光』の編輯にも携わっている

（村上護『放浪の俳人山頭火』六十頁、古川敬『山頭火の恋』五十八〜六十一頁参照）。

工藤先生と山頭火との出会いは、山頭火が故郷の防府から熊本に妻子を伴って落ち延びきて小さな古本屋を営んでいた時のことである。その店に五高生の工藤先生が二、三度立ち寄ったことが機縁であった。『極光』の短歌会に山頭火を引き入れたのも工藤先生であった（『放浪の俳人山頭火』六十頁参照）。

この短歌会で山頭火は工藤先生以外に、後に優れたソ連研究者となった茂森唯士とも昵懇の仲となった。その茂森が大正八年三月に文部省へ転任の辞令をもらい上京し、そして同じ頃工藤先生も早稲田大学予科に入学するため東京に行ってしまうと、山頭火も追うようにして、同年九月末に妻子を熊本に残したまま上京してきた（同上、六十七〜八頁参照）。大正九年には女学校を卒業した妹千代も牛込の借家に来て、兄の身の回りの世話をした。山頭火はこの兄妹の家によく遊びに来た。千代の世話にもなった。そのような交わりの中で、山頭火はひとり密かに千代に恋心を抱くようにもなった（『山頭火の恋』参照）。

その千代も大正十一年に結核にかかり、やがて郷里に戻り大正十四年秋に亡くなり、山頭火がお経を上げに来てくれたことを先生は時折話された。工藤先生はことのほか千代を鍾愛した。その死は先生にとって大きな衝撃で、後年、周囲の反対をよそに御長女に同じ名前をつけて妹を偲んだ。学生時代に千代を連れて田島ヶ原〔桜草で有名な荒川河畔のことと思われる〕に行楽に行ったなつかしい快美な思い出をよく話された。英文学を勉強するうちに、共同生活者の一人のような顔をした山頭火も含め妹との東京生活の中で、いつしか歌人として立つことを捨てて英文学者としての道を選ばれた。しかし工藤先生は歌人として立つことは諦めても短歌を捨てたわけではなかった。

先に触れた年二回ほどの文学者の集まりの時以外にも、九十歳をすぎた頃になると、私は一人だけ立川の家に呼ばれるようになった。そんな時はいつものように座敷ではなく、先生の書斎に通されて話をした。そして先生は机の抽斗から短歌の原稿を取り出して私に渡し、そこに書かれた歌を音読することを所望されたものだった。歌は故郷の佐伯を歌った作品が多かったように記憶する。とりわけ、佐伯市内を流れる「番匠川（ばんじょうがわ）」という言葉が印象深く残っている。清音を寧ろ好む私は、この言葉の濁音について尋ねると、この言葉の濁音の響きが美しいのだとお答えになった。私も、そう言われればなるほどそうだと、その美しい響きが後々頭の中に時折甦ることになった。

工藤先生は、ペイターと同じく、言葉の意味の正確さや、その音の響きの美しさに対しては厳しい姿勢を示しておられた。歌人ならではの厳密な言葉遣いがあった。上田敏と島崎藤村の二人は、日本語を外来の詩形で表現することを可能にした最大の貢献者である。敏の場合は、『海潮音』という訳詩集において、外国語を翻訳するのに新たな日本語を考え出さねばならなかった。工藤先生の場合も似たような難題に直面した。と言うのも、初めてペイターの文学に接し、それを日本文に移しかえようとした時、「ペイター文学とそれを成立させている言葉は、私がそれまで知っていたいかなる文学とも、いかなる言語ともちがっていた」（「文体について」、工藤好美『文学のよろこび』一七六頁）からである。「ペイターの言葉は私の知っている在来の日本語とちがっているので、私は自分で新しい日本語を創りだすほかなかった」（同上一七七頁）と言う。

西脇順三郎先生が戦時中、東洋古典文学に回帰してその研究に沈潜したように、工藤先生の場合は、それまで読んでいた日本の現代文学を読むのはやめ、読むものは、「『古事記』と『万葉集』、『伊勢物語』と『源氏物語』、『方丈記』と『徒然草』、『平家物語』、芭蕉の俳句と散文、上田秋成の『雨月物語』、近松の浄瑠璃と西鶴の小説などで、もっとも新しくても、明治は樋口一葉から後には、めったにくだっていかなかった」（同上一七六頁）と言うように、日本古典の言葉の海に潜り込み、古語を新たに生み返すことで、『享楽主義マリウス』を初めとするペイター文学の翻訳を実現した。他のペイター翻訳者とは歴然たる違いを工藤訳は見せている。工藤訳は原文を解体してその意味を汲み取り、古来の美しい日本語文脈の流れに移し替えており、翻訳調は痕をとどめず、日本語になりきっている。ワイルドの「自分自身になれ」とはこういうことを言う。工藤文体は、譬えれば有田の濁手（にごしで）のような温かみのある乳白色の生地を思わせる。なめらかな感触を以て人の心に寄り添うように訴えかけてくる清らかな美しさを湛えるとともに、ペイターにも似た親密性と郷愁の気味を宿している。工藤文体においては、上田敏と同じく、翻訳それ自体が藝術の域に達しているのである。そこには大和言葉の神髄を知る歌人工藤好美の魂が息づいている。

或る日、工藤先生は御自宅の座談の席で、「文学研究はその作家と恋することなんだよ。それがなくては研究はできない」と言われた。この言葉は、自分を魅了するこの対象は、自分にとって何であるのか、と問いつつ対象の本質に親密な共感を以て探りを入れたペイター批評や、或いは又、三島由紀夫が「オスカア・ワイルド」論の冒頭で、「私はあらゆる作家と作品に、肉慾以外のもので結びつくことを肯んじない」と述べたことと、同様の意味を含んでいる。この言葉から窺われるように、藝術家が対象を扱う場合、対象を単なる物として扱いがちな一般的な研究者とは趣を異にして、それをいのちあるものとして接し、そこに己の精神を浸潤させてゆくような批評の形を取る。歌人工藤好美も詩人西脇順三郎も有機体論的立場からそのような成り立ちの文学論を語った。対象と一体化しつつなおも主体性を維持する不即不離の姿勢を以てペイター藝術を摂取した歌人と詩人から血肉化されたペイター理解として、原文から直接ペイターを学んでゆくことのほかに、この批評藝術家を間接的な形においても享受できたことは、誠に有難いことであった。

今回、この書物の表紙ジャケットの表を飾る絵として高校時代からの畏友青木年広画伯（一水会委員・日展会友）の作品『美しき流れ・長良川支流』と題した板取川の清流を描いた絵を友人のよしみで使わせてもらうことにした。この絵は昨年平成三十年九月に開かれた「第八十回一水会展」で各方面から極めて高い評価を受けた秀作である。青木画伯とは、旧制二中時代の古くも立派な木造体育館の北の端に設けられた柔道場で共に乱取り稽古で高校の日々を過ごしてきた間柄である。

青木画伯は揖斐郡大野町を流れる揖斐川の支流根尾川のほとり、西の方に伊吹山を仰ぎ見る地に生まれ育ち、その川が日々の遊び場だった。冬は体がきりりと引き締まる清冽な伊吹颪が吹き抜ける。

伊吹山と言えば、倭建命による「伊服岐能山」の荒ぶる神の征伐の伝説がある。倭建命はこの神を殺しに伊吹山に登り始めたところ、途中「白猪」に遭遇した。それをこの山の神の使者と思い込み、それを退治するのは後回しにすると言って、禁戒である言挙げをして山を登り続けた。実際にはその白猪がこの山の神であったが故に、この神から大氷雨の祟りを被って山を下り、居寤の清水で正気を取り戻した。伊吹山は滋賀県側とは違い、岐阜県側の美濃から見ると、その山容は猪の姿に見える。冬に見れば、まさに白猪と言ってよい。『日本書紀』では「大蛇」と記述しているが、伊吹山の神を白猪と『古事記』が記しているのは、個人的には美濃側から見たその山容に由来しているのであろうと私は見ている。

青木画伯は伊吹山を向うに見遣りつつ透き通った根尾川で川遊びしながら、少年時代の日々を消光してきた。私自身も画家よりは遠い岐阜の東側から日々伊吹山を眺めながら育ってきて、猪が肩をいからせたようなこの山容には不思議な神々しい霊威を感じてきた。体を凝らせる冬の伊吹颪の厳しさはその神々しい威容を弥が上にも高める効果があった。それ故に伊吹山は私の心に深く山の原型として鐫(え)り刻まれている。

「いぶきやま」の「い」は神聖の意味を持つ「い」（斎）であるとともに、白川静の『字訓』によれば、「生きる」、「息」、「いのち」の「気(い)」であり、そうした言葉の語根である。「ふき」は、日本海側から吹き込む風が強い寒風となって吹き下ろすことから伊吹颪と呼ばれているように、風が立つことを意味している。古来、伊吹山は自づと人々に神威の念を起こさせてきたことは、この山の名称自体がその證しとなっている。私より間近にこの山を見てきた画家にとっても、その意識の有無に拘わらず、何らかの感化があったに違いない。画家の描いた清流の透明性には何か特殊な清らかさが感じられる。この絵の中に、自然の気に磨かれた光沢として神気を窺わせる清められた魂の美しさを私は見出すのである。

画家は小学校五年生までそこで過ごした後、ふるさとを後にして、父の仕事の関係から岐阜に転住した。そのような生い立ちの青木画伯の心にはいまなお清流根尾川が流れている。それは丁度、西脇順三郎の心にはいつも郷里小千谷を潤す清らかな信濃川が流れていて、後に東京に出ても好んで多摩川のほとりを歩いたことと似ている。その川は風情は大きく異なるものの、心の内では信濃川に見立てられていたからに他ならなかった。

本書で道元に触れた折、飛去(ひこ)しつつ飛去せざる永遠の今、有時(うじ)の而今(にこん)に言及した。青木画伯も飛去しつつ飛去せざる有時の而今を清流の流れを通して表現している。その流水の透明感の表現において他者の追随を許さぬところがあり、その美しさは斯界において定評がある。この画家が畢生の仕事としているのはまさに有時の而今であるが、それは又、透明性を極めたところに出来する形を措いて他にはなかった。青木画伯の透明性の追求は、有時の而今を表現することに尽きると言ってよい。

早瀬の先を掠める番の川烏、水中に目をこらせば数匹の鮎。殊に飛湍に際立つ川烏は、衆生のいのちの営みの何たるかを見る者の心に訴えかけてくる。それのみならず、いのちへの憐れみといとおしさをそこはかとなく伝えてくる。この絵の趣はその思想性において本書に扱われたペイターや順三郎にはふさわしいものと私は見た。

昨年、平成三十年三月初め、南イタリアのサレルノ県にあるヴェリア（Velia）、古代ギリシア時代の都市国家エレア（Elea）を訪ねた。サレルノから列車で一時間余り走ってから、閑散とした無人駅のアシェア（Ascea）で降りる。タクシーもなければバスの便もない。そこから三、四キロ離れたところにエレア派哲学が栄えたエレアの遺跡がある。仏教思想に通じるその宇宙論、即ち「純粋無」、空としての絶対的一者論、不生不滅論等がペイターを引きつけてやまなかったエレア学派の鼻祖パルメニデースの生まれ故郷であり活動拠点である。エレアの光、空気、地勢、植生、それらが放つ色彩等々、その自然環境にこもる地霊に己の感覚を晒すことで、その思想は単なる観念上のものから何かしら具体性を帯びるものとなってくる。

岡の斜面に広がるエレアの廃墟はローマ時代の遺跡も混在してはいるが、今では建物の礎石を一部残すのみで、雑草とそのあわいに名の知れぬ可憐な花が咲く人っ子一人いない野原となっている。医神アスクレーピオスの祠の跡には折れ残った細い列柱が地面からせいぜい一メートルほど突き出ていて、いにしえの姿の名残を見せている。目を上げれば、その先にティレニア海が光っている。エレアはその植生から見て、痩せた土壌のアテネを中心とするアッティカ地方とは過目瞭然たる違いを見せている。豊かな土地柄だったことが窺い知れる。

私はペイターの思い入れが深かったパルメニデースの生きた時代がしのばれるものを本書の装幀の一部に取り入れたかった。アシェアの駅から列車で四十分ほどサレルノ方面に戻ると、パエストゥム(Paestum 今はペストゥムと発音される)に着く。古代ギリシア時代のこの都市国家の呼称はポセイドニア(Poseidonia)であった。ここにはヘーラー神殿(前五三〇頃、又は前五五〇~前五四〇)、ケレース(デーメーテール、又は通称アテーネー)神殿(前五一〇、又は前五〇〇)、ポセイドーン(ネプトゥーヌス)神殿(前四六〇)が残っている。この遺跡にあるペストゥム国立考古学博物館にはパエストゥム出土の石棺が展示されている。その蓋の内側に描かれているフレスコ画は『飛び込みをする人』と呼ばれている。この絵は前四七〇年頃に、水に飛び込むのが好きだった青年を偲んで埋葬直前に描かれたものである。古代ギリシアの絵画は壺絵を除けば、現存するものはその数が極めて少ないので、この絵は希少価値の高い作品である。それだけではない。非常に躍動的で生命感に満ちた姿が何か不思議な感興を催し、見る者を惹きつけてやまない傑作である。

古典古代の人々と違い、ヨーロッパキリスト教社会の人々は原罪意識とそれに伴ううしろめたさを植え付けられたのみならず、感覚的な物を否定的に見ることを教え込まれた。精神と肉体との乖離は必然の理である。神に対して罪を犯すまいとする生活の中で、跼天蹐地(きょくてんせきち)の思いを心の片隅に煩うことになったことは否定できまい。しかし自然と一体化して生きた古典古代の人々には精神と肉体とが完全一致していた。一神教とは違い、その人々にとって神の聲とは人の聲ではなく、自然現象の観察を通して聞こえてくる哲学、即ち科学の聲であった。この『飛び込みをする人』には、「海は泳ぐ人のためにあり、砂は走る人の足のためにあった」(*De Profundis*)と、いみじくもワイルドが洞察した世界が凝縮しているのである。本来の人間のあるべき素朴な姿がこの屈託がなく大らかな画像に横溢している。これがこの絵を見る人を魅了してやまない美質である。

顔を上げて飛び込みをすることは普通はしないことなので、客観的写実ではない。ギリシア人は藝術的効果の観点から単なる写実は避け、主観的写実性を重んじた。死者への弔いとして、顔を両腕の間に挟んで隠してしまうわけにいかなかったのだろう。この絵はその非現実的な形により一層その美しさを引き立て、飛び込みの姿を藝術化している。ギリシア藝術において、このような主観的写実性の例はこの作品に限らない。飛び込みが好きだったこの青年は、今は眼下に波打って流れる忘却の川、即ちレーテーという冥界の川に飛び込んでゆくのである。

パルメニデースの生没年は不詳である。ただ前四五〇年に六十五歳ほどであったと伝えられているにすぎない。しかしこの絵はパルメニデースが生きていた時代に、エレアの隣のポリス、ポセイドニアで描かれたことは、ほぼ確かなことと思われる。これを以てパルメニデースの時代の雰囲気を伝えるようがとすべく、表紙ジャケットの裏を飾ることにした。

令和元年己亥五月二日

玲月庵にて

伊藤　勳

初出一覧

「西脇的アタラクシア――永遠、その思想的背景」、平成二十八年六月四日、西脇順三郎を偲ぶ会主催、小千谷市教育委員会共催、小千谷市民会館で開かれた「記念講演会」で講演、平成二十九年五月、「西脇順三郎を偲ぶ会」会報、『幻影』第三十四号に掲載。部分的修正。

「ペイターとギリシア――西脇順三郎の藝術思想を暗示するもの」、平成十六年九月二十五日、駒澤大学中央講堂で開かれた「西脇順三郎を語る会」の第二部で、詩人川口昌男氏との対談で語る。その後、『文學論叢』第百三十一輯（愛知大學文學會、平成十七年二月二十日）に「西脇順三郎とギリシア」と題して掲載。全面的改稿。

「ペイターと現代日本を繋ぐもの――西脇順三郎の場合」、書き下ろし。

「ワイルド『社会主義の下における人間の魂』をめぐって――西脇順三郎、その評価の所以」、原題「『社会主義の下における人間の魂』をめぐって――ワイルドの個人主義と批評主義」、東京成徳短期大学紀要第三十号（平成九年三月三十一日）。全面的改稿。

「民族の魂と文体――ペイターとワイルド」、書き下ろし。

「ペイターの中世ルネサンス」、原題「ペイターと十二世紀ルネサンス」、日本ペイター協会創立五十周年記念論文集『ペイター「ルネサンス」の美学』、日本ペイター協会編（論創社、平成二十四年七月）収載。全面的改稿。

「荷風『江戸藝術論』と英国唯美主義者」、原題「『江戸藝術論』と英国唯美主義者」、『荷風全集』第十五巻（岩波書店）、平成二十二年七月「月報」第16号。部分的加筆修正。

「近代のナルキッソス」、『英語青年』（研究社）平成六年十二月号、特集・ウォルター・ペイター。部分的加筆修正。

「失われた言葉――サロメ」、『英語青年』（研究社）平成十三年二月号、特集・追悼オスカー・ワイルド（没後一〇〇年記念）。部分的加筆修正。

【ワ】

【ヨ】

【ラ】

【リ】

【ル】

【レ】

【ロ】

【ミ】

【ム】

【メ】

【モ】

【ヤ】

【ユ】

【ホ】

【マ】

【フ】

【ヘ】

【ニ】

【テ】

【ト】

【ナ】

【セ】

【ソ】

【タ】

【チ】

【ス】

【コ】

【サ】

【シ】

【ク】

【ケ】

【オ】

【カ】

【キ】

【ウ】

【エ】

索　引

著者略歴

昭和二十四年岐阜県生まれ
愛知大学大学院文学研究科・経済学部教授
日本文藝家協会・日本現代詩人会各会員
詩誌『未開』同人
日本ペイター協会元会長・理事
平成十七年〜十八年、ケンブリッヂ大学英語学部及びダーウィン・コリッヂ客員研究員

著作

『ペイタア――美の探求――』永田書房、昭和六十一年
『ペイタリアン西脇順三郎』小沢書店、平成十一年
『加藤郁乎新論』沖積舎、平成二十一年、第十一回加藤郁乎賞受賞作
『英国唯美主義と日本』論創社、平成二十九年
訳著アーサー・シモンズ『ワイルドとペイター』沖積舎、平成十三年
翻訳A・C・ベンソン『ウォルター・ペイター』沖積舎、平成十五年
翻訳ダンテ・ゲイブリエル・ロセッティ『いのちの家』書肆山田、平成二十四年
編訳著 *100 Selected Haiku of Katō Ikuya*（『加藤郁乎英訳百句選』）沖積舎、平成二十三年
編訳著（俳画・自註イオン・コッドレスク）*Ikuya's Haiku with Codrescu's Haiga*（『加藤郁乎俳句とイオン・コッドレスク俳画』）論創社、平成二十七年
詩集『流光』檸檬社、昭和五十六年
詩集『一元の音』花神社、平成三年
詩集『風紋』書肆山田、平成十八年

ペイター藝術とその変容
ワイルドそして西脇順三郎

二〇一九年九月二〇日　初版第一刷印刷
二〇一九年九月三〇日　初版第一刷発行

著　者　伊藤　勳

発行者　森下紀夫
発行所　論創社
東京都千代田区神田神保町2-23　北井ビル
tel. 03（3264）5254　fax. 03（3264）5232
web. http://www.ronso.co.jp/
振替口座　00160-1-155266

装幀／奥定泰之
組版／フレックスアート
印刷・製本／中央精版印刷
ISBN978-4-8460-1814-6　

本書は令和元年度愛知大学学術図書出版助成金による刊行図書である。